# 沧元图

我吃西红柿 著

高武世界经天纬地的进阶之道　东府少年刻苦修炼的问鼎之谜

**一朝风云涌动　少年不败热血**
**我吃西红柿** 最新力作《沧元图》

第1册内容介绍：

　　孟川幼时目睹母亲被害，立誓成为强者，自此勤学苦练。少女柳七月与孟川一同长大，两人天赋异禀，都悟出了脱胎境精髓，实力超群。一日，异族大举侵犯东宁府，孟川火速赶往烈火道院救柳七月，途中遇到异族大统领，大战一番才得以脱身，此时烈火道院已被攻陷，不擅近战的柳七月陷入绝境，孟川能否冲破阻碍，顺利赶到烈火道院援救？

**第1册火爆热售中！第2册即将上市！**　　定价 34.80元/册

# 吞噬星空

典藏版 1

## THE LEGEND OF SPACEWALKER

探寻神秘的宇宙空间 ☆ 发现全新的幻想世界

我吃西红柿 著

### 全册内容简介

罗峰所在的星球经历了一场大灾难，各个物种因此开始变异。阴差阳错之下，罗峰得到了陨墨星主人的传承，成为所在星球的三大强者之一。不料，与星空吞噬巨兽一战使他失去肉身。他趁机夺舍，取而代之，成为新的星空吞噬巨兽，并在体内育出人类分身。最终迈出所在的星球，走向宇宙。

星辰变

典藏版

14

我吃西红柿

著

CNS
PUBLISHING & MEDIA
中南出版传媒

湖南少年儿童出版社
HUNAN JUVENILE & CHILDREN'S PUBLISHING HOUSE

**图书在版编目（CIP）数据**

星辰变：典藏版.14 / 我吃西红柿著. -- 长沙：
湖南少年儿童出版社, 2019.12（2020.1重印）
ISBN 978-7-5562-4834-6

Ⅰ.①星… Ⅱ.①我… Ⅲ.①长篇小说－中国－当代
Ⅳ.①I247.5

中国版本图书馆CIP数据核字(2019)第223009号

XINGCHEN BIAN DIANCANG BAN 14

# 星辰变 典藏版14

我吃西红柿 著

责任编辑：周　凌　梁　洁
特约编辑：邹学欢　刘淑花
装帧设计：曹希予

----------------------------------------------------

出版人：胡　坚
出版发行：湖南少年儿童出版社
社址：湖南省长沙市晚报大道89号　　　　邮编：410016
电话：0731-82196340（销售部）　　　82196313（总编室）
传真：0731-82199308（销售部）　　　82196330（综合管理部）
常年法律顾问：北京市长安律师事务所长沙分所　张晓军律师

----------------------------------------------------

经销：新华书店　　印刷：湖南凌宇纸品有限公司
书号：ISBN 978-7-5562-4834-6
印张：18　字数：310千字
开本：710 mm×1000 mm　1/16
版次：2019年12月第1版
印次：2019年12月第1次印刷　2020年1月第2次印刷
定价：32.00元

----------------------------------------------------

# 目录

CONTENTS

# 目 录

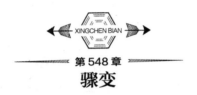

第548章
骤变

在紫玄府中，随地都能看到中品天神器级别的装饰品，还有可能发现上品天神器级别的装饰品。

此外，府中还有三大固定的空间。

一座府邸能够容纳三大空间，连幻灵镜此等宝物也不过是府中的装饰，上品天神器级别和中品天神器级别的装饰品随处可见，甚至整座府邸中都是天神器。

好大的手笔！

好大的气魄！

放眼整个神界，还有谁的府邸有如此豪华？

十三位神王和众天神走出紫玄府的时候，他们心中仍很是震惊。过了好一会儿，众人才平静下来。

而后，他们都离开了姜梵布置的空间，回到了北极圣皇殿，各自入座。

"哈哈！好一座紫玄府！"姜梵连连赞叹道，"我今日真是开了眼界，秦羽，你这紫玄府的确是前所未有的新奇宝物啊！"

"夫君。"淳于柔出声了。

秦羽见状，眉头一皱。

淳于柔是向着周显的，她肯定会说对自己不利的话，然而淳于柔是立儿的母亲，他只能忍着。

"夫人，怎么了？"姜梵看向自己的妻子。

淳于柔微微一笑，道："秦羽的紫玄府的确令我们大开眼界。不过，第二件宝物考验的是候选人的用心程度，看的是宝物的新奇程度，不是奢侈程度。这紫玄府的本体是天神器，我的确是第一次见，可是这未免太奢侈了。"

秦羽用来炼制紫玄府的主材料是青魔石，虽然青魔石算得上是比较珍贵的材料，但是单单看秦羽能够找到足以炼制这么大府邸的青魔石，就知道青魔石在他这里算不上很珍贵。

如果让欧业子和端木风来炼制，以他们的炼器能力，绝对无法用青魔石炼制出堪比下品天神器的府邸。秦羽能炼制出堪比天神器的府邸，更多的是靠自己极强的炼器实力。

"相比之下，九凤冠就要合适得多！九凤冠上的每一颗灵珠皆来自于不同的宇宙空间，一共有三千六百颗灵珠，周显可是跑遍了九万个宇宙空间才找齐的啊！我认为，周显对我们立儿很用心。"淳于柔赞叹道。

大殿上，很少说话的姜澜有些恼了。

"大嫂，你这话可就不对了。难道炼制出一座府邸就不用心了？秦羽炼制出了数百件中品天神器和数十件上品天神器，把这些当作府邸中的装饰品，这还不够用心吗？而且，你刚刚也去紫玄府中看过了，整座紫玄府的布置哪一处没显示出其用心？"姜澜冷冷地说道。

"二叔说得也有道理。只是，献上这两件宝物的候选人中，谁是更用心的，这是仁者见仁，智者见智的。我认为，紫玄府只是代表了秦羽的炼器实力较强而已，并不能代表其用心程度。"淳于柔笑着说道，"不过，最后的评判还是由诸位神王来进行的，我身为立儿的母亲，只是说出自己的一些看法而已。"

淳于柔毕竟是姜立的母亲，在择婿的问题上，她是有话语权的。

"好了，看下一件宝物吧！"姜梵说道。

这时，申屠凡走到了大殿中央，展示出了他的宝物。

紧接着，奎因侯也展示了自己的宝物。

周显和秦羽依次展示了九凤冠和紫玄府后，其他候选人的宝物都黯然失色了，他们不过是走个过场罢了。

他们心里都明白，此轮最有竞争力的是周显和秦羽两人，第二个名额很可能会被他们中的一人得到。

姜梵笑着说道："好，十七件宝物都一一展示过了，每个候选人的宝物都代表了各自的心意，第二个名额到底归谁，现在便由诸位神王来评判。赞成谁的神王比较多，谁就能得到第二个名额。"

顿时，大殿下方的所有人都屏气凝神。

秦羽和周显相视一眼，眼中都闪过一道精光。

两人谁都不会轻易认输。

"我先来吧！"修罗神王站起身来，看向秦羽，笑着说道，"想要炼制出下品天神器是需要珍贵的材料的，而要炼制出本体是下品天神器的府邸，所需的材料更加珍贵。放眼整个神界，恐怕都难找到如此多的珍贵材料。对于紫玄府，我最惊奇的就是这一点，所以我支持秦羽。"

秦羽闻言，心中大喜。

西南圣皇点点头，感叹道："紫玄府也让我惊叹不已！不过，我觉得淳于妹妹说得有道理。这紫玄府是秦羽用珍贵的材料炼制而成的，只是展示了他极强的炼器实力，至于用心程度，我认为比不上周显，我支持周显。"

秦羽一听，顿感不妙。

这只是在展示炼器实力？秦羽觉得很好笑。

偌大的紫玄府绝对是整个神界前所未有的，很是新奇。

而且，紫玄府中有那么多中品天神器级别和上品天神器级别的装饰品，哪一件不是秦羽用心炼制出来的？哪一件不是代表了秦羽的心意？

炼器宗师炼制出上品天神器就不算用心吗？

此外，紫玄府中还有幻灵镜呢，幻灵镜够新奇吧！

十三位神王中，有六人发表了意见，并投了票。其中，有三人支持秦羽，另外三人支持周显。

支持秦羽的三人是修罗神王、血妖王和姜澜。

这时，西极圣皇站起身来，他看了儿子申屠凡一眼，道："这十年来，小儿不眠不休，无时无刻不在制作那件宝物千心莺，虽然千心莺用的材料只是神界很普通的树木，但是小儿十年来不眠不休，很是用心，连我看了都感动不已。我支持我的儿子申屠凡，我知道，第二个名额不太可能归我儿，就算是父亲对儿子的鼓励吧！"

西极圣皇说完，就坐了下来。

紧接着，其他神王接连说了自己支持的对象。十三位神王中，只有西极圣皇和南极圣皇支持除秦羽和周显之外的其他人。

姜梵缓缓地说道："论用心程度，当然属秦羽更高了。紫玄府中有那么多上品天神器和中品天神器，即便让炼器宗师来炼制，又岂是那么容易能炼制成功的？这么多年来，欧业子和端木风炼制出的天神器不过数十件而已。而秦羽一次性就用六十二件天神器作为装饰品，其用心程度可见一斑。论新奇程度，紫玄府也属最佳，我从来没见过如此让人惊叹的府邸，此外，府中还有幻灵镜。秦羽能得到神界的这件奇物，我很是佩服啊！而且，整座紫玄府中的布局也很用心，秦羽介绍了各处的功用，很明显考虑到了他以后和我女儿立儿生活的方方面面，如此贴心，我为我女儿感到高兴啊！所以，我支持秦羽！"

此刻，总算有四位神王支持秦羽了。

然而，支持周显的有五位神王。

"我支持周显。"周霍站起身来，淡淡地道，"我之所以支持周显，并不是因为他是我的儿子，而是因为这些年来，周显一直在为炼制出九凤冠而努力，他不惧艰险，去那么多宇宙空间寻找灵珠，我觉得他是最用心的。"

这样一来，支持周显的有六位神王了，而支持秦羽的只有四位神王。还有两位神王支持的是其他人，现在只剩下一位神王没有做出选择。

"我输了！"

自从评判开始，秦羽就有种不好的预感。

原本很多神王看到紫玄府都惊叹不已，如今，不少神王竟然都选择支持周显。

"我支持秦羽！"最后一位神王东极圣皇皇甫御说出了自己的选择。

可惜的是，即使他支持秦羽，支持秦羽的神王也只有五位，而支持周显的神王有六位。

周显赢了！

姜梵眉头紧皱，大殿上方的其他神王则沉默着。

淳于柔轻轻地推了一下姜梵的手。

"夫君，该宣布结果了。"淳于柔低声说道。

姜梵深吸一口气，然后站起身来，朗声说道："诸位，此轮评判已经结束，支持周显的有六位神王，而支持秦羽的只有五位神王，所以……第二个名额归周显！"

周显闻言，脸上当即浮现出了笑容。

秦羽则沉着脸。

忽然，秦羽笑了。

他抬头目视大殿上方的众位神王，冷冷地问道："诸位神王，敢问你们是否都是如招亲开始时那般秉着公平之心评判的？"

"放肆！"周霍率先怒喝。

大殿上方的神王的脸色都不好看了。

"秦羽！"姜澜低喝一声。

姜澜心里很明白，这个时候秦羽若是惹怒众位神王，那可就糟糕了。

秦羽心中也明白，第二个名额的归属者已经定下来了，这已经是不可能改变的事实了。至于众位神王的评选是否公平，只有他们自己心中清楚，即便他质疑也没什么用。

"没什么，只是问问。"秦羽微微一笑，又道，"北极圣皇陛下，有一件事不知道当说不当说。"

大殿上方的众位神王都脸色一变。

他们担心秦羽会因为落败而撒泼，如果那样的话，情况就不妙了。

"说！"姜梵露出一丝笑容，说道。

秦羽缓缓地道："根据招亲的规矩，只要得到一个名额，便算是初步入选姜立公主的准夫婿名额，最后结果由北极圣皇和皇后亲自决断，对吧？"

"正是。"姜梵点点头。

"如今两个名额的归属者已定，分别是我和周显，如果我和周显中有一人得到了第三个名额，那得到两个名额的人和得到一个名额的人有什么区别吗？"秦羽直接问道。

失败便是失败，秦羽没有得到第二个名额，心中自然恼怒，但这也是没办法的事。秦羽明白，周显的背景很强大，不是自己能比得了的。

这世上本就没有绝对的公平。

所以，他现在关注的是第三个名额对于最后的评选有没有益处。有的话，他自然会努力争夺，若没有，他还不如趁早放弃，直接准备聘礼。

周霍笑了起来，道："哈哈！秦羽这个问题问得好。姜兄，你说说，得到一个名额和得到两个名额有区别吗？"

"自然有。"姜梵笑着说道，"我可以明确地告诉各位，得到两个入选名额的候选人和只得到一个入选名额的候选人差别非常大。如果这两人都送出聘礼，两人的聘礼差距不大，都无法让我和夫人感到震撼的话，那得到两个入选名额的候选人便是我的女婿。"

秦羽眉头一皱，北极圣皇的这个说法实在是太含糊了。

"姜梵，什么宝物能够让你和你的夫人震撼呢？"血妖王笑着问道。

姜梵笑着回道："很简单，一流鸿蒙灵宝、数百件上品天神器，以及十万件天神器都能够让我们震撼。"

"哈哈！姜兄这是在做梦吧！"南极圣皇朗声笑道，"要知道，整个神界的天神器加起来很可能都没有十万件。"

姜梵也不恼，继续说道："我刚刚不过是举个例子而已。"

大殿上方的众位神王谈笑着。

大殿下方的众位天神也彼此谈论着。

周显对秦羽微微一笑，神识传音道："秦羽兄，第二个名额我已经拿到手了，至于第三个名额，我相信还是我的。毕竟，参与评判的人可都是神王，这些神王绝大部分都跟我周家有交情，你是不可能赢我的，哈哈！"

周显在对秦羽神识传音，表面上却转头和旁边的人闲聊着。

秦羽淡淡一笑，心中却下了决定。

"我一定要得到第三个名额，而且，我的聘礼便是上百万件下品天神器。我就不信了，周显还能翻盘。如果我得到了两个名额，还用上百万件下品天神器当聘礼，这样都输给周显的话，那……"秦羽想着，心中十分不悦。

不过，他很好地掩饰住了，脸上带着笑容。

虽然现在的情况于他不利，但是还没有触到他的底线。他现在仍在想，一定要让立儿光明正大地嫁给自己，不过，一旦周显触到他的底线，想要抢走立儿，他就不会再隐忍了。

## 第 549 章
# 砍伐

　　周显得到了第二个名额，这个消息很快从北极圣皇殿传开了，整个飘雪城的人都知晓了此事。

　　凡是参与了北极圣皇殿宴会的人，都看到了秦羽的紫玄府，对紫玄府赞叹不已。即使如此，秦羽也没有得到第二个名额，这让不少人为秦羽感到惋惜。

　　别人为秦羽感到惋惜，秦羽自己心里也很不好受。

　　他缓步走出北极圣皇殿，一直待在外面的福伯当即迎了上来。

　　"福伯，我们走。"

　　秦羽看都不看身后笑容满面的周显，直接带着福伯朝皇城的城门口走去。

　　福伯知道秦羽心情不好，一声不吭，恭敬地跟在他的身后。

　　"秦羽兄！"后面的周显叫了一声。

　　然而，秦羽和福伯仿佛没有听到一般，依旧大步往前走着。

　　周显看到这一幕，冷笑一声，不再喊秦羽了。

　　"大人。"周显的随从在圣皇殿殿门外候着。

　　周显看了随从一眼，而后说道："我们也回去。"

　　不一会儿，他瞥了瞥远处秦羽的背影，嗤笑道："哼！秦羽，你的修炼速度再快，实力再强，那又有什么用？你根本比不上我。"

　　对于秦羽，周显心中有着很深的恨意。

两万年前，秦羽只不过是凡人界的一个小人物，在周显眼中，秦羽连一只蝼蚁都不如。转眼的工夫，秦羽却成了让周显压力倍增的神界的一方大人物。

　　两人之间有了巨大的落差，周显心中自然难受得很。

　　此次，他击败了秦羽，得到了第二个名额，心中痛快不已。

　　可是，他一想到自己是在父皇的帮助下，才险胜秦羽，心中总是觉得不舒服。

　　"哼！下一次，我一定要让秦羽输得心服口服。"周显心中暗道。


　　飘云府的客厅中。

　　秦羽坐下来后，便摆摆手，道："福伯，你先下去吧，不要让任何人来打搅我。"

　　福伯恭敬地躬身行了一礼，随即便退下了。

　　顿时，客厅中只剩下秦羽一人。

　　客厅中一片寂静。

　　"这一轮评选，支持周显的几位神王明显是昧着良心说瞎话。"秦羽眉头微皱，"第二件宝物考验的是候选人的用心程度，紫玄府的炼器材料、府中的布置，以及那些天神器级别的装饰品，哪样没显示出我的用心？而且，单单幻灵镜就足以和那九凤冠相比了，然而那些神王评判的时候，提都不提幻灵镜，恐怕他们没有借口否定幻灵镜这件奇物吧！"

　　秦羽心中冷笑。

　　神王暗地里的这些勾当，秦羽如何看不出？

　　"不知道周显他爹此次拿出了什么，才让那些神王支持周显。"

　　秦羽嗤笑一声，心中的怒意更盛。

　　客厅外的一些侍女根本不敢进去。

　　很显然，她们的主人秦羽此刻正处于极度愤怒的状态中。

　　侍女们相视一眼，眼中都有着一丝无奈。

　　忽然，一个侍女惊讶地看向客厅，其他侍女顿时都看了过去。

　　她们发现，除了秦羽，客厅中竟然突然出现了一人。可是，她们之前根本没发现有人从她们面前路过。

难道那人施展了瞬移？

这些侍女都心中一紧。

那进入客厅中的人是神王吗？

"澜叔，你怎么来了？"秦羽见姜澜出现在客厅中，也很是惊讶。

他当即整理好思绪，站起身来。

姜澜摇摇头，笑道："看你刚才的样子，你好像气得不轻啊！"

"生气又有什么用？不过是发泄怒火罢了。刚才在圣皇殿，我只得忍着怒气，微笑面对那种境况，如今回到了飘云府，我才敢发泄心中的愤怒。"秦羽苦笑一声，说道。

姜澜微微点头。

"我知道，你不会因为这件小事就失去理智的。我来这里，一是想看看你现在的状态，二是想问问你，你对于得到第三个名额有没有把握？"姜澜问道。

"第三个名额……"秦羽陷入沉思之中。

他心里非常清楚，只要拿出一件一流鸿蒙灵宝，他绝对可以得到第三个名额。可是，他如今只有两件一流鸿蒙灵宝了，一件是火源灵珠，一件是紫霖羽衣。

这火源灵珠是他为未来和立儿的孩子准备的，至于紫霖羽衣，这是要送给立儿的，秦羽不想拿出其中任何一件。

而除了这两件一流鸿蒙灵宝，秦羽根本拿不出能够完败周显的宝物。

"第三个名额我会尽力争取的。澜叔，你放心，我还是有一定的把握的。"秦羽回道。

"尽力？你的意思是，你想要炼制出一件宝物？"姜澜问道。

秦羽微微点头。

身为炼器宗师，就是有这个底气。没有宝物的话，自己可以炼制宝物。

他的炼器实力确实很强，但是即使有了珍贵的材料，他也只能炼制出上品天神器，即使他的炼器状态达到巅峰，也最多炼制出堪比二流鸿蒙灵宝的武器。可是，他如果献上二流鸿蒙灵宝，是没有足够把握击败周显的。

"小羽，那周显背后可是有整个雷罚城撑腰，雷罚城是神界的八大圣地之一，虽然一流鸿蒙灵宝就那么一件，可是二流鸿蒙灵宝还是不少的。特别是，雷罚城负责管理整个下界，也掌控着离开神界的通道。"姜澜感叹一声，继续说道，"雷罚城的人只需去下界各个宇宙空间搜寻一番，得到的宝物就不计其数，雷罚城应该是八大圣地中拥有宝物最多的圣地。"

雷罚城是八大圣地中最特殊的。神界大战时，唯有雷罚城可以不掺和其中。再加上，雷罚城还出了一位雷罚天尊，雷罚城的地位更是超然。

秦羽一听，心中一惊。

"怪不得。"秦羽冷笑一声，没好气地道，"怪不得其他神王那么给西北圣皇面子，在圣皇殿上公然支持周显。"

姜澜听了，无奈苦笑。

秦羽说得没错，第二轮评选并不公平，然而那又怎么样呢？毕竟，支持周显的可都是神王，他们要这样做，谁敢反对？

"小羽，你若要赢得第三个名额，那么你炼制出的武器绝对要达到二流鸿蒙灵宝的巅峰，那样的话，你才有把握赢周显。"姜澜对秦羽郑重地说道。

秦羽点点头。

为了娶立儿，那周显绝对舍得拿出一件二流鸿蒙灵宝，但未必舍得拿出一件一流鸿蒙灵宝。即便他舍得拿出一件一流鸿蒙灵宝，雷罚城城主也不可能舍得。

所以，只要自己献上的宝物达到了二流鸿蒙灵宝的巅峰，那就绝对有把握赢周显。

"小羽，如果你没有办法，我倒是有一个办法。"姜澜笑着说道。

"什么办法？"秦羽心中一喜。

"我那府邸中有一棵古铁木树，这棵古铁木树的历史比神界的历史短不了多少。用其枝干可以轻易地炼制出中品天神器，而用其主干炼制出上品天神器也不是难事。而古铁木树最珍贵的树心本身便蕴含了鸿蒙灵气，你的炼器实力极强，用树心炼制出一流鸿蒙灵宝都有可能。"姜澜微微一笑，继续道，"在神界，还没有一件材料可以和古铁木树的树心相比。当初，匠神车侯辕用珍贵的材料炼制出了一流鸿蒙灵宝，你用更珍贵的古铁木树树心炼制，以你的炼器实力，我相信你一定也能炼制一件一流鸿蒙灵宝。如此一来，第三个名额非你莫属。"

秦羽闻言，愣愣地看着姜澜。

"怎么了？"姜澜笑着看向秦羽。

"澜叔！"秦羽轻唤一声，鼻子有些发酸。

秦羽听说过，这古铁木树对于姜澜有很深的意义。当初姜澜成了神王，便得到了这棵古铁木树，这么多年来，古铁木树一直陪伴着姜澜。

之前他和立儿聊天的时候，立儿说了，姜澜和生命神王左秋眉是在古铁木树下定情的，两人在古铁木树下留下了很多美好的回忆。

可是现在，姜澜为了让秦羽获得第三个名额，竟然舍得砍掉古铁木树。

"澜叔……"秦羽的眼睛有些泛红。

他并不是没有一流鸿蒙灵宝，他的火源灵珠和紫霖羽衣都是一流鸿蒙灵宝，只是他舍不得拿出来。

然而，姜澜为了他，竟然想要砍掉古铁木树！

"你别想太多，古铁木树是我的，也算是姜家的。你将古铁木树炼制成一流鸿蒙灵宝后，还是要将它送给我大哥，就算是我借你的手将它还给我大哥吧，所以，你不用太在意。"姜澜笑着说道。

秦羽如何不明白，姜澜这么说，只是想让他不要那么心怀歉疚而已。

可是，姜澜越是这么说，他心中就越惭愧，特别是看到姜澜脸上强装的笑容……

"澜叔，不用。"秦羽深吸一口气。

"傻孩子，无论如何，我都不准任何人阻拦你和立儿在一起。第三个名额你必须得到，好了，你别闹脾气了。"姜澜像是在训斥自己的孩子一般。

"不！"秦羽摇了摇头，"我不是闹脾气，我听你提起古铁木树，就想到了一样东西。我有那样东西，有把握能赢得第三个名额。"

"哦？"澜叔很是惊讶，"什么东西？"

"福伯。"秦羽忽然出声喊道。

秦羽是福伯的主人，福伯一下子就感应到了秦羽的召唤，当即出现在客厅中。

姜澜心中很是疑惑。

秦羽召唤福伯来干什么？

"澜叔，请跟我来。"秦羽掉头对姜澜说道，随即心念一动。

姜澜感受到空间发生了转移，他有能力抵抗这种变动，不过他并没有抵抗。

不一会儿，待得周围的场景变得清晰，他已经到了新宇宙的紫玄星上。

"我说的东西就在这里面。"秦羽指着新东岚山上的一座宫殿，说道。

"那是……迷神殿？！"姜澜惊讶地说道。

"对！"秦羽当即朝迷神殿走去。

姜澜顿时跟在秦羽身后，他很好奇，秦羽说的那东西到底是什么。

他们穿过前殿，直接来到了庭院中。

在此过程中，福伯一直跟在秦羽的身旁。

"澜叔，你应该知道这是什么树吧？"秦羽指着庭院中那棵粗壮的红铜树，问道。

"这是……红铜古树！"姜澜一下子就认出来了。

"没错，这是红铜古树，是神界仅次于古铁木树的一种神树。"秦羽得意扬扬地说道。

"这里怎么会有红铜古树？"姜澜一脸疑惑。

"福伯，你来解释吧！"姜澜看向福伯。

福伯躬身行了一礼，恭敬地道："姜澜前辈，当年，雷部神王，也就是如今雷罚城的圣皇请老主人帮他炼制一件有攻击性的二流鸿蒙灵宝，老主人就向他讨要了这棵红铜古树作为报酬。"

"哦！"姜澜微微点头，"虽然这红铜古树的树心是不错，但是比古铁木树树心要低一个层次，即便是匠神车侯辕，估计也只能用其炼制出一件二流鸿蒙灵宝，用只能炼制出二流鸿蒙灵宝的神木换取一件带攻击性的二流鸿蒙灵宝，周霍的算盘打得不错。"

当初，周霍也是没办法了。

周霍虽然有珍贵的材料，但是炼器实力并不强，没有极强的炼器实力，红铜古树对他来说只是一件装饰品而已。

"秦羽，你说的东西就是这红桐古树？"姜澜看向秦羽。

"对，就是这红铜古树。"秦羽回道。

而后他一挥袖，空间中出现了一道如刀痕的裂痕，那道裂痕横贯红铜古树，红铜古树齐根而断，轰然倒下。

在这新宇宙中，秦羽简直就是无敌的。

虽然红铜古树是极其坚韧的，但是秦羽挥手间便可将其砍断。如果在神界，秦羽估计要耗费大力气才能做到。

姜澜看着倒下的红铜古树，点点头，道："这红铜古树的树心的确算得上是一等一的炼器材料，可是单单靠这红桐古树的树心，你也就能炼制出二流鸿蒙灵宝。小羽，你靠着一件二流鸿蒙灵宝就有把握赢周显吗？"

说完，姜澜看向秦羽。

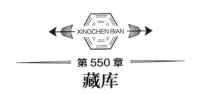

秦羽微微一笑，道："澜叔，我自有打算，你不用担心。"

秦羽并没有十足的信心。

他自己心里很清楚，以他的炼器实力，如果炼器状态非常好，可以用这红铜古树树心炼制出一件二流鸿蒙灵宝中的精品。可是炼器的状态是不稳定的，一个极其细微的误差，就可能令炼制出的物品的级别低一个档次。

"小羽，你别蒙我。"姜澜微微一笑，"我对炼器有过一番钻研，虽然我的炼器实力比不上你，但是我好歹是炼制出过姜澜界的，你应该知道我的炼器水准。"

秦羽不由得一怔。

姜澜继续说道："我自然知道，红铜古树也是天地孕育之物，如此神树，其树心是蕴含鸿蒙灵气的，可是红铜古树树心蕴含的鸿蒙灵气的量不多，也就只能炼制出二流鸿蒙灵宝，要想炼制出一流鸿蒙灵宝，需要的是大量的鸿蒙灵气。小羽，你说我说得可对？"

秦羽苦笑一声，只能点点头。

他知道，他根本蒙不了澜叔，澜叔对这个也是比较精通的。

姜澜继续说道："当初，匠神车侯辕为修罗神王炼制出了一件一流鸿蒙灵宝。他一共回炉了三件二流鸿蒙灵宝和六件三流鸿蒙灵宝，才得到了足够的鸿蒙灵气，并靠着这些鸿蒙灵气和大量的珍贵材料，再加上本身极高的炼器技艺，才炼制出一流鸿蒙灵宝。"

秦羽认真地听着。

匠神车侯辕炼制出了一件一流鸿蒙灵宝的事情，秦羽是知道的，然而他并不太清楚详细的过程。

"鸿蒙灵气是天地中非常神奇的一种气息，它本身并没有多大的攻击力，可是它融入武器后，便能够让武器蕴含灵性，同时威力更了不得。"姜澜感叹道。

"虽然你的炼器技艺不错，但是也需要足够的鸿蒙灵气，我那里有不少好的炼器材料，你这里应该也有吧，再加上那红铜古树树心，估计比当初匠神车侯辕炼制一流鸿蒙灵宝所用的材料差不了多少，现在唯一差的就是鸿蒙灵气，红铜古树树心蕴含的鸿蒙灵气实在是太少了。"

秦羽点点头。

他心中很清楚，红铜古树的树心是无法和古铁木树的树心相比的。无论是材质还是其中蕴含的鸿蒙灵气的量，都有着不小的差距。

"小羽，你放心。我知道，你身上虽然有几件鸿蒙灵宝，然而，能拿出来的恐怕也只有那个碧泉葫芦，对吧？"姜澜笑着说道。

秦羽无奈一笑。

澜叔说得没错！

他身上确实有几件鸿蒙灵宝，比如炼火手环，可是炼火手环在炼器过程中起着非常重要的作用。他岂能轻易拿出来？

此外，还有锁神塔。可是锁神塔是束缚秋仲复、谈九等人的重要宝物。

至于当初没用的鸿蒙灵宝，他都已经把它们给了侯费和黑羽，唯一空着没用的只有逍遥天尊赐予他的碧泉葫芦了。

至于火源灵珠和紫霖羽衣，这两件一流鸿蒙灵宝可是极其重要的，秦羽除非脑袋出了问题，才会拿出这两件一流鸿蒙灵宝。

看到秦羽脸上的表情，姜澜就知道自己说对了。

"小羽，你看到了吗？那周显的九凤冠上的九颗灵珠都是三流鸿蒙灵宝。其实，你如今已经有红桐古树树心本身蕴含的鸿蒙灵气，再加上那九件三流鸿蒙灵宝的鸿蒙灵气，就足以炼制出二流鸿蒙灵宝精品了。"姜澜笑着说道。

秦羽无奈地道："澜叔，你这么说是何意？难道你想要将九凤冠给回炉？"

"不！不！"姜澜笑了起来，转而道，"我不是这个意思，我只是想告诉你，在鸿蒙灵宝中，装饰性的鸿蒙灵宝占绝大多数，而真正具有攻击性的鸿蒙灵宝是比较少的，所以，周显能够一次性拿出九件做装饰用的三流鸿蒙灵宝。"

秦羽点了点头。

他自己也有做装饰用的鸿蒙灵宝。

"我知道，你修炼的岁月较短，得到的鸿蒙灵宝很少，不过澜叔我就不一样了……"姜澜说着，脸上浮现出一抹笑容，"自神界诞生起，我便存在了，我成为神王后，又过了一段非常悠久的岁月。你想想，我连古铁木树都能得到，我拥有的鸿蒙灵宝岂会少？"姜澜笑着看向秦羽。

秦羽顿时完全明白了。

澜叔的意思是，他自己拿出鸿蒙灵宝来回炉。

"秦羽，你别太在意，我手上有不少只能把玩的无用的鸿蒙灵宝。这样吧，我拿出六件三流鸿蒙灵宝和一件二流鸿蒙灵宝给你回炉。"姜澜用不容分说的语气说道。

秦羽看了看澜叔，点了点头。

"我欠澜叔的越来越多了。"秦羽心中暗自感叹着。

在凡人界的时候，澜叔便救过他很多次。他飞升到了神界后，澜叔暗地里又帮了他很多次。

如今在秦羽的心中，澜叔的地位和他的父皇差不多。

"走吧，你跟我回木府一趟。那些没什么大用处的鸿蒙灵宝都被我存放在木府的藏库中。"姜澜对秦羽说道。

秦羽点了点头。


木府中。

第二轮评选一结束，姜澜就去了秦羽那里，而姜妍去了木府。姜立作为此次招亲的主角，除了在刚开始的聚会露过面之外，两次评选都没有露面。

幽静的庭院中，姜立和姜妍两姐妹正坐在古铁木树下。

"妹妹，你说秦羽大哥他输了？！"姜立猛地站起身来。

姜妍连忙说道："姐姐，评选的整个过程你刚才都知道了。此事也怪不得秦羽大哥，依我看，显然是那个西北圣皇在暗地里耍手段呢，否则周显怎么可能赢？"

"我知道。"姜立脸上有着一丝苦笑，"只是，我很担心秦羽大哥，此刻他的心情肯定很不好。在凡人界的时候，秦羽大哥最受不得别人的侮辱，他会直接反抗，甚至不惜和对方厮杀。"

姜立和秦羽相处的时间不算长，她并不知道，从凡人界到神界的这些年，秦羽的脾气变得温和了许多，他已经不像在凡人界时那么容易发怒了。

"妹妹，娘真的那么偏心周显吗？"姜立问道。

说话间，她的眉宇间有了几分愁意。

姜妍轻轻地点了点头。

淳于柔对她们姐妹俩都非常关爱，可是在这件事情上，姜立很不赞同她娘的做法。

"我知道娘和姨娘关系密切，可是……"姜立想说什么，最后还是没说出来。

"秦羽大哥一定很犯难，他是为了不让我为难，才一次次努力地争取，那紫玄府……"姜立说不出话来了，眼中有泪花闪烁。

第二轮评选时，姜妍在场，她也跟着去了紫玄府。刚刚她把在紫玄府中看到的一切都描述给姜立听了。

别人不清楚，可是姜立非常清楚，紫玄府中的许多布置都与她有关，姜立能感觉得到秦羽很用心。

"他们竟然说秦羽大哥的宝物不用心！"姜立心中很是不忿。

"不！"姜立忽然叫了起来，眼神变得无比坚定，"妹妹，你陪我去飘云府一趟。"

姜妍被吓了一跳。

"姐姐，你要干什么？"姜妍连忙拦住姜立。

老天，姜立可是此次招亲的主角，在这重要关头，如果有人发现姜立就这么跑去了飘云府，不知道会有多少人说闲话呢！

姜立坚决地道："去飘云府！"

"姐姐。"姜妍拉着姜立的手。

姜立淡淡一笑，道："妹妹，我爱娘，可是娘还有你，还有哥哥和弟弟们，即便失去了我，对于你们而言也没什么。可是，秦羽大哥从凡人界一路走来，他为了和我在一起，经历过很多次生死危机。这些年来，我却一直躲在木府中，什么都没为他做过。"

姜立说着，脸上露出一丝苦笑："过去，无论遇到什么，都是秦羽大哥去解决，而我只是在木府等他。他为了不让我为难，参加招亲，而后努力地寻找宝物，他甚至不惜拿出一件一流鸿蒙灵宝当作第一件宝物，之后，他费尽心思炼制出了紫玄府，又把紫玄府当作第二件宝物，他是那么用心，我不明白，那些神王为什么就感受不到呢？我不想再这么等下去了，我要为秦羽大哥做些什么。"

姜妍闻言，愣住了。

这还是那个凡事都乖乖听父母安排的姐姐吗？

姜妍从来没想过，自己的姐姐会如此坚决。

"秦羽大哥如果不是为了我，尽可以和自己的父亲兄弟待在上界，尽享家人团聚之乐，可是他将照顾父亲的责任交给了自己的兄长，而他强忍着离开亲人的痛苦，飞升到了陌生的神界。他之所以做这样的决定，都是为了我。"姜立说着，眼中有泪花闪烁，"秦羽大哥能够为了我做这么多，我又为何不能为了他做些牺牲呢？而且，爹和娘的子女这么多，也不差我一个。"

姜妍听着，慢慢松开了手。

她理解她的姐姐。

姜立对姜妍一笑，而后直接朝庭院外走去。

此时，秦羽和姜澜已经回到了木府，两人正沿着走廊朝木府深处走去。这时，秦羽惊喜地发现，姜立竟然在木府中。

"立儿？！"秦羽心中满是喜悦。

在看到立儿的时候，他心中的所有烦恼和辛苦都变成了喜悦和幸福。

姜立惊讶地看着秦羽，过了好一会儿，她直接冲向秦羽，然后紧紧地抱着秦羽，眼泪流了下来。

"立儿，你，你怎么了？"秦羽一头雾水。

而后，他看向旁边的姜澜，姜澜也很是不解。

秦羽只好柔声安慰立儿。

姜立哭了一会儿，然后抬头看向秦羽，说出了一句让秦羽感到震惊的话——秦羽大哥，我们私奔吧！你不要再为招亲的事烦恼了，我决定跟你走。

"立儿，你别胡思乱想。"秦羽一下子明白了立儿心中所想，心中很是感动。

这段时间，他的心里的确有很多烦恼，然而为了立儿，这都不算什么。

只要立儿明白他的心意，他就觉得很幸福了。

"你只要乖乖地待着，等我十年，待我得到了第三个名额，到时候，你就欢欢喜喜地嫁给我吧！"秦羽笑着说道。

姜立怔怔地看着秦羽。

她看得出来，秦羽说这话是真心的，他并非不烦恼，只是他更疼惜她。

"秦羽大哥，我……"

"好了。"秦羽笑了笑，深深地凝视着姜立，"立儿，我们都不要半途而废，好吗？我希望，你能够快乐地成为我的新娘。"

姜立想说什么，最终却没说出来。

此刻，她很感动，很幸福。

之后，秦羽又说了好些话，姜立才打消了私奔的念头。

而后，秦羽、姜立、姜妍，以及姜澜朝木府的藏库走去。

"我还没进过藏库呢！不知道藏库中有什么宝贝呢？"姜妍很是兴奋。

而姜立安静地跟在秦羽身后，她的目光一直在秦羽身上。只要能跟着秦羽，无论去哪里，做什么，她都觉得心满意足了。

"这藏库蕴含空间法则的一种简单法则。你们跟我进来。"姜澜走到一条地底通道的门口，而后，那地底通道的大门便自动打开了。

秦羽三人跟着姜澜步入了木府的藏库之中。

秦羽等人一踏入其中，便感觉到了清新的气息。实际上，木府藏库并不是一个昏暗的场所，而是一个如世外桃源般的空间。

天空蔚蓝，云朵如轻柔的丝绢一般飘荡着。

河水汩汩地流着，河流的不远处有一座精致的楼阁，秦羽一行人踏着柔软的草地，朝楼阁走去。

　　"这里就是藏库，不少东西被我随意放在草地里或者山石间。不过，鸿蒙灵宝我都是重点收藏的，我将它们存放在楼阁中。"姜澜指着楼阁，笑着说道。

# 鸿蒙灵气

秦羽的目光投向楼阁。

与此同时，他那新宇宙中的空间之力直接散开，将那座楼阁包裹起来了，他的空间之力清楚地探察出了楼阁中的一切。

"楼阁中果然有不少鸿蒙灵宝。"秦羽笑了。

单单论拥有的鸿蒙灵宝的数量，自己根本无法和自神界诞生起便存在的澜叔相比。

楼阁中随意地放着各种各样的鸿蒙灵宝，足足有二十余件，其中大多数是三流鸿蒙灵宝，只有四件二流鸿蒙灵宝。

不过，这些鸿蒙灵宝都是用来观赏和把玩的，它们的攻击力很弱，估计比不上一般的天神器。

秦羽一行人沿着木质的阶梯步入楼阁中，楼阁中的饰物非常雅致、古朴，一边的木架上还放着一些奇特的物品。

"这木架上有十八件器物，其中有十二件是鸿蒙灵宝，这些鸿蒙灵宝的用处不大，不过用来观赏、把玩还是不错的。"姜澜微微一笑。

而后，他走到楼阁大厅的边上，登上了阶梯。

秦羽三人跟在姜澜的身后，进了楼阁的二楼。

只见楼阁二楼中的一个木柜上放着一排器物。

姜澜随意一挥手，只见七件器物悬浮着。

姜澜笑着说道："小羽，这七件器物中，有六件是三流鸿蒙灵宝，另外一件是二流鸿蒙灵宝，我把这些都交给你了。"

"哇！澜叔，这个好漂亮啊！"姜妍一把抓住某处一件碧青色的小斑马模样的器物。

"这是一件飞行灵宝，这斑马是可以变大的，只要坐在上面，便可以疾速飞行。"姜澜随意地说道。

对于神王而言，飞行类的辅助灵宝并没有太大用途。

姜妍闻言，她的脑海中浮现出了君落羽坐在斑马上，她坐在后面紧紧地搂着君落羽的腰，两人在天地间驰骋的场景。

"澜叔，这个给我好不好？"姜妍睁大眼睛，看着姜澜。

姜澜笑笑。

这丫头这么恳切地请求他，他哪能拒绝啊？

秦羽等人离开木府的藏库后，一群人便聚集在大厅中，而后一起用餐。

大家聚在一起，其乐融融。

"秦羽，你准备什么时候将那些鸿蒙灵宝回炉？"忽然，姜澜问道。

回炉？

秦羽笑着回道："不急，我那新宇宙空间中时间加速的极限可达到一万多倍，无论如何，我都有足够的时间炼器。这样吧，三天后，我便进入我创造的那个空间，将那些鸿蒙灵宝进行回炉，而后开始炼器。"

姜妍听了，立即说道："秦羽大哥，我可以去吗？我想要看你炼器。"

姜立却没有说话。

她只是笑着看向秦羽，她不想让秦羽为难。

"妍儿妹妹，我这次炼器的时间可能会很长。因为在炼器之前，我要调整好自己的状态，然后再开始炼器，所以具体什么时候开始炼器，我也不能确定。"秦羽委婉地拒绝了。

姜妍鼓着嘴巴，很是不悦。

"咦？"姜澜忽然一怔。

顿时，秦羽、姜妍、姜立三人都看向澜叔。

"澜叔，发生什么事情了？"秦羽问道。

姜澜笑着说道："刚才，我听你提起炼器，便想到了周显，于是用神识探察了一番，发现西北圣皇竟然派人邀请了端木风去雷罚城。"

姜澜可是神王，散开神识，便可将整个神界都探察一番。

"端木风？炼器宗师端木风？"姜妍嘟哝道，"雷罚城不是有炼器宗师欧业子吗，怎么还邀请端木风啊？"

姜澜轻笑一声，道："据我猜测，西北圣皇应该也拿不出厉害的二流鸿蒙灵宝，所以特意邀请端木风，想要让他帮忙炼器吧！"

一般而言，炼器宗师想要炼制出厉害的鸿蒙灵宝，也需要数千年的时间。

而北极圣皇只给了十年的时间，不过雷罚城的神王可以布置出一个空间，而且雷罚城的神王对时间法则有所领悟，他想要做到让时间加速千倍并不是难事。

秦羽眉头微微一皱。

他的心中很是疑惑："难道西北圣皇是想让两位炼器宗师联手炼器？不对！炼器宗师都有自己的炼器方法，端木风和欧业子联手的话，反而会让两人都受到影响。"

同样身为炼器宗师，秦羽自然很清楚这个道理。

"莫不是……"秦羽忽然想到了一个可能，"如果真是那样的话，西北圣皇未免也太财大气粗了。"

姜澜笑着说道："依我看，西北圣皇为了让其儿子周显赢得第三个名额，估计会让两位炼器宗师同时炼器，而他同时提供足够的珍贵材料和足够的鸿蒙灵气给两位炼器宗师，谁炼制出来的灵宝更珍贵，就会选择谁的。"

"小羽，看来此次周显是势在必得啊！"姜澜对秦羽道。

秦羽冷笑一声，道："炼制鸿蒙灵宝可不容易，不是炼器宗师多就有用的。"

论炼制器坯的技艺，估计唯有匠神车侯辕的千锤百炼能和自己的九旋裂空一比。

至于淬火剂，他可以让自己的华莲分身帮忙，华莲分身的寒蒙领域一出，他对寒蒙之气的控制力肯定比其他人强得多。

至于启灵，谁能够比得上他呢？

"周显，有时候靠外人，还不如靠自己。"秦羽心中暗道。


数天后。

木府中，姜澜、姜立、姜妍都定定地看着秦羽。秦羽决定今天进入新宇宙中，然后对鸿蒙灵宝进行回炉，而后开始炼器。

"小羽，你不要给自己太大压力。"姜澜拍了拍秦羽的肩膀，道。

"我知道，澜叔。"秦羽微微一笑。

姜立则走到秦羽面前。她知道，秦羽又要为招亲的事情而努力了，而她……只能继续在木府中等待。

她踮起脚尖，闭上眼睛，而后轻轻地吻了秦羽一下。

旋即，她睁开眼睛，深深地凝视着秦羽，柔声说道："秦羽大哥，我在这里等着你。"

秦羽微微一笑，含情脉脉地看着姜立。

"哇！这两人的眼神仿佛要擦出火花了。"一旁的姜妍惊叫出声。

秦羽和姜立顿时都不好意思地笑了。

新宇宙，新紫玄星。

秦羽已经传令给福伯，这段时间，飘云府不接待任何客人。

"鸿蒙灵宝回炉是很消耗时间的，我要将七件鸿蒙灵宝回炉，估计需要十天时间才能完全成功。"秦羽手一翻，手中出现了一块拳头大小的怪石。

这是一件三流鸿蒙灵宝！

"我先将这件三流鸿蒙灵宝回炉吧！"

秦羽一闪身，便到了新东岚山的山峰上，他盘膝坐于一块巨石上，单手一招，那三流鸿蒙灵宝便在他的面前悬浮着。

鸿蒙灵宝回炉的步骤比较简单。不过，要将鸿蒙灵宝回炉，前提是要满足两个条件，第一个条件是，回炉的鸿蒙灵宝必须是无主的。如果鸿蒙灵宝有主人，其内部被灌输了天神之力，那是无法回炉的。

第二个条件是，要对无主的鸿蒙灵宝进行长时间的灼烧，而且进行灼烧的火焰必须是虚无业火。

一般来说，需要一天时间，才能让三流鸿蒙灵宝完全熔化，并且逸出鸿蒙灵气，至于二流鸿蒙灵宝，则需要三四天时间才能完全熔化。

"如今，我的实力大大提升了，再加上有炼火手环，我能游刃有余地使用虚无业火。"

秦羽想着，体内直接飞出了虚无业火。

而后，虚无业火直接包裹了那一块拳头大小的怪石。

在虚无业火的灼烧之下，一开始这块怪石几乎没有什么反应，随着时间不断推移，怪石的表面渐渐有了变化。

秦羽体内不断地飞出虚无业火，越来越多的虚无业火灼烧着怪石，从而使得怪石的变化越来越大。

半天时间过去了，"咔嚓"一声，怪石被灼烧得裂成了三块，不过依旧没有鸿蒙灵气逸出。

"这鸿蒙灵宝要被灼烧到完全熔解，其中的鸿蒙灵气才会逸出吧！"秦羽暗自想着。

鸿蒙灵气和鸿蒙灵宝达到了深层次的结合后，要想使得鸿蒙灵宝中的鸿蒙灵气逸出，灼烧的时间必须非常长。


转眼，一天过去了。

此刻，怪石已经变成了无数颗粒，那些颗粒不断地震颤着。

忽然——

"砰！"颗粒完全化为了飞灰。

同时，一道气流逸了出来。

"鸿蒙灵气？！"秦羽眼睛一亮。

紧接着，又有一丝丝气流逸了出来。

"鸿、鸿蒙灵气是这样的？"秦羽感到脑袋一阵眩晕。

随即，他直接锁定了部分空间，随后将逸出来的那点鸿蒙灵气抓在手里。

不一会儿，他整个人瞬间消失了。

此刻，新宇宙大大扩张了，秦羽一下子出现在新宇宙的边缘。

此处空间震荡，是新宇宙中最混乱的区域。

"定！"秦羽低喝一声，周围变得安静。

秦羽透过那层隔断，看着隔断之外茫茫无际的糨糊空间。大量的糨糊气息透过隔断融入新宇宙中，使得新宇宙不断地扩张。

仅仅一息工夫，新宇宙吸收的糨糊气息变得极多。

过去，在秦羽心中，糨糊气息就是一种构成宇宙的普通能量，然而这一刻，秦羽不再这样想了。

秦羽看了看手中的鸿蒙灵气，再看看那不断被新宇宙吸收的糨糊气息，很是震惊。

这两者竟然一模一样！

秦羽是新宇宙的主人，而糨糊气息不断地进入新宇宙中，他自然可以清楚地辨认出糨糊气息的本质。

秦羽愣怔良久。

"这就是神界的众多神王都看重的鸿蒙灵气？！为了炼制鸿蒙灵宝，首先要回炉一批无用的鸿蒙灵宝，以得到炼制鸿蒙灵宝时需要的鸿蒙灵气。然而，整个神界的鸿蒙灵宝本就不多，又有多少能够拿来回炉呢？"秦羽此刻很震惊。

他心念一动，周围百里范围内的糨糊气息都被他控制住了。

"啊！整个神界的鸿蒙灵宝都回炉，鸿蒙灵气的量也赶不上其中的百分之一吧！"秦羽想着，身体不禁有些颤抖。

"原本我以为鸿蒙灵气是宇宙中诞生的一种奇特能量，现在看来，这不过是组成宇宙本源的能量，怪不得有如此神奇的功效。"秦羽彻底明白了。

炼制鸿蒙灵宝时，让其吸收一些鸿蒙灵气，炼器的速度会加快。原来这是因为鸿蒙灵气对炼制鸿蒙灵宝有很重要的功效。

"冷静，冷静。"

秦羽强迫自己冷静下来，毕竟他之后还要去炼器。如此激动，炼器不出现失误才怪。

此时，糨糊气息透过隔断不断地涌入新宇宙中，隔断另一边则是无边无际的糨糊空间。

这些都是鸿蒙灵气啊!

看着这一幕,他如何能冷静下来?

秦羽深吸一口气,旋即盘膝坐下,闭上眼睛。

姜澜的苦心,立儿对他的心意,他都记得清清楚楚。

他下意识地摸了一下自己的嘴唇,依稀还记得立儿吻自己的那种感觉。

"我如今有如此多的鸿蒙灵气,何必担心炼制不出鸿蒙灵宝?"秦羽长舒一口气。

## 第552章
# 天地动

西北雷罚城。

西北圣皇周霍亲自布置出了一个空间，让空间中的时间加速了五千倍。要维持时间加速五千倍的空间，对周霍而言是一个很大的挑战。

他可不像修罗神王，能够轻易地维持一个时间加速到万倍的空间。

"父皇，两位宗师的炼器实力虽然很强，但是能否炼制出厉害的二流鸿蒙灵宝还很难说啊，如果不成功……"

周霍苦笑一声。

为了这个儿子，他可是费了不少心思。

"显儿，你放心吧，炼器材料和鸿蒙灵气都很充足，按道理，他们是可以炼制出二流鸿蒙灵宝的。"

"可是……"

"不用担心。"周霍打断了周显的话，"若是这两位炼器宗师炼制出的鸿蒙灵宝的威力达不到我们的要求，我便将我那件震雷吼给你，如何？"

震雷吼是有名的二流鸿蒙灵宝，这是周霍经常使用的一件厉害的二流鸿蒙灵宝，算是周霍的招牌灵宝。

"谢父皇。"周显顿时大喜。

有了父皇这句话，他就放心了。他知道，父皇身为八大神族之一的族长，真正的武器并非震雷吼，而是周氏一族的镇族灵宝，那可是自神界诞生起便存在的一流鸿蒙灵宝。

只不过，那件一流鸿蒙灵宝威力太大，周霍很少使用，大多数时候都是用震雷吼，只有到了重要关头，他才会拿出那件镇族灵宝。

"我有了震雷吼，便有了十足的把握。除非秦羽能拿出一流鸿蒙灵宝，否则我稳赢。"周显心中暗道。

震雷吼可以算是顶级的二流鸿蒙灵宝，即使秦羽也拿出一件顶级的二流鸿蒙灵宝，最后还是得由十三位神王来进行评判，只要两者差距不是太大，周显还是稳赢。


端木风和欧业子两大炼器宗师在辛苦炼器的时候，秦羽却在新宇宙的边缘盘膝静坐着。

秦羽的心境越加平和，状态也趋于完美。

他就这样盘膝坐着，静静地感受着内心的空灵状态。

某一刻，他感觉到整个人的状态达到了巅峰。

虽然不知是什么缘故，但秦羽现在有种感觉，若现在他炼器的话，肯定会成功。

这种感觉是非常玄妙的！

秦羽顿时睁开了眼睛，此时，他已经盘膝静坐了足足一万余年。

周围百米范围内一片寂静。

百米之外，空间动荡，混乱不堪。因为此处是新宇宙的边缘，秦羽所创的这个新宇宙的范围仍旧在不断地扩大。

秦羽站起身来，身上的长袍顿时消失了，整个人赤裸着上半身。

他单手一伸，手中出现了旋劲破空锤。

而后，他一拂手，面前便出现了黑色的台子。

"华莲分身。"秦羽低吟一声。

刹那间，他旁边出现了一个身穿青袍的青年，青年和秦羽长得一模一样。

华莲分身对秦羽微微躬身，恭敬地道："本尊。"

秦羽微微一笑。

旋即，只见红铜古树的一截树干在秦羽面前悬浮着。

秦羽单手一指，那需要三四人手拉手才能环抱住的粗壮树干顿时裂成四块。而后，这树干中出现了一截赤红色木头，秦羽知道这就是红铜古树的树心。

红铜古树的树心是最好的炼器材料，仅次于树心的便是主干的神木了。只要将那些神木用心地炼制一番，便可炼制出上品天神器。

在开始炼器的这一刻，秦羽心中有一种强烈的冲动，用树心和部分主干来炼制一件鸿蒙灵宝。

"呼！"

秦羽的左手中陡然喷出骇人的火焰，正是白色净火和虚无业火。

对于红桐古树这种顶级材料而言，黑色神火是没有多大用处的。

那一截树心落在秦羽面前的黑色台子上，白色净火和虚无业火顿时将树心包裹住了。

秦羽手持旋劲破空锤猛地砸下去。

一道呼啸声响起。

这时，空间泛起了波纹，九个空间旋涡一下子包围了树心，而秦羽的锤子正好砸在树心正中间。

"砰！"

树心在秦羽的一锤之下出现了裂痕。

这树心是绝佳的炼器材料，炼器高手一般是不会破坏树心的。秦羽可不像他们，在秦羽看来，破而后立，才是正道。

秦羽挥锤的力度在时刻变化着，有时候锤声柔和如风声，有时候却激烈如奔雷。

此时，那赤红色的树心已经变成了赤红色的液体。

这就是红桐古树树心能量中的精华。

"呼呼——"旋劲破空锤的四周出现了八道旋涡，空间旋涡将那些赤红色液体完全卷了起来，火焰包裹于其中。

赤红色的液体中还有一道光芒在闪烁。

秦羽的额头渗出了颗颗汗珠，汗珠却瞬间消失不见了。在炼器的过程中，秦羽是不允许有任何东西影响到自己的。

"差不多了。"

此次炼器，秦羽取用的材料非常少，只有红桐古树树心和两截主干神木。那主干裂成了四块，秦羽只取了其中两块，可是即便只有两块，也是体积极大的，这两块神木合起来，两人手拉手可能也无法环抱住。

"器坯已成！"秦羽单手一伸，手中出现了一根赤红色的权杖。

这根权杖只有两米长，权杖的长柄近两寸粗，就连权杖的顶端也只有拳头大小。

"华莲分身，准备淬火。"秦羽手一挥，赤红色权杖立即腾空飞起。

与此同时，一旁的华莲分身自然散发出一股青色的气流——寒蒙领域，寒蒙领域中如同蛟龙一样的金元重水在游动着。

华莲分身轻松地控制着寒蒙之气和金元重水，让它们将赤红色权杖紧紧地包裹住，赤红色权杖的柔韧性正不断加强。

"成功了。"秦羽的脸上露出一抹喜悦之色。

此刻，华莲分身收回了寒蒙领域。

这一次淬火完成得相当好。

下一瞬，赤红色权杖飞回到秦羽手中。

"鸿蒙灵气！"秦羽看了看远处那无穷无尽的糨糊气息，不由得右手一抓，顿时有大量的鸿蒙灵气朝他飞了过来。

那些鸿蒙灵气直接将赤红色权杖给完全包裹起来了。

秦羽闭上眼睛，双手之间飞出了一道道流光，流光落在赤红色权杖之上。

顿时，赤红色权杖的光芒变得极其耀眼，甚至有一道碧绿色光芒在权杖表面闪烁着。

"阵法乾坤，启灵！"

一时间，那赤红色权杖上的耀眼光芒和那道碧绿色光芒，完全凝聚在赤红色权杖的顶端。

秦羽脸上浮现出了一抹笑容。

他单手一伸，赤红色权杖就飘到了他的面前。

"恭喜本尊。"华莲分身躬身道。

秦羽微微一笑，随后点点头，华莲分身当即消失了。

秦羽的目光转向赤红色权杖，他仔细地观察赤红色权杖。这权杖通体如赤红晶玉一般，权杖顶端却是碧绿色的。

"不知道这权杖是什么级别的？"

秦羽虽然是炼器宗师，但是无法用肉眼辨别出鸿蒙灵宝的级别，唯有将其滴血认主，方能感应出鸿蒙灵宝的级别。

"希望是一流鸿蒙灵宝。"秦羽心中期盼着。

当即，他滴了一滴鲜血，鲜血落在权杖的顶端，直接被吸收了。

秦羽一下子知晓了赤红色权杖的功用。

"这赤红色权杖的攻击力竟然这么强！"秦羽心中大喜，"果然是一流鸿蒙灵宝。"

这赤红色权杖的威力极大，连秦羽都心动了。

赤红色权杖一出，便可锁定空间。

同时，赤红色权杖的顶端可以发出万千根枝条，将对手完全困住。一旦对手被困住，即使能够施展瞬移，也休想逃脱。

而且，赤红色权杖本身无比坚韧，完全可以当成狼牙棒用来攻击对手。

"一流鸿蒙灵宝果然厉害！不过，单单论束缚力，赤红色权杖应该比不上残雪神枪中的玄黄之气吧？"秦羽心中暗自想着。

想这些的时候，秦羽的脸上依旧有着难掩的笑容。

"嗯！给澜叔和立儿他们看看。"

而后，秦羽便直接消失了。


木府。

刚刚回到木府，秦羽便散开空间之力，一下子找到了姜澜和姜立。

"澜叔、立儿，我成功了。"秦羽激动的声音直接传入了姜澜和姜立的耳中。

这时，天空中忽然响起一声巨响，原本天朗气清，此时红云陡然遮住了天空。

"成功了？"姜澜微微一怔，"难道小羽他……"

姜澜神识一扫，顿时发现了秦羽，同时注意到了秦羽手中的赤红色权杖。以他的实力，自然感应出了权杖很是不凡。

姜澜一闪身，就到了秦羽的身旁，姜立则很快地跑了过来，脸上满是激动的神色。

"咦，这是怎么回事？"此刻，秦羽才注意到天空中的异象。

整个天空一片赤红色，连大地也被映成了红色。

此时，神界几乎所有人都发现了这一幕。

姜澜抬头看了天空一眼，眼睛一亮，直接对秦羽问道："小羽，你炼制出了一流鸿蒙灵宝？"

"澜叔，你是怎么知道的？"秦羽笑着反问道。

姜澜朗声大笑，道："哈哈！在神界，唯有一流鸿蒙灵宝出世时，才会使得天地变色，同时降下灵宝之雷。"

"灵宝之雷？"秦羽这还是第一次听说。

当初匠神车侯辕为修罗神王炼制出了一流鸿蒙灵宝，此事传遍了整个神界，而车侯辕本人却没有做详细描述，似乎对此事并不在意。

姜澜对车侯辕了解颇深，知道车侯辕的目标是天尊灵宝。恐怕只有成功炼制出天尊灵宝，车侯辕才会开心吧！

"灵宝之雷是一种劫雷，之前出现了一次。不过，灵宝之雷的威力并不大，你用那赤红色权杖抵挡住便可。虽然说灵宝之雷是劫雷，但是我觉得这只能算是一流鸿蒙灵宝出世的征兆而已。"姜澜淡淡地道。

只见披天盖地的红云遮挡住了无边的天空。

天空中射出了数道各色的雷电，雷电如同烟火一般绚烂，照亮了整个神界。

最后，数道各色雷电汇集，形成了一道七彩雷电，而后直接朝飘雪城木府轰击而下。

"这雷电的威力似乎不大。"

雷电刚进入秦羽所在的区域，秦羽就感觉到了，当即挥出了赤红色权杖。

"砰！"七彩雷电轰击在赤红色权杖上，顿时雷电四射。

赤红色权杖上的光芒变得更加耀眼，却没有发生任何异样。

"这灵宝之雷的威力果然不大。"秦羽点点头。

忽然，他想到一件事情，心中暗道："照刚才澜叔所说，红云满天，灵宝之雷降临，这是一流鸿蒙灵宝出世的征兆。那岂不是神界的人都知道有人炼制出了一件一流鸿蒙灵宝？"

"哈哈！一流鸿蒙灵宝的吸引力果然很大啊！秦羽，我大哥来了。"姜澜对秦羽笑道。

秦羽微微一怔。

"除了我大哥，连姜邢也来了。"姜澜道。

很快，飘雪城三大神王就要齐聚木府了。

## 第553章
# 新的匠神

红云满天，灵宝之雷降临。

神界又诞生了一件一流鸿蒙灵宝的消息还没有传开，凡是清楚当年匠神车侯辕炼制出一流鸿蒙灵宝时发生的事的人都知道了。

"又有一件一流鸿蒙灵宝出世了？而且是在飘雪城！"周显遥看飘雪城的方向，神情复杂，"难道，难道那秦羽……"

除了失踪的匠神车侯辕，神界的炼器宗师只有秦羽、端木风和欧业子三位，端木风和欧业子这两位炼器宗师如今就在雷罚城。而飘雪城的方向出现了新的一流鸿蒙灵宝，很可能是秦羽或者再次现身的车侯辕炼制的。

无论是车侯辕，还是秦羽，并没有什么区别。因为秦羽是迷神殿的新主人，是车侯辕的传人。如果是车侯辕炼制出的一流鸿蒙灵宝，恐怕也是帮秦羽炼制的。

"父皇。"周显看向身旁的周霍。

周霍神色复杂，低声说道："你待在这里，我去一趟飘雪城，了解情况。"

"是，父皇。"周显应道。

不到最后，无论如何他都不能放弃。

此刻，端木风和欧业子还在周霍布置出的空间里炼器，不知道外面发生的事情。在周霍布置的空间中，他们根本感应不到外界。

除了西北圣皇周霍，东极圣皇皇甫御、修罗神王、南极圣皇等高手都赶往了飘雪城。

要知道，那可是一件一流鸿蒙灵宝，足以牵动神界所有神王的心。

此刻，整个神界，超过一半的神王都聚集在北极飘雪城。

木府。

"这权杖……"姜梵走过来，紧紧盯着半空中悬浮的赤红色权杖。

秦羽却单手一伸，收回了权杖。

姜梵看向秦羽，脸上露出笑容，道："秦羽，这权杖就是新出现的一流鸿蒙灵宝？"

"正是。"秦羽点点头。

秦羽对于姜梵的印象还不错，招亲的前两轮评选中，姜梵都是支持自己的，特别是第二轮评选，姜梵也站在自己这边。

"一流鸿蒙灵宝是谁炼制的？"姜梵追问道。

姜梵自然是知道秦羽和车侯辕的关系的，他心中猜测，会不会是车侯辕帮秦羽炼制了一流鸿蒙灵宝？

姜澜笑道："这权杖是小羽炼制的。"

"哦？"姜梵很是惊讶。

秦羽这是能晋升新匠神了啊！

姜梵想着，随即瞥到了秦羽身旁有些不安的姜立。

"立儿，你也在这里啊！看来你和秦羽很熟啊！"姜梵笑道。

此刻，姜梵更加希望秦羽成为他的女婿了。

让一位新匠神成为自己的女婿，这是一件对自己很有利的事情。

若是秦羽成了他的女婿，北极飘雪城就很可能得到新的一流鸿蒙灵宝。

"大伯，二伯。"这时，一个身穿一袭紫色长袍的年轻男子走了进来。

此人正是飘雪城的第三位神王姜邢。

姜邢是姜氏一族的第二代子弟，修为达到了神王境界，其毅力和天赋都极为惊人。

"刚才我看到红云满天，灵宝之雷居然降临飘雪城，我想，整个飘雪城能够炼制出一流鸿蒙灵宝的，除了秦羽兄，怕是没有其他人了。"

这姜邢倒是机灵，直接称呼秦羽"秦羽兄"了。在神界，几乎所有神王和匠神都是平辈论交的。如今秦羽成了新匠神，姜邢自然要巴结一番。

所有神王都想要一流鸿蒙灵宝。即便有的神王已经有了一件一流鸿蒙灵宝，但是还是想要第二件。至于没有一流鸿蒙灵宝的，自然更想拥有一流鸿蒙灵宝。由此可知，匠神的地位有多高。自从匠神车侯辕失踪，许多神王都灰心了，如今新匠神诞生了，他们心中再次燃起了希望。

如果能拥有一件一流鸿蒙灵宝，那在众多神王中便堪称无敌，毕竟大部分神王的修为都只达到领悟时间法则第一层时间加速的境界。只有一个人是例外，那就是修罗神王，他领悟到了时间法则第二层——时间静止。

正因如此，修罗神王是神界公认的第一神王。

当初他没有一流鸿蒙灵宝，却靠着时间静止这一神通便不惧八大圣皇了。之后，他得到了一流鸿蒙灵宝，即便八大圣皇联手，也不是他的对手。

"哈哈！今天可真是热闹啊！"姜澜忽然笑了起来。

姜梵和姜邢也笑了起来。

姜梵看向姜澜，问道："二弟，那些神王都在外面，是否让他们进来？"

"诸位，进来吧。"姜澜朗声笑道。

那些神王对姜澜还是比较顾忌的。据传，姜澜的实力比姜梵还要强，而且，姜梵将一流鸿蒙灵宝罗羽刀送给了姜澜。

姜梵之所以将罗羽刀送给姜澜，一是希望姜澜和他的关系缓和一些，二是想让北极飘雪城的实力增强。

"哈哈！我真是羡慕姜梵兄啊！"

随着一道大笑声，一个有着赤红色长发的中年男子走了进来，正是火焰山的西极圣皇。

西极圣皇身后跟着一人，那人同样有着一头赤红色长发。很显然，此人是西极火焰山的另外一位神王。

"秦羽，你在我东极炫金山时，可是一件一流鸿蒙灵宝都没有炼制出来。你到飘雪城才多久，先是送给姜梵一件一流鸿蒙灵宝罗羽刀，如今又炼制出了一件一流鸿蒙灵宝。唉！真是让我嫉妒。"东极圣皇皇甫御从半空中降下，没好气地道。

皇甫御的身后跟着两人，正是百花神王皇甫留香和金剑神王皇甫雷。

这两位神王对众人微微一笑，随后都看向秦羽。

"秦羽，你可真是越来越厉害啊！我的眼光不错！"一道娇媚的声音响起，紧接着，血妖王走了过来。

"我的天，怎么来了这么多神王？"秦羽心中一惊。

神界八大圣地势力中，和秦羽有交情的东极炫金山的三大神王都来了。至于飘雪城外的其他势力，都派出了两位神王，唯有雷罚城只来了周霍一人，周霍心里也清楚，他和秦羽斗了这么久，秦羽对他没什么好感。

除了八大圣地势力，三大飞升者势力也派出了好几位神王。这些神王看向秦羽的目光都无比炽热。

"秦羽，你还认识我吗？"一个灰衣男子笑着问道。

秦羽自然认识此人，此人正是当初带走侯费的人。

他是跟着修罗神王来的。

"我是修罗海的平天神王。第一次见到你，我可没想到你竟然是车侯辕的传人。转眼的工夫，你都成新匠神了，着实厉害啊！"灰衣男子笑着说道。

木府中很是热闹，今日来此的神王竟然超过了二十位。

在北极圣皇殿进行招亲的时候，这些神王都高坐在圣皇殿上方，很是傲然，根本不把大殿下方的人放在眼里。

可现在，他们都笑眯眯地看着秦羽，态度颇为谄媚。

"炼器宗师和匠神虽然只差一个级别，地位却差得远。"秦羽不由得感叹道。

炼器宗师能炼制出上品天神器，如果能得到大量珍贵材料和鸿蒙灵气，能炼制出二流鸿蒙灵宝。然而，二流鸿蒙灵宝对于神王的吸引力并不大。

匠神可就不同了。能够炼制出一流鸿蒙灵宝才有资格被称为匠神，而神王都想得到一件一流鸿蒙灵宝。

木府的客厅中举办了盛大的宴席。参加此次宴席的，除了秦羽，其他人都是神王，连姜立都没有入席。

客厅中有二十四个座位，其中十七个座位属于八大神族的神王，还有六个座位是三大飞升者势力的，最后一个座位是秦羽的。

宴席上，秦羽是全场最受瞩目的。

"秦羽。"修罗神王对秦羽遥遥举杯。

秦羽当即举起酒杯。

修罗神王道："当初，车侯兄为我炼制出一件一流鸿蒙灵宝的场景仍历历在目，没想到，今日车侯兄的传人也炼制出了一流鸿蒙灵宝，成了新匠神。秦羽，你的炼器造诣不输车侯兄啊！车侯兄若知道这个消息，一定会开心。对了，秦羽，不知车侯兄现在在哪里？"

此话一出，整个客厅安静下来。

车侯辕的行踪是神界的一个未解之谜。这么多年，就连神王都测算不出车侯辕所在的位置。

然而，秦羽也不知道车侯辕在哪里啊！

"车侯前辈一心追求炼器的巅峰境界，为了达到炼器的最高成就，欲炼制出天尊灵宝，因此车侯前辈早早便离开了迷神殿。至于他的行踪，我实在不知。"秦羽如实说道。

"车侯辕想要炼制出天尊灵宝？"

在场的神王面面相觑，心中震惊不已。

如果车侯辕真的炼制出了天尊灵宝，那可是一件可怕的事情。

"车侯兄追求炼器的极限，真是可敬可佩。为此，当饮一杯。"修罗神王笑着说道。

宴席的气氛还算融洽。

接下来，大家都是饮酒谈笑，没有人主动提起让秦羽为他们炼器，然而所有神王都不动声色地和秦羽拉近关系。

秦羽熟练地应付着，脸上带笑，貌似很受用的样子，然而心中却很鄙视那些神王。

过去，这些神王高高在上，压根不把他放在眼里，现在却对他这般礼待，还不是因为他炼制出了一件一流鸿蒙灵宝？

"有实力，才会得到尊重。"秦羽心中暗道。

宴会结束后，各大神王都热情地和秦羽告别，随即离开了。

"秦羽，说实话，我打心底希望你参加招亲失败。"皇甫御和秦羽告别的时候，笑道。

秦羽苦笑一声。

他已经猜到皇甫御接下来要说的话了。

"如果你失败了，你就很可能成为我的女婿。可是现在看来，你失败的可能性很小。我真是嫉妒姜梵那个家伙，你看，他笑得多开心。"皇甫御指着不远处的姜梵，没好气地道。

秦羽讪讪一笑。

"东极圣皇陛下，即使我成了北极飘雪城的女婿，也依旧还是炫金山岚玄殿的殿主，他日陛下若有需要秦羽出力的地方，秦羽一定不会推辞的。"秦羽当即说道。

皇甫御点点头，道："有你这话我就放心了。好了，我回去了，下次在北极圣皇殿再见。"

秦羽点点头。

下一次再见面就是他参加招亲的第三轮评选的时候了。

"第三个名额非我莫属。"秦羽心中暗道。

他如今拥有一流鸿蒙灵宝，获胜的概率很大。更何况那些神王都想和他拉近关系，应该会帮他。

上一次偏心周显的几位神王都后悔莫及了吧，雷罚城给他们的好处如何比得上新匠神给他们炼制一流鸿蒙灵宝？而得罪了新匠神，又得耗费多少精力才能消除隔阂呢？

"距离招亲的第三轮评选还有好长一段时间，这段时间，我就多收集一些珍贵的材料，再配合鸿蒙灵气，多炼制出一些鸿蒙灵宝吧！"秦羽打定了主意。

## 第 554 章

# 第三个名额

新匠神诞生的消息很快便传遍了整个神界。

宴席结束的当天傍晚，新匠神秦羽就回到了新宇宙的新紫玄星中，开始炼制鸿蒙灵宝。

不过，秦羽到时是不会将这些鸿蒙灵宝展示出来的。

如果他拿出很多鸿蒙灵宝，到时很难解释，自己为何会有那么多的鸿蒙灵气。

不过，宝多不压身，他现在多炼制一些鸿蒙灵宝是极好的，多多益善。

雷罚城。

欧业子和端木风两位炼器大师辛苦炼制了许多年，终于出成果了。

欧业子的炼器状态非常好，竟然炼制出了二流鸿蒙灵宝，端木风却只炼制出了三流鸿蒙灵宝，白白浪费了那么多珍贵材料和鸿蒙灵气。

"欧业子、端木风，炼器到此结束吧！"周霍笑着说道。

欧业子和端木风相视一眼，很是疑惑。

按照当初的计划，周霍可是准备了足够炼制四件鸿蒙灵宝的材料。也就是说，欧业子和端木风要各自炼制两轮，现在他们都只炼制了一轮。

欧业子不由得问道："陛下，你这话是什么意思？"

"唉！还是告诉你们吧！在你们炼器期间，已经有一件一流鸿蒙灵宝出世了。"周霍虽然面带微笑，但是脸色并不好看。

"一流鸿蒙灵宝出世？那一流鸿蒙灵宝是天地孕育的，还是人工炼制的？"欧业子问道。

"我也不清楚。我只知道，那一流鸿蒙灵宝出世时，漫天都是红云。"周霍道。

红云满天，只有人工炼制出一流鸿蒙灵宝才会有如此场面！

"难道车侯辕回来了？"端木风问道。

周霍摇了摇头。

欧业子轻声说道："莫不是那个秦羽？"

周霍点点头，道："没错！就是秦羽！他炼制出了一件一流鸿蒙灵宝，成了新匠神。此次招亲的第三个名额和我儿周显无缘了。"

周霍看到秦羽拿出一流鸿蒙灵宝的时候，就已经决定让儿子周显放弃争夺第三个名额了。


去飘云府拜访秦羽的人非常多，可是没有人能够找到秦羽，包括姜澜和姜立。

实际上，秦羽一直在新宇宙中炼制鸿蒙灵宝，没有他的同意，又有谁能进入新宇宙？

时间缓缓流逝。

一年、两年……

距离招亲的第三轮评选之日很近了。

姜立的心情明显好多了。

秦羽炼制出了一流鸿蒙灵宝，此次招亲的最后胜利者几乎定了。

"澜叔，秦羽大哥这几年都没出来过吗？"姜立有些着急。

姜澜微微一笑，道："立儿，别担心。去年，秦羽从新宇宙中出来了，只是他很快又进去了，所以你没有看到他。"

"去年？"姜立一脸疑惑。

"去年他从新宇宙中出来，找我借了一些炼器材料。反正我的炼器实力不强，根本用不到那些材料，所以我就都给他了。"姜澜笑着说道。

在炼器方面，姜澜也就对炼制空间神器比较擅长。

"秦羽大哥找你借炼器材料？"姜立眉头一皱，"这么说，秦羽大哥一直在炼器。他即便炼制出很多上品天神器，又有什么用处呢？"姜立不明白。

姜立和姜澜都不知道，秦羽拥有着无穷无尽的鸿蒙灵气，他炼制的可不是上品天神器，而是鸿蒙灵宝。

此事秦羽还没来得及告诉立儿和姜澜。


新宇宙中。

汗珠从秦羽的鬓角滑下。

秦羽仔细地打量着手中的长鞭，脸上露出了满意的笑容。

"终于结束了。"秦羽不由得感叹道，"虽然我有无穷无尽的鸿蒙灵气，但是想要炼制出好的鸿蒙灵宝，还是需要大量的珍贵材料啊！"

这八万年来，秦羽每一次炼器前都会耗费比较长的时间来调整状态，努力让自己达到最佳的状态。

八万年过去了，他炼制出了七十三件鸿蒙灵宝，其中有两件三流鸿蒙灵宝，七十件二流鸿蒙灵宝，以及一件一流鸿蒙灵宝。

"可惜，我当初把大量的珍贵材料都耗费在炼制紫玄府上了。"秦羽叹息道。

当初他为了炼制紫玄府，的确付出了很大的代价。他把那些珍贵材料炼制成了装饰性的上品天神器。然而，那些珍贵的材料加上鸿蒙灵气，完全能够炼制出二流鸿蒙灵宝了。

当初车侯辕留下的珍贵材料所剩不多。此次炼器，秦羽只得向姜澜去借炼器材料，没想到姜澜竟然给了他那么多珍贵材料，这才让他炼制出了足足七十三件鸿蒙灵宝。

"要想炼制出一流鸿蒙灵宝，珍贵材料、鸿蒙灵气、炼器实力、炼器状态缺一不可啊！"秦羽感叹道。

虽然他炼制出了足足七十三件鸿蒙灵宝，但是只有一件是一流鸿蒙灵宝。

他之所以能炼制出这件一流鸿蒙灵宝，是因为用了极其珍贵的材料，此外，当时他的状态很好，比炼制赤红色权杖时的状态还要好。

秦羽右手一翻，一把碧绿色长剑出现在手中，这长剑的表面有光芒闪烁着。同时，那股神秘的气息使得周围的空间都在微微震动。

"此剑就取名为破水，暂时存放在新宇宙中吧！"

秦羽心念一动，破水剑已经进入了迷神殿之中。

秦羽不敢将破水剑带到神界去，他怕将这个带到神界，又会出现红云满天的景象。到时候，那些神王会做出什么反应，他简直无法想象。还是低调一些为好，他不想惹麻烦。

他也不打算公开剩余的七十二件鸿蒙灵宝。他决定暂时将这些鸿蒙灵宝存放着，待到合适的时机，再将它们拿出来。

"离招亲的第三轮评选之日不远了，我该出去了。"秦羽想着，而后消失在新宇宙中。

见秦羽回到了神界，姜立非常高兴，她整日和秦羽待在一起。

就这样，秦羽一直待在木府当中。

侯费和黑羽经常来木府逛逛。

"小羽，明天就是第三个名额的评选之日了，你准备好宝物了吗？"姜澜看着秦羽，问道。

姜澜知道秦羽先前炼制出了一件一流鸿蒙灵宝，但是他不确定秦羽是否会用那件一流鸿蒙灵宝当宝物，毕竟一流鸿蒙灵宝是很珍贵的。争夺第一个名额的时候，秦羽已经拿出一件一流鸿蒙灵宝了。

"第三个名额我势在必得。"秦羽取出了那根权杖，喃喃道，"我拥有一流鸿蒙灵宝，周显还能翻盘吗？"

在秦羽看来，一流鸿蒙灵宝也是身外之物。

为了立儿，他有何舍不得？

姜澜满意地点了点头。


第二日，北极圣皇殿依旧非常热闹。

十三位神王端坐在大殿之上，下方的众位天神小声谈论着，不时有人上前去和秦羽聊上两句。

秦羽成了整个北极圣皇殿中的焦点人物。

"秦羽兄，听说你炼制出了一流鸿蒙灵宝，真是佩服！"坐在秦羽身旁的周显笑着说道，他的目光中却流露出一丝愤恨。

秦羽自然能够猜出周显此刻的心情。

"呵呵！运气而已！周显兄，我记得，你对得到第三个名额信心十足，不知此次你准备了什么宝物？"秦羽笑着问道。

周显闻言，脸上的表情僵住了。

周显干笑两声："我的宝物再好，也比不上秦羽兄的啊！"

周显心中很清楚，上一次他之所以能赢，多亏了他的父皇让那几位神王支持他。那几位神王身为裁判，虽然可以偏心帮他，但是也不能帮得太明显。

此次秦羽若是拿出一流鸿蒙灵宝，而他只能拿出二流鸿蒙灵宝，那些神王即便想要再偏心于他，也无能为力。他们总不能说二流鸿蒙灵宝比一流鸿蒙灵宝要好吧？

更何况，如今秦羽的地位提升了，他已然是新匠神了，那些神王恐怕都后悔当初为了帮周显而得罪他了吧！如今他们帮他还来不及呢，又岂会再偏心于周显？

即使秦羽和周显献上的同是二流鸿蒙灵宝，甚至秦羽拿出的二流鸿蒙灵宝要比周显的略微差一点，估计那些神王也都会支持秦羽。

"各位，"姜梵站起身来，脸上洋溢着笑容，朗声道，"今天是第三个名额的评选之日，按照当初制订的规则，这一轮是看谁的宝物更珍贵。这次评判可比上一次要容易得多。"

姜梵目光扫向大殿下方的众人，他看到秦羽的时候，目光停留了一下，还对秦羽微微一笑。

"现在，十七位候选人可以展示自己的宝物了，由最后一位率先开始展示。"姜梵直接宣布。

顿时，最后一位候选人，也就是地底之城的皇子站起身来，他走到大殿正中间，躬身行了一礼，道："诸位神王，这一场比试我弃权。"

弃权？

殿中的天神都愣住了。

而大殿上方的众位神王依旧微笑着。

姜梵点点头，道："贤侄，你先退下。下一位。"

"诸位神王，这一场比试我也弃权。"

紧接着，又有十二位候选人宣布弃权。

他们连二流鸿蒙灵宝都拿不出，还是直接放弃比较好。谁不知道，秦羽已经炼制出了一流鸿蒙灵宝？周显的父亲更是请两位炼器宗师炼器，由此可以看出，秦羽和周显才是最有力的竞争者。

"下一位。"姜梵淡淡地说道。

一位候选人弃权就算了，十三位候选人连续宣布弃权，这让姜梵有些不高兴了。

这时，周显起身，走到了大殿中央。

"诸位神王，"周显躬身行礼，旋即才朗声说道，"秦羽兄已然炼制出了一流鸿蒙灵宝，我没有颜面拿出自己的宝物来，我……也弃权。"

大殿中死一般的寂静。

半晌，殿中的人都喧哗起来。

此次招亲，两位实力最强的竞争者当属秦羽和周显，没想到周显竟然直接认输了。

秦羽看着周显，嘴角勾起一抹笑容："弃权？哦！你弃权了，那我……"

秦羽心中已然有了决定。

周显退回到自己的座位上，而后对旁边的秦羽微微一笑，道："秦羽兄，看你的了。"

"下一位。"姜梵的目光转向秦羽。

其他神王顿时都看着秦羽。他们的脸上都带着一抹微笑，看向秦羽的目光满含赞赏。大殿下方的天神都感受到了这一点。

秦羽起身，随即走到大殿中央。

姜梵目光灼灼地看着秦羽，他最期待的是秦羽能够拿出那件一流鸿蒙灵宝。

"诸位神王，我的宝物是……"秦羽伸出了右手，手中陡然出现了一根长鞭，"此长鞭是顶级的二流鸿蒙灵宝。"

姜梵的笑容僵住了。

大殿上方的神王俱是一愣。

周显也愣住了。

秦羽拿出的竟然不是一流鸿蒙灵宝，而是顶级的二流鸿蒙灵宝。

姜梵愣了好一会儿，而后才反应过来，道："这长鞭竟是顶级的二流鸿蒙灵宝，不错不错！"

姜梵佯装满意地点点头。

秦羽微微一笑，旋即便退下了。

当周显弃权的时候，秦羽心里就做了决定，此次他不需要拿出一流鸿蒙灵宝，他只需拿出这件顶级的二流鸿蒙灵宝便足以赢得第三个名额。

毕竟其他人都弃权了，只剩下奎因侯和申屠凡两人还没有展示宝物，秦羽断定他们不可能拿出一流鸿蒙灵宝。

他们都不一定拿得出二流鸿蒙灵宝，即使拿得出二流鸿蒙灵宝，估计也赢不过秦羽。如今，支持秦羽这个新匠神的神王肯定很多。

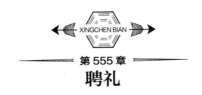

# 聘礼

"下一位。"姜梵清朗的声音在大殿中回荡着。

申屠凡当即站起身来，走到大殿中央。

"诸位神王，这场比试我也弃权。"

申屠凡回到座位上时，还朝秦羽笑了笑。

秦羽感觉得到，申屠凡很开心。其实申屠凡原本不愿意参加招亲的，是他父皇逼他这样做的。

紧接着，奎因侯走到大殿中央。

"诸位神王，秦羽兄已经拿出了宝物，我自知我的宝物不如秦羽兄的，还是不拿出来献丑了。我也弃权。"

奎因侯只是飘雪城的一个殿主，他只有一件二流鸿蒙灵宝，还是姜梵赐给他的。

他如何拿得出珍贵的宝物呢？

"你也退下吧！"姜梵笑着说道。

这是他的老属下，他自然很清楚其家底。

十七位候选人都上来过了。此轮评选，十六人弃权，唯有秦羽一人展示了宝物，结果一目了然。

"秦羽兄，恭喜了。"奎因侯走回座位，路过秦羽身旁的时候，对秦羽笑着说道。

秦羽微微一笑。

姜梵站起身来，环顾众人，道："诸位，现在看来，结果已经很明显了，不需要神王进行评判了。"

"十七人中有十六人弃权，我们也没法评判啊，哈哈！"西极圣皇笑道。

姜梵点点头，道："诸位，那我便宣布此次招亲的结果了。"

众位神王都点点头。

姜梵朗声宣布道："此次招亲的第三个名额归秦羽所有。"

"谢圣皇陛下。"秦羽站起身来。

同时，他手中的长鞭飞向了大殿之上的姜梵。既然他得到了第三个名额，那这件宝物便归姜梵了。

姜梵单手拿着长鞭，道："招亲的三个名额都定下来了，其中秦羽得到了两个名额，一个名额归周显，这两人中的一人将成为我的女婿。秦羽、周显，请你们明天将聘礼清单交到圣皇殿，我和夫人会根据聘礼清单和此次招亲过程中两位的表现来决定谁能成为我们的女婿。"

"最后，赢的人再按照清单送上聘礼即可，输的人不需要这样做。"姜梵笑着补充。

姜梵还不算太贪心，只是让他们先交上聘礼清单，并没有直接要两人送上聘礼。

"记住！明日你们便将聘礼清单交到圣皇殿，十日之后，我会在圣皇殿正式宣布谁将成为我的女婿。"姜梵又道。

秦羽和周显相视一眼。

"十天，只剩下十天了。"秦羽有些激动。

十天之后，他便可以正大光明地迎娶立儿了。

随后，殿中举办了盛大的宴会，众人喝酒畅谈，好不惬意。待得宴会结束，秦羽才摆脱众人的包围，走出了北极圣皇殿。

皇城城门处。

"秦羽。"

周显比秦羽早一些离开圣皇殿，他一直在城门处等秦羽。

周显又想要干什么？

秦羽看着周显，笑着问道："周显兄，我见你早早离开了圣皇殿，原来是在这里等我，不知道你有什么重要的事情？"

"没什么，只是想恭喜你一下。"周显笑道，随即问道，"不知秦羽兄的聘礼是什么？"

知己知彼，才能百战不殆。

周显特意在城门处等着自己，竟然是要问自己这个问题。

秦羽轻轻一笑，道："我还没完全确定用什么灵宝当聘礼。周显兄，你的聘礼是什么？"

"这……我也没定，我要回去和父皇商议一下。"周显没有直接回答。

秦羽心中暗自冷笑。

聘礼肯定是很早之前就决定的，毕竟明天就要去送聘礼的清单了，可是周显竟然说他要回去和他父皇商议一下，明显是托词。

"那周显兄就回去好好和你父皇商议吧，我不奉陪了。"秦羽当即转身，直接离开了。

周显见秦羽如此无礼，不由得面部肌肉一阵抽搐。

随即，他冷笑一声，带着随从离开了。


飘云府。

秦羽、黑羽、侯费三兄弟聚集在一起。

"大哥，你真打算用那一百万件下品天神器当聘礼？这未免太骇人了！估计你交上聘礼清单，那北极圣皇还未必相信呢！"侯费嘀咕道。

黑羽点点头，道："猴子说得对，北极圣皇可不一定相信你有一百万件下品天神器。"

秦羽笑了。

的确如此！如果他的聘礼清单上写着一百万件下品天神器，北极圣皇肯定不会相信，说不定还会认为他是骗人的。要知道，即便用尽神界的珍贵材料也不一定能炼制出百万件下品天神器。

实际上，秦羽用普通材料就能炼制出下品天神器。

"用一百万件下品天神器当作聘礼，这是我之前的计划，现在我的计划变了。"秦羽故作神秘地道。

侯费和黑羽顿时都看向秦羽。

"我轻松地得到了第三个名额，连事先准备的一流鸿蒙灵宝都没有派上用场，所以我决定将一流鸿蒙灵宝，也就是这根权杖当作聘礼。"秦羽说着，手中出现了一根赤红色的权杖。

秦羽做事向来追求完美，他决定把这件一流鸿蒙灵宝当作聘礼。这样一来，即便他和周显在招亲过程中表现差不多，但北极圣皇看在一流鸿蒙灵宝的分上，估计会选他当女婿。

更何况，自己获得了两个入选名额，而周显只得了一个入选名额，现在自己的聘礼又是一流鸿蒙灵宝，还有什么理由不赢？

翌日。

秦羽独自一人去北极圣皇殿，然而他刚刚抵达北极圣皇殿的大门处，便被北极圣皇殿的天神侍卫给拦住了。

那天神侍卫是认识秦羽的，当即恭敬地道："秦羽大人，北极圣皇陛下有令，你和周显大人的聘礼清单只需交给我，我会呈给陛下的。陛下说了，从今天到最后宣布结果期间，为了公平，他不会见你和周显中的任何一人。"

秦羽觉得有些好笑，北极圣皇不见自己和周显，这样就能确定是公平的？

不过，北极圣皇既然这样安排，他也只得遵命。

他当即取出一幅金色卷轴，将其递给天神侍卫。

天神侍卫又躬身行了一礼，道："秦羽大人，我这就去送给圣皇陛下。"

秦羽点点头。

随后，他站在北极圣皇殿门口，而后散开空间之力，空间之力弥漫开去，监视着天神侍卫的一举一动。

他知道，这里是北极圣皇殿，天神侍卫绝对不敢故意将他的聘礼清单藏起来。可是为了顺利娶到立儿，他绝不容许出现任何意外，必须探察到天神侍卫将聘礼清单送到北极圣皇手中，他才能放心。

秦羽的空间之力覆盖了整个北极圣皇殿，而后探察到，北极圣皇接到了聘礼清单，并且打开仔细看了。之后，北极圣皇脸上露出了兴奋的表情。

"哦！秦羽兄也在这里啊！"周显的声音在秦羽的耳边响起。

秦羽转头看去，只见周显朝他走了过来。

天神侍卫此刻已经回到了圣皇殿门口，他看到周显后，当即说道："周显大人，圣皇陛下有令……"

天神侍卫将对秦羽说过的话和周显又说了一遍。

周显眉头微微一皱，瞥了天神侍卫一眼。

而后，周显看向秦羽。

秦羽淡笑一声，道："周显，这里可是北极圣皇殿，你还怕这天神侍卫欺骗你不成？"

周显冷哼一声，随即将金色卷轴递给天神侍卫。

"周显兄似乎很在意聘礼清单，难道你认为你还有获胜的希望？"秦羽嘲讽道。

周显听到秦羽那不屑的语气，非但没有动怒，反而微微一笑。

秦羽顿时惊疑起来。

如果周显自知一点获胜的希望都没有，他不会如此在意聘礼清单，然而刚刚他并不放心将聘礼清单交给天神侍卫，好像上面写了很了不得的聘礼。

难道还有比一流鸿蒙灵宝更珍贵的东西？

秦羽不知道周显葫芦里到底卖的什么药，所以他只能用这种不屑的语气来激怒周显，想要让周显自己说漏嘴。

周显看了秦羽一眼，丝毫不在意秦羽的嘲讽，道："秦羽兄，十天后，便知道结果了。"

说完，周显直接离开了北极圣皇殿。

秦羽看着周显的背影，眉头一皱，心中暗道："这周显到底有什么倚仗？难道他是故作姿态？"

旋即，秦羽不再多想。

他可不认为，到了如今这个地步，周显还能赢他。

秦羽和周显都交上了聘礼清单，之后他们就静静地等待着。

北极圣皇说到做到，十天内，北极圣皇殿不接待任何人。


雷罚城。

"父皇，北极圣皇真的会因为聘礼清单就选我当女婿吗？"周显没信心，又道，"据我猜测，秦羽的聘礼说不定是一件一流鸿蒙灵宝呢！"

周霍沉默不语。

半晌——

"显儿，不要着急，如果秦羽的聘礼真的是一件一流鸿蒙灵宝，你交上去的聘礼清单打动北极圣皇的概率只有三成。"周霍眉头微皱，继续道，"不过，这已经是最后的办法了，毕竟此次招亲有三个入选名额，而你只得到其中一个，只能搏一搏了。"

周显点点头。

此次招亲最后的胜利者到底是谁，谁都没有百分百的把握。

度日如年，这是秦羽目前最深切的感觉。

时间渐渐流逝，秦羽心中总是惴惴不安，一想到周显交上聘礼清单时的表情和话语，他总是忍不住乱想。

"难道周显真的还有更厉害的灵宝？"秦羽心中猜测着。

"不！不行！无论如何，此次招亲我一定要赢。"秦羽站起身来，散开空间之力。

虽然飘云府和木府离得比较远，但是他的空间之力可以覆盖周围数百里范围，飘云府和木府都在他的空间之力的探察之中。

"没有神王在探察。"

秦羽当即施展瞬移，去了木府。

"嗯？小羽？"坐在池塘边的姜澜掉头看去。

这时，秦羽刚好走进院子。

"澜叔！"秦羽的脸有些红。

他不是为了见立儿而羞红的，而是急红的。

"怎么了？"姜澜倒是比较冷静，旋即笑道，"我刚刚没发现你进了木府大门，你怎么突然就到这院子来了？"

秦羽此刻哪有工夫解释这个啊？

"澜叔，不说这个了，我这几天心中有些不安，我觉得，那周显应该藏着一些底牌。我想请澜叔帮帮忙，去北极圣皇那儿探探底，如果北极圣皇真的偏向周显，那你帮我说说，让他直接提条件，我会尽量满足的。"

到了这个时候，秦羽反倒有些急了。

"冷静，冷静。"姜澜对秦羽笑着说道，"小羽，你现在的优势很明显，不要太担心。"

秦羽苦笑一声。

这么多年来，他一直努力修炼，为的就是和立儿在一起。整个招亲过程中，他费尽心思，努力争取得到入选名额，甚至不惜拿出一流鸿蒙灵宝。如果最后输了，那他这些努力都白费了。

看到秦羽脸上的表情，姜澜连连说道："好！我亲自去北极圣皇殿一趟，和我大哥好好谈谈。"

秦羽点点头，这才松了一口气。

"谢谢澜叔！又麻烦澜叔了。"秦羽不好意思地道。

秦羽本不想再麻烦姜澜的，但是他若不弄清楚此事，心一直悬着，难受得很。

姜澜笑了，道："我这就去。"

下一瞬，姜澜消失了。

"希望一切顺利。"秦羽暗自期待着。

# 生命灵魂之泪

圣皇殿，姜梵的书房中。

门和窗户紧闭，书房中一片昏暗，姜梵静静地坐在书桌前。

"咻！"姜澜出现在书房中。

姜梵抬头看了姜澜一眼。

姜梵的眼中有红血丝，气息有些不稳。

姜澜感觉到姜梵不对劲，连忙问道："大哥，你怎么了？"

往常潇洒不羁的姜梵为何会变成这样呢？姜梵即将得到聘礼，应该是春风满面啊！

"二弟，你来了啊！"姜梵淡淡地说道。

姜澜眉头一皱，道："大哥，秦羽的聘礼是一流鸿蒙灵宝吧！他得了两个人选名额，聘礼又是一流鸿蒙灵宝，他获得最后胜利应该毫无疑问吧！"

"毫无疑问？"姜梵嗤笑一声，"二弟，你想得太简单了。"

"什么？难道周显的聘礼比一流鸿蒙灵宝还要珍贵？"姜澜惊叫道。

姜梵沉默了。

姜澜和姜梵是亲兄弟，这么多年来，他们对彼此都非常熟悉。

姜澜又道："大哥，周显的聘礼到底是什么？"

姜梵依旧沉默。

"大哥！"姜澜怒了。

"你不要再问了。"姜梵眉毛一挑，怒喝一声。

姜澜深吸一口气，压住心头的怒气，道："大哥，秦羽可是新匠神，你选他当女婿，不仅可以得到一流鸿蒙灵宝，还能大大增强北极飘雪城的势力。日后，我们北极飘雪城将成为八大圣地势力中地位最高的，你不要再犹豫了。"

"不要烦我，让我好好思考一下。"姜梵低沉的声音在书房中响起。

姜澜气急。

姜梵如果和他说明情况，他好歹能想办法帮秦羽说说话，偏偏姜梵就是不说。

"出去！"姜梵猛地抬头，冷冷地道。

姜澜冷哼一声，直接施展瞬移，离开了北极圣皇殿。

他不想和姜梵正面起争执，毕竟招亲的最后选择权还在姜梵手里。


木府中。

秦羽静静地等待着，他甚至没有去找立儿，而是一个人待在池塘边等着姜澜。

不一会儿，姜澜回来了。

"澜叔？"看到姜澜的脸色，秦羽的心跳猛地加快。

看来情况不妙！

姜澜深吸一口气，脸色渐渐恢复正常。

他看向秦羽，长叹一口气，道："小羽，的确如你所想的那样，情况不太乐观。"

"怎么回事，北极圣皇真的准备选周显当女婿？"秦羽急切地问道。

"不是。"姜澜当即回道，"我很了解我大哥，他如果已经决定选周显当女婿，就不会那样苦恼了，显然他心中很是纠结。"

"纠结？"

"没错，我大哥还没下定决心。我真的想不通，周显的聘礼清单上到底写的是什么，竟然让我大哥犹疑了。"姜澜顿了顿，继续道，"你已经得到两个入选名额，聘礼又是一流鸿蒙灵宝，你如今还是新匠神，这一切竟然都不能让大哥下定决心选你当女婿，周显的聘礼肯定不简单。"

秦羽眉头紧蹙。

"无论如何，我都不能输。"秦羽的目光变得冷厉。

"澜叔，"秦羽看向姜澜，"此刻北极圣皇仍在纠结女婿人选，我是否要增加筹码，让他痛快地选我当女婿？"

姜澜思忖片刻。

"小羽，"姜澜凝视着秦羽，"一流鸿蒙灵宝是何等珍贵的宝物，依我看，即便你再增加筹码，估计也没太大的作用。"

秦羽脸色一变。

姜澜继续说道："不过……"

秦羽闻言，当即眼睛一亮，看来还有希望。

"大哥身为姜氏一族的族长，他之所以重视一流鸿蒙灵宝等宝物，是为了让姜氏一族变得更加强大。既然如此，我有两个办法。"

"哪两个办法？"秦羽问道。

姜澜微微一笑，道："第一个办法，从我大哥和立儿的父女感情入手，虽然我大哥给立儿公开招亲，但是不能否认他和立儿还是有感情的。我可以带着立儿去找我大哥，让立儿直接和他说，她喜欢的人是你，让他成全你们。为了女儿的幸福，我大哥应该会成全你们。"

秦羽心中一喜。

"第二个办法……"姜澜继续说道，"我大哥一直想要让飘雪城变得更强大，很简单，我直接跟他说，你拥有另外一滴生命灵魂之泪。"

秦羽一怔。

他拥有流星泪，知道这个秘密的人非常少。

姜澜继续说道："立儿拥有一滴生命灵魂之泪，你拥有另一滴生命灵魂之泪，一旦你们成亲双修后，你们的领悟相结合，其中有一人很容易成为神王。要知道，这两滴生命灵魂之泪是生命神王殒命时体内的奇特能量所化，只要两滴生命灵魂之泪相融合，生命神王的能量便会再次出现，得到这两滴生命灵魂之泪的人都很可能成为新的生命神王。"

听到这里，秦羽顿时有些明白了。

流星泪本身是由两部分组成的，一个是对空间法则的感悟，还有一个就是生命神王的能量，生命神王的能量是非常奇特的，甚至可以修复灵魂。

"若是你们在一起，立儿她很可能成为神王。自己的女儿成为神王，这对于我大哥来说有很大的吸引力。"姜澜笑着说道。

秦羽连连点头。

姜澜说的这两个办法都很有可行性。

"这两个办法同时实施，成功的概率更大。"姜澜掉头看向院门处，"立儿，你在门口听了这么久，进来吧。"

"立儿？！"

秦羽当即散开空间之力，发现姜立正站在院门后，眼睛有些红。

刚才和姜澜谈话时，秦羽一直处于紧张的情绪中，他竟然没发现立儿就站在院门外。当然，这跟秦羽收起了空间之力也有关系。

"秦羽大哥，澜叔说得对，我和澜叔一起去。"立儿走了过来，坚定地说道。

秦羽思忖片刻，而后点了点头，道："麻烦你了。"

秦羽对立儿一笑。

立儿立即摇摇头。

下一刻，姜澜便带着立儿去了北极圣皇殿。


幽静的书房中。

"这么多年了，我要一直这么下去吗？"姜梵喃喃自语。

下一瞬，他猛然抬头，只见立儿和姜澜同时出现在书房中。

"二弟，你怎么又来了？"姜梵眉头一皱，看到立儿后，长舒一口气，问道，"立儿，你有什么事情吗？"

立儿凝视着姜梵，坚定地说道："父皇，我希望你能选择秦羽大哥当女婿。"

"你希望？！"姜梵眉头一皱。

"没错！"立儿点点头，又道，"其实我和秦羽大哥在凡人界的时候就认识了，他是为了我才刻苦修炼，而后飞升到神界的。"

"你说的是那个秦羽？"姜梵一脸难以置信，"你去凡人界可是两万年前的事情了，秦羽的修炼速度竟然这么快！"

"是的，如果你不相信的话，你可以问澜叔，甚至你可以去问周显。"立儿直接说道。

姜澜点点头，接话道："大哥，的确是这样。小羽他一直刻苦修炼，不停地提升修为，甚至研究炼器之道，最终成为新匠神，这一切都是为了立儿，所以他毫不犹豫地将一流鸿蒙灵宝罗羽刀送给大哥，还不惜将另一件一流鸿蒙灵宝当作聘礼。"

姜梵顿时有些信了。

"怪不得，怪不得秦羽能够舍得拿出两件一流鸿蒙灵宝。"姜梵点点头，旋即向立儿问道，"立儿，可是你周显表哥对你也很好啊！"

立儿摇摇头，道："我非秦羽大哥不嫁。"

姜梵脸色一变，冷哼一声："不像话！"

"大哥！"姜澜也有些怒了，"大哥，立儿的婚事她自己就没有选择权吗？依我看，你今天是入魔了，到底在胡思乱想什么？"

姜梵当即怒视着姜澜。

"怎么，你要和我动手？"姜澜冷笑一声，"别忘了，你把秦羽送给你的罗羽刀给我了。"

如今姜澜拥有罗羽刀，他的实力可不弱于姜梵。

姜梵冷哼一声，没有说话。

他之前已经有一件一流鸿蒙灵宝了，将罗羽刀送给姜澜，是为了让飘雪城的实力更强。

"大哥，今天我就明明白白地告诉你，阿眉死后留下了两滴生命灵魂之泪，其中一滴生命灵魂之泪的主人就是秦羽。"姜澜淡淡地道。

姜梵闻言，顿时怔住了。

"你刚刚说什么？"半晌，姜梵问道。

"哼！你这么快就忘记当年的事了？"姜澜冷笑一声，"当初，你们一群人合力杀死了阿眉，阿眉死前留下了两滴生命灵魂之泪，一滴融入了立儿的体内。如果不是这个原因，你给立儿举行公开招亲，有几人会参加？"

姜梵哑口无言。

的确，那些参加招亲的人几乎都是因为立儿体内的生命灵魂之泪。

"立儿和秦羽都拥有阿眉留下的生命灵魂之泪，他们就相当于是我的孩子。大哥，你可不要太无情了。"姜澜的目光变得冷厉，"这两个孩子一旦成亲，双修后，两滴生命灵魂之泪融合，很可能将诞生一位新的生命神王。小羽也说了，他会将他体内的那滴生命灵魂之泪给立儿。"

"如果这样的话，你很可能将有一个成为生命神王的女儿。"姜澜继续说着，"此外，你还有身为新匠神的女婿。有秦羽这个女婿，北极飘雪城成为八大圣地势力中最强的是毫无疑问的。我想问你，你还在犹豫什么？"姜澜怒视着姜梵。

姜梵沉重的呼吸声在书房中响起。

"二弟，你让我冷静冷静，好吗？"姜梵有些动摇了。

姜澜暗自松了一口气。

一开始，姜梵的态度很强硬，这让姜澜很是担心，这说明姜梵想要支持周显了。可是现在姜梵有些动摇了，应该是自己刚才的话影响到了姜梵。

"大哥，我希望你不要做出让大家都失望的决定，你应该知道，阿眉对于我意味着什么，这两个孩子对于我又意味着什么。"姜澜再次施压。

姜梵缓缓地点点头，道："二弟，我都明白。好了，你们先出去吧，我要一个人好好冷静冷静。"

"好！那我们就回去了。数日后，我们期待你的决定。"姜澜淡淡地说道。

随即，姜澜和立儿便消失了。

书房再次安静。

"看来，我必须要有所决断了。"姜梵长叹一声。

随后，他的右手一翻，手中浮现出周显递交的聘礼清单。

那聘礼清单上的内容让他无法果断地做出决定。

## 第557章
# 宣布

聘礼清单上的内容有两条。

其一：姜梵兄，此次我周家的聘礼只是一条消息外加一个允诺。我代我儿周显先无偿告诉你一个消息。千年之内，天尊山将再次降临，想必姜梵兄应该明白天尊山降临的意义。六千万亿年前，天尊山降临，因而成就了逍遥天尊，这一次，谁又将成为天尊呢？依我看，每一位神王都有机会晋升为天尊。

其二：至于允诺，这是我父亲雷罚天尊亲口承诺的，只要姜梵兄让我儿周显成为姜立的夫君，那我父亲雷罚天尊可以允诺姜梵兄，在姜梵兄争夺天尊机遇的争斗中，他会出手帮你一次，至于什么时候出手，由姜梵兄你来决定。

"天尊山……"姜梵低叹一声。

他的脑海中浮现出六千万亿年前那场惨烈的战斗，那些实力高超的神王为了成为天尊，不惜拼命厮杀，在那场混乱的大战中，一位又一位神王相继殒命。

"难道我真的要放弃这个机会吗？"姜梵眉头紧蹙，心中很是纠结。

"吱呀！"书房的侧门打开了，一道脚步声在书房中响起。

姜梵深吸一口气，低声说道："夫人，你来了。"

来人正是姜梵的妻子淳于柔。

"夫君，你不要再烦恼了，想做就去做吧，我支持你。"淳于柔轻轻地抚着姜梵的长发，柔声说道。

姜梵在他的妻子面前是一点都不设防的。

"夫人，这么多年过去了，我一直都只是北极圣皇，这种日子我真的受够了。你知道吗？我真的很想成为天尊，至高无上的天尊！"姜梵缓缓地说道。

圣皇虽然备受尊崇，但是姜梵一开始便是北极圣皇，他当北极圣皇足足一亿两千万亿年了，他并不觉得圣皇之位如何了不得。相反，他有些厌倦了，他期望能成为至高无上的天尊。

"上一次天尊山降临，虽然我努力争取，奈何最终时刻飘羽天尊悄然出手，我们八大圣皇都失败了，竟然成就了逍遥天尊。"姜梵苦笑一声，又道，"如今天尊山又要降临了，我真的不想错过这个能成为天尊的机会。"

淳于柔从书桌上拿起一幅金色卷轴，这是秦羽交上的聘礼清单。

"一流鸿蒙灵宝？！这秦羽果然不是一般的人物。"淳于柔赞叹道。

"如果不是天尊山即将降临，我一定会选秦羽当女婿。可是……"姜梵摇了摇头，继续道，"虽然一流鸿蒙灵宝很珍贵，但是我早就有了镇族灵宝。神界诞生的时候，镇族灵宝就出现了，而且镇族灵宝和我姜家的血脉结合，威力比一流鸿蒙灵宝更大。我即使得到一流鸿蒙灵宝，也是将其送给二弟，或者送给姜邢，我自己根本不需要。"

姜梵的确不需要。他将秦羽进献给他的罗羽刀送给了姜澜，即使他再得到一件一流鸿蒙灵宝，他也是将其送给飘雪城的第三位神王，因为他想让飘雪城的整体实力大增。

"这么多年来，我一直在为姜氏一族考虑，可是现在，我该为自己考虑考虑了，我真的很想成为天尊。"姜梵眼中有着向往的神色。

天尊是至高无上的。在天尊面前，神王都只能算是小人物。

"夫君，我担心一件事情。"淳于柔轻声说道。

姜梵回头看向自己的妻子。他从来没有怀疑过自己和妻子的感情，他们两人相濡以沫这么多年，感情极深。

"雷罚天尊承诺会帮你一次，可是如果他在帮助你之后，又出手帮其他人，那怎么办呢？"淳于柔担忧地道。

她是真的为自己的夫君担心。

姜梵闻言，眉头微微一皱。

"其实，我对于这点也一直心存疑虑。不过，上一次天尊山降临时，那些天尊都没有出手，一直到最后，飘羽天尊才悄然出手，改变了整个局势，助逍遥神王成为最后的胜利者，成了新天尊。"姜梵眉头紧蹙，"这一次，雷罚天尊是否会多次出手，我还真不确定。"

淳于柔点点头。

姜梵和淳于柔小声地交谈着。

姜梵心中想的是什么，淳于柔都能看得出来，两人聊得很是投机。

半天后——

"嗯？"姜梵转头看去，只见书房中赫然出现了一人——西北圣皇周霍。

"姐夫，你怎么来了？"淳于柔笑着说道。

周霍脸上露出一抹笑容，直接说道："小柔，我之所以来这里，是想要亲自和姜梵说明一些事情。毕竟，我儿周显交上的聘礼清单上只简略地写了两点内容，我担心姜梵兄对有些情况不太清楚。"

姜梵目光灼灼地盯着周霍，道："周霍，我心中的确有些疑虑。我想问问你，天尊山降临，天尊可以随意出手相助神王吗？"

"当然不可以！"周霍直接说道，"如果天尊可以随意出手，上一次天尊山降临时，我父亲为何不出手？"

姜梵点点头。

上一次天尊山降临时，各神王争夺成为天尊的机遇，而雷罚天尊自始至终都没有出过手，飘羽天尊是最后才出手的。

"你能够告诉我原因吗？"姜梵问道。

周霍点点头，道："姜梵兄，我也是前不久才知道这个事情的。我的父亲说，上一次天尊山降临时，他之所以不出手，是因为飘羽天尊阻止了他。"

"飘羽天尊阻止了他？！"姜梵心中一惊。

飘羽天尊竟然能够阻止雷罚天尊出手，单单从这一点就可以看出，飘羽天尊和雷罚天尊虽同为天尊，但是实力还是有很大差距的。

"上一次天尊山降临时，飘羽天尊为了维持各势力的平衡，将成为天尊的机会给了飞升者势力出身的一位神王。前不久，飘羽天尊和我父亲说，这一次天尊山降临，他不会再出手，而我父亲拥有一次出手的机会。"周霍直视着姜梵。

姜梵眼睛一亮。

雷罚天尊只有一次出手的机会。也就是说，雷罚天尊将唯一一次出手的机会送给了自己？这份聘礼的确让姜梵无法不动心。

"周霍兄，你所言可属实？"姜梵当即问道。

"怎么？你认为我在撒谎？"周霍淡淡一笑，又道，"姜梵兄，你仔细思量思量，如果天尊有好几次出手的机会，那神王争夺战岂不一点悬念都没有了？"

姜梵点了点头。

的确，雷罚天尊只有一次帮助他的机会，也只能让他多三成概率成为天尊。如果雷罚天尊能够出手几次，那到底谁能成为天尊，岂不是雷罚天尊一人说了算？

"飘羽天尊不可能让这种事情发生的。"周霍笑着说道。

"那你为什么不想要这个机会呢？难道你不想成为天尊？"姜梵看向周霍。

周霍淡淡一笑，道："姜梵，我和你不同。一直以来，我周氏一族都是超然物外的，而且我背后有我父亲雷罚天尊撑腰，我可以尽情地享受安宁的生活。我并不想要成为天尊，更何况，飘羽天尊是不会让周氏一族出现两位天尊的。"

姜梵点点头。

三大天尊中，真正有决定权的是飘羽天尊！

"我将我父亲仅有的一次出手机会让给你，姜梵兄，你应该知道该选谁当女婿了吧？"周霍笑着说道。

姜梵一听，眉头一皱。

他想起了他二弟姜澜说的话。如果他选择了周显，恐怕他和姜澜的关系会变得更僵，而且他和女儿立儿的关系也会受到影响。

"算了，我不考虑那么多了。自从左秋眉死后，二弟和我的关系就不怎么好。至于立儿……"姜梵长叹一声。

他子女不少，他不能为了立儿，错过这个成为天尊的机会。

"周霍兄，我知道该如何选择了，你先回去吧！"姜梵淡淡地说道。

周霍看着姜梵，想要透过姜梵脸上的表情看出姜梵的选择，可是他看不出来，只能淡笑一声，道："好！那我就静候姜梵兄的选择。"

随即，周霍便消失了。


转眼，十天之期到了。

这日，飘雪城的各大殿主、皇族子弟、天神军队大队长等人都齐聚北极圣皇殿。

北极圣皇殿中很是热闹，大伙都在谈笑着。

秦羽坐在一边，却笑不出来。此刻，他心中很是烦恼。

上次姜澜和立儿去见了北极圣皇，回来就将北极圣皇说的话告诉了他，显然此次他成功的可能性只有一半。

"秦羽兄。"

秦羽循声望去，只见奎因侯笑吟吟地走了过来。

奎因侯道："秦羽兄，你怎么了？你怎么愁眉苦脸的，你可是得到了两个人选名额，我想你赢得此次招亲应该是没问题的。"

"承你吉言。"秦羽勉强挤出一丝笑容。

"对了，秦羽兄，你的聘礼是什么呢？如果周显的聘礼比你的好，他也是有希望能赢的。"奎因侯问道。

秦羽淡淡一笑，回道："我的聘礼就是我炼制出来的一流鸿蒙灵宝。"

"难道是引起红云满天，灵宝之雷降临的那件一流鸿蒙灵宝？"奎因侯惊叫出声。

秦羽点点头，脸上并无任何喜色。

见秦羽如此表情，奎因侯当即拍拍秦羽的肩膀，道："秦羽兄，尽管放心，你的聘礼如此了不得，你赢定了。"

秦羽没有吭声。

忽然，他朝奎因侯身后看去。

奎因侯也朝身后看去，原来是周显来了。

周显笑容满面，他和一些熟人打过招呼，便到自己的座位上坐了下来。

"情况不妙。"秦羽眉头一皱。

如果周显没有一点赢的希望，他应该会脸色阴沉，一副受挫的样子，而不是现在这种春风得意的模样。

正当秦羽沉思的时候，忽然整个大殿都安静了下来。

秦羽转头看去，只见姜梵夫妇带着立儿步入了北极圣皇殿。

此时，其他神王紧跟着走了进来。

姜梵的脸上带着一抹笑容，他对周围的人微笑致意。

十三位神王一一入座，此次立儿坐在了姜梵和淳于柔的身旁，还和淳于柔手拉着手。

"立儿。"秦羽深吸一口气，努力让自己冷静下来。

立儿似有所觉，朝秦羽看了过来，眼中满满都是情意。

秦羽看到立儿的眼神，不禁有些心安。

待得神王们彼此寒暄过后，众人才坐下来。

"姜兄，不必浪费时间了，直接宣布吧！你到底选了谁当你的女婿？"血妖王直接说道。

姜梵点点头，笑着说道："好吧！我不浪费大家的时间了。"

大殿下方的人都屏住了呼吸，周显则目光灼灼地盯着姜梵，而秦羽同样盯着姜梵，心里很是紧张。

所有人的注意力都在姜梵的身上。

姜梵环顾众人，笑着说道："此次招亲历经了近三十年的时间，在此过程中，候选人端木玉成了神王，而秦羽和周显各自得到了天尊赐予的灵宝，秦羽更是炼制出了一流鸿蒙灵宝，成了新匠神，这些都是值得庆贺的大喜事。能有这么优秀的青年才俊参加此次招亲，我觉得很是欣慰。如今，最后的候选人有两位，分别是秦羽和周显，他们都是非常优秀的，不过最后能成为我女婿的只有一人，我希望，落败的那位不要太在意。"

秦羽感觉心跳得很快。

姜梵迟迟不说出女婿的最后人选，真是让人着急，秦羽只得让自己冷静。

"经过一番深思熟虑，我最终决定了我的女婿的最后人选，他就是……"姜梵缓缓地说着。

大殿下方的人都屏气凝神，而大殿上方的众位神王也都认真听着。

姜立紧紧地盯着自己的父皇。

此刻，秦羽感觉时间过得很慢，他快要抓狂了。

"他就是来自西北雷罚城的周显！"姜梵笑着说道。

"我？"周显愣了片刻，随后脸上露出狂喜之色。

立儿难以置信地看着自己的父皇。

"周显？竟然是周显！"秦羽心中惊呼。

这一刻，他感觉整个世界只剩下自己一个人，耳边还回荡着姜梵宣判的声音。

是的，是宣判。

姜梵判了他和立儿感情的死刑！

"不，父皇，你不能……"立儿猛地出声。

姜梵转过头来，冷冷地瞥了立儿一眼，而后立儿竟然再发不出声音了。

秦羽脸部的肌肉抽搐着，他死死地盯着大殿上方的姜梵，道："你真的选周显？"

姜梵露出一丝笑容，对秦羽道："秦羽，你也是很优秀的，你不要太在意……"

"不要太在意？"秦羽冷笑一声。

他如何能不在意？他为了和立儿在一起，一直在努力修炼。为了在此次招亲中胜出，他努力研究炼器之道，耗费了数百万年的时间。

为了正大光明地娶到立儿，他不惜献出了一流鸿蒙灵宝罗羽刀和紫玄府。

可是，姜梵放弃了他，选了周显当女婿，还让他不要在意。

"闭嘴！"秦羽猛然大喝，让姜梵微微一愣。

旋即，姜梵的脸色变得难看。

此刻，所有神王都惊讶地看着秦羽。

秦羽神情冷峻，他看了姜梵和周霍一眼，道："这是你们逼我的！"

而后，他看向立儿，立儿也看着他。两人彼此凝视着，单单通过眼神，两人就明白彼此心中所想。

片刻后，立儿脸上露出了一抹笑容。

秦羽的脸上也浮现出一抹宠溺的笑容。

"立儿，没有任何人能够拆散我们！"秦羽轻声说道。

"秦羽，你要干什么！"姜梵怒喝一声，他已然感觉气氛不对劲。

"哈哈！你竟然问我干什么！你说我要干什么！"秦羽的冷笑声在大殿中回荡着。

# 分道扬镳

北极圣皇殿。

众位神王饶有兴致地看着这一幕。因为一个女人，神界崛起的新匠神秦羽竟然失了分寸，和北极圣皇叫起板来了，真是有趣！

秦羽虽然实力很强，但是毕竟不是神王。在众位神王看来，秦羽只是厉害的上部天神，却伤不了北极圣皇丝毫。

秦羽如弱小的蚍蜉，安能对抗得了北极圣皇呢？

"真是自不量力！"一旁的周显瞥了秦羽一眼，眼中有着一丝不屑，"秦羽竟敢和北极圣皇，哦，不对，他竟敢对我的岳父大人如此嚣张，简直是找死。"

然而，姜梵的神情有些凝重。

"大哥，你最终还是不顾立儿的意愿和我的警告，依旧选择了周显。"姜澜的声音在姜梵的耳边响起。

此时，姜梵有七分注意力在姜澜的身上，还有三分注意力在秦羽的身上。不过，表面上他一直冷冷地盯着秦羽。

"秦羽，我能够理解你的心情，只是，此次招亲是在众位神王的监督下进行的，是很公平的。我希望你能坦然地接受这个结果。"姜梵冷冷地说道。

秦羽看着姜梵，笑了。

"公平？！"秦羽扫了大殿上方的众位神王一眼，冷笑道，"众位神王，此次招亲，我的表现各位都看在眼里。此次招亲一共有三个人选名额，我得到两个，那周显只得了一个。此外，我的聘礼是一流鸿蒙灵宝，在这种情况下，北极圣皇还是选了周显当女婿。我想知道，有何公平可言？"

"一流鸿蒙灵宝？"大殿上方的众位神王都惊了。

"姜梵，难道周家的聘礼是天尊灵宝，否则你怎么会选择周显当女婿呢？我们也想不通了。"血妖王直接问道。

其他神王都用怀疑的目光看向姜梵。

的确，秦羽先前便得了两个人选名额，外加聘礼又是一流鸿蒙灵宝，他拥有如此优势，怎么会输给周显呢？

姜梵脸色一沉，说不出一句话。

周霍站起身来，他瞥了秦羽一眼，朗声说道："诸位，大家可还记得，当初姜梵兄说，候选人的聘礼不在于珍贵，而是要让他们夫妇感到惊喜和感动，这才是最好的。对于姜梵兄而言，我儿周显的聘礼比秦羽的一流鸿蒙灵宝更让他惊喜，他选择我儿当女婿是最合适的。"

姜梵点点头，道："周兄说得对！对于我而言，周显的聘礼的确比秦羽的一流鸿蒙灵宝更让我觉得惊喜，所以我选了周显当女婿，很公平。"

两位神王都这么说了，其他神王顿时都相信了。毕竟神王都是神界有头有脸的人物，谁也不会相信这两位神王会说谎。

"公平？！"秦羽冷笑着，而后踏上了台阶，缓缓地朝大殿之上走去，"我怎么看不出公平之处？姜梵，你倒是说说，那让你惊喜的聘礼到底是什么？"

周霍怒喝一声，道："秦羽，放肆！这里可不是你能嚣张的地方，赶快退下去。"

秦羽听了这话，不屑地瞥了周霍一眼，冷冷地道："我在跟北极圣皇说话，你插什么嘴！"

周霍顿时怔住了。

大殿中的其他人都愣住了。

周霍的脸一下子涨得通红。

这么多年来，没有人敢这么和他说话。

"秦羽，你……"周霍当即便要出手。

"周霍兄，"姜澜冷冷地出声，"你别急，秦羽刚刚对你不敬，此事待会儿再处理，现在我对于此次招亲的公平性表示怀疑，我也很想知道，你周家的聘礼清单上到底写了什么。"

其他神王都很是惊讶。

姜澜可是姜梵的二弟，他怎么反而帮助秦羽拆姜梵的台呢？

秦羽和姜澜对视一眼。

两人顿时都明白彼此心中所想。

秦羽扫了姜梵一眼，旋即看向旁边的立儿。

淳于柔冷冷地看着秦羽，仿佛也很不赞同秦羽的行为。

"立儿，对不起。"秦羽轻轻说道。

立儿轻轻地摇了摇头。

她明白秦羽说对不起的用意，秦羽不能让她光明正大地嫁给他了。现在看来，他当初的承诺不可能再实现了。

"我们走吧。"秦羽微微一笑。

其他人听到秦羽这话，都感到莫名其妙。此刻立儿站在姜梵的身后，周围还有众多神王守着，这种情况下，难道秦羽还能抢人不成？

"秦羽，今天即便你有神王相助，你也休想抢走我的女儿。"姜梵冷冷一笑，说道。

与此同时，立儿周围的空间都被禁锢住了。

即便是神王，也休想靠空间之力将立儿带走。

秦羽看都不看姜梵一眼，只当姜梵是空气，他的目光一直在立儿身上。

面对秦羽的提议，立儿点了点头。

"从今天起，我们永远不分开了。"秦羽笑着说道。

秦羽新宇宙中的空间之力早就覆盖了周围数百里范围，自然也将北极圣皇殿给覆盖住了。

秦羽心念一动，原先还站在姜梵身后的立儿就这么消失了。

在偌大的北极圣皇殿中，在十三位神王的眼皮底下，姜立就这么消失了。

"立儿呢？"姜梵整个人愣住了。

这一幕实在是太不可思议了。

其他神王都震惊了。

姜梵早就将姜立周围的空间完全禁锢住了，他可以确定，即便是神王，也不可能靠空间之力将立儿带走，更何况，秦羽根本不是神王。

他不知道的是，秦羽是用自己创造的新宇宙中的空间之力将立儿带走的。新宇宙的空间之力极其厉害，就连神王都探察不出。

"秦羽，把我的妻子还回来！"周显猛地大喝一声。

"妻子？"秦羽的目光变得冷厉。

他回头看向周显，便欲出手。

这个时候，他发现周霍和姜梵竟然同时对出手了。

在新宇宙中的空间之力的覆盖之下，秦羽的反应速度快得惊人。

"呼！"在所有人的注视下，秦羽疾速朝大殿下方的周显杀去。

他狠狠地盯着周显，仿佛没有察觉到朝自己袭来的两位神王。

"啊！"大殿下方的天神们不由得为秦羽担心起来。

然而，接下来的一幕让众人惊呆了。

只见一个人从秦羽的身体中幻化出来，此人身穿青色长袍，长相和秦羽一模一样。

身穿青袍的"秦羽"从容地对战两位神王，而身穿黑袍的秦羽杀向大殿下方的周显。

秦羽竟然会分身之术！

姜梵和周霍都是一惊。

他们转而攻向黑袍秦羽。

姜梵那一掌的威力极大，让人无处可躲，周霍整个人化作一道雷霆，直接劈向黑袍秦羽。

两大神王合力攻击，情况非常不妙。

"大哥！"一道声音在姜梵的耳边响起。

同时，姜澜出现在姜梵的面前。

他猛地击出一拳，和姜梵的一掌狠狠地撞击，空间陡然震动起来。

"二弟。"姜梵怒视着姜澜。

姜澜冷冷一笑。

"不好。"此刻，大殿下方的申屠凡和奎因侯等人都为秦羽担心起来。

姜澜能帮秦羽挡住姜梵的攻击，却来不及挡住周霍的攻击。

周霍整个人所化的雷霆朝秦羽劈了过来："秦羽，休伤我儿！"

"你儿子死定了！"青袍"秦羽"猛地朝周霍击出一拳。

此人竟敢和西北圣皇周霍正面交手！

大殿上方的众位神王都觉得好笑，难道秦羽的这个分身想送死？

"砰！"拳头和雷霆狠狠地撞击在一起。

周围的空间撕裂开来。

整个北极圣皇殿是有强大的禁制守护的，此刻地面竟然完全龟裂开来，北极圣皇殿所在的空间一阵震动，殿中的石柱顿时倒塌了。

那些天神连忙疾速退开，幸亏北极圣皇殿中蕴含强大的禁制，束缚力很强，否则周围数里空间都会崩溃。

"好硬的拳头。"周霍震惊了。

青袍"秦羽"是九叶华莲的莲心和金色圆珠融合而成的华莲分身，其本体是一件一流鸿蒙灵宝，一流鸿蒙灵宝的硬度自然很大！

可周霍脸上依旧有着一丝笑容。

神王最厉害的就是能控制空间的神通！

"呼！"青袍"秦羽"周围的空间陡然塌陷，青袍"秦羽"一下子陷入了空间裂缝之中。

"好恐怖的吞噬力量。"青袍"秦羽"惊叹道。

眨眼的工夫，空间恢复了正常，而青袍"秦羽"依旧在空间裂缝中。

"哼！"周霍嗤笑一声。

然而，青袍"秦羽"陷入空间裂缝中仅仅一会儿，便施展瞬移直接进入了新宇宙中。

周霍和青袍"秦羽"交手的时候，秦羽则依旧杀向周显。不过，刚才周霍可不单单是对秦羽的分身施展空间攻击，同时也对秦羽本尊进行了空间攻击。

"嗯？"秦羽感觉到自己周围的空间要崩溃了。

"定！"秦羽默念一声。

他的手中突然出现一杆长枪，正是残雪神枪。残雪神枪上有玄黄之气在流转，眼看即将要崩溃的空间竟然恢复了正常。

玄黄之气特有的一个功能就是——定五行，稳定宇宙空间。

"唰！"残雪神枪直接刺出。

周显看着秦羽朝自己杀来，很是不屑，心中暗道："秦羽，你不过是上部天神，不靠阵法就想要杀我，做梦吧！"

周显手一翻，手中出现一根电光闪烁的长鞭。

长鞭狠狠地朝秦羽的长枪抽了过去。

周显并不知道，秦羽刚才已经抵挡住了他父亲发出的空间毁灭的攻击。

秦羽能够那么轻松地抵挡住空间毁灭的攻击，实力极强，岂是他能对付的？

周显那根电光闪烁的长鞭妄图卷住秦羽的残雪神枪，然而残雪神枪只是一阵抖动，那长鞭便直接被震断了。

"啊！"周霍见秦羽这一击的威力如此恐怖，一下子害怕起来了。

他的电光鞭可是二流鸿蒙灵宝，竟然就这么断了，秦羽手中的武器到底是什么级别？难道又是一件一流鸿蒙灵宝？

周显不知道的是，残雪神枪的威力比一流鸿蒙灵宝还要大得多。

表面看起来，秦羽出枪的速度很是缓慢，实际上，秦羽出枪的速度快到极致。

大殿上方观战的众位神王一愣神，秦羽的长枪已经击中了周显。

"砰！"周显整个人仿佛沙袋一般疾速飞出，然后狠狠地砸在北极圣皇殿的墙壁上。

周显顿时喷出大口鲜血。

"怪事，周显竟然没死。"秦羽觉得很不对劲。

"秦羽，去死吧！"周霍怒极，当即取出一柄黑色的锤子。

与此同时，西南圣皇取出了一把剑身薄如蝉翼的水蓝色长剑，而南极圣皇取出了一杆白色长枪。

"三大圣皇都拿出了镇族灵宝！"秦羽苦笑一声。

别说三位圣皇同时出手能置他于死地，就是一位圣皇全力出手也不是他能抵挡得住的。更何况，此刻三位圣皇同时使出镇族灵宝攻击他，他还不走的话，必死无疑。

"你们想杀我，做梦！"秦羽陡然大笑起来。

"算你走运！"秦羽瞥了颤颤巍巍站起来的周显一眼，冷笑一声。

而后，他消失在大殿当中。

# 誓要杀之

当秦羽消失的时候，一直在大殿外面等候秦羽的福伯等人被他收入了新宇宙之中。

"唰！"秦羽施展瞬移，一下子到了北极飘雪城的大街之上。

"费费、小黑，我们走。"秦羽神识传音的声音直接在侯费和黑羽耳边响起。

这一次，侯费和黑羽并没有去北极圣皇殿。秦羽早就做了另外的打算，如果姜梵不选他当女婿，他只能带着立儿私奔，自然不能让黑羽和侯费掺和其中。

"哼！姜梵真是个白眼狼。"侯费一听到秦羽神识传音的声音，不由得怒骂起来。

旋即，他就被秦羽收入了新宇宙中。

除了侯费和黑羽，飘云府中的人和秋仲复等一群天神仆人也被秦羽收入了新宇宙之中。

秦羽再次施展瞬移，就已经出了飘雪城。他每一次施展瞬移，能移动的距离也就大概数百里而已。

他一共施展了两次瞬移，便消失在天地之间。即使那些神王再拼命寻找，也不可能找到他了。

"你们想杀我，做梦吧！"

此时秦羽已经消失了，可是他的大笑声依旧在北极圣皇殿中回荡着。

周霍等神王见秦羽突然消失了，都愣住了。

瞬移？！

秦羽怎么可能会施展瞬移呢？

仅仅刹那的工夫，这些神王便反应过来，几乎同时展开了神识，神识都覆盖了整个神界。

然而，秦羽施展瞬移前行的速度极快。

待这些神王反应过来的时候，秦羽早就消失在了天地之间，连飘云府中秦羽的人马也都消失了。

"不可能。"周霍低吼一声。

他的神识探察着整个神界，神识探察了无边的海洋和一座座岛屿，可是依旧找寻不到秦羽的丝毫气息。

大殿中死一般的寂静。

那些天神都吓傻了。

刚才到底发生了什么？

秦羽竟然藐视北极圣皇和西北圣皇，还呵斥西北圣皇，甚至当着这么多人的面要杀周显。而且，秦羽刚刚竟然施展瞬移逃走了。

"我刚刚是在做梦吗？"一名中部天神低声说着。

可是，北极圣皇殿内的石柱断裂，地面龟裂，那墙壁上还留着周显的血迹，这一切都说明刚才的一切都是真的。

"你们都先回去吧！"姜梵冷冷地道。

那些天神当即都离开了。

不一会儿，北极圣皇殿内只剩下十三位神王和淳于柔、周显这十五人了。

此刻，周显的脸色依旧很是苍白，眼神中满是惊惧。

"父皇。"周显走到周霍的身旁。

"玉佩碎了？"周霍问道。

"嗯！碎了。"周显点点头，此刻周显的心很乱，"父皇，那秦羽的攻击力怎么那么强啊？"

周霍摇了摇头，他的心里也很是疑惑。

"其实，我也很想知道呢！"周霍心中暗自说道。

周霍依旧清楚地记得，当年周显出生的时候，自己的父亲雷罚天尊将那件宝物送给周显的情景。

"周霍，这块玉佩是我收集珍贵的材料并耗费百年时间才炼制出的一件小玩意，你让显儿将其滴血认主，它便能守护他了。这块玉佩的防御力虽然不是特别强，但是能够抵挡得住一般神王的数次攻击，即便你用镇族灵宝攻击，这块玉佩也能够防御一次，而后才会碎掉。"

父亲的话犹在耳边，可是——

秦羽的修为才达到上部天神境界，竟然靠着那杆长枪将那玉佩给击碎了。

"秦羽到底拥有什么实力？那杆长枪肯定是一流鸿蒙灵宝。我之前怎么没发现一流鸿蒙灵宝出世的征兆呢？"周霍想着，越发觉得秦羽深不可测。

他猜测秦羽那杆长枪是一流鸿蒙灵宝，至于秦羽的长枪是否有可能是天尊灵宝，这是他想都不敢想的。毕竟连神王都只有成为天尊的时候，才会得到一件天尊灵宝。

"啊！大家好像都小看秦羽了呢！"血妖王在一旁揶揄道。

八大圣皇丢脸了，她倒是乐得看戏。

"依我看，那秦羽背后肯定有一位神王，否则他怎么可能施展瞬移离开北极圣皇殿？"南极圣皇皱眉说道，"姜梵兄，你说呢？立儿估计是被那位隐藏在背后的神王给带走的。"

姜梵陷入了沉思。

他是最清楚刚刚情况的人。他为了保险起见，率先对立儿进行了空间禁锢，其他人休想将立儿带走。然而，秦羽竟然神不知鬼不觉地将立儿带走了。

姜梵怎么也想不通，这到底是怎么回事。

毕竟要想使空间转移，必须通过空间之力。即便是天尊来抢人，也得通过神界的空间之力。如果不靠神界的空间之力，如何带人瞬移离开呢？

"难道我刚才布置空间禁锢的时候出现了失误？"姜梵顿时怀疑起自己了。

毕竟不靠神界的空间之力是绝对无法瞬移的，这是常识。

可惜，姜梵无论如何也想不到，秦羽靠的是另外一个宇宙的空间之力。

"秦羽能够施展瞬移，能够瞬间带走立儿，其背后应该有一位厉害的神王。"

姜梵点点头，旋即冷笑道，"无论如何，一定要找回立儿。"

"姜梵兄，你怎么不在立儿的周围施展空间禁锢呢？如果你那样做的话，立儿不是就不可能被带走了吗？"顿时，有神王说道。

姜梵心中苦笑。

"这，这个，我没想到秦羽背后会有厉害的神王。"姜梵讪讪笑道。

他只能这么说，如果他说他布置了空间禁锢，然而发生了失误，以至于立儿被抢走了，那简直是天大的笑话。

他可是掌控了空间法则的神王，布置空间禁锢时竟然发生了失误，这不是贻笑大方吗？

"秦羽可真是够厉害的，真不知道他手上到底有几件一流鸿蒙灵宝。"血妖王笑道。

可不是吗？

秦羽已经展示出来的一流鸿蒙灵宝就有三件了，一件是罗羽刀，秦羽把它献给了姜梵，还有一根权杖，他们刚刚看到的长枪很可能也是一流鸿蒙灵宝。

"姜梵，依我看，你选错了女婿哦！"血妖王揶揄道。

"羽刹，你别在一旁说风凉话了。"姜梵眉头一皱，没好气地说道。

血妖王轻笑了几声，便不再说话了。

"诸位，"周霍脸色难看，声音低沉，"秦羽目无尊长，公然挑衅北极圣皇，还出手要杀我儿周显，这都是诸位看到的。而且，秦羽还抢了我周家的媳妇立儿。"

说着，周霍的目光变得冷厉，道："此次招亲，诸位都参与其中了，秦羽这么做，明显没将诸位放在眼里，我提议我们十一方势力一同追杀秦羽。"

"嘿！你可别拉我们下水。"血妖王忍不住又开口了，"你们要追杀秦羽，那是你们的事，可别扯上我们血妖山。"

周霍闻言，眉头皱了起来。

他觉得这个血妖王实在是太讨厌了，不过碍于血妖王的身份，他不好说什么。

修罗神王罗凡淡淡一笑，道："秦羽是飞升者出身，也算是我飞升者势力一方的，你想要我们也去追杀秦羽，做梦！诸位，你们要追杀秦羽，我就不奉陪了，告辞。"

罗凡一挥袖，不顾其他人的反应，一闪身，直接出了北极圣皇殿。

双域岛的飘渺神王当即站起身来，微微一笑，也离开了北极圣皇殿。

至于血妖王，自然是一起离开了。

飞升者三大势力是以修罗神王为首的，修罗神王都发话了，其他两大势力的首领自然是恭敬听命。飞升者三方势力的背后有逍遥天尊撑腰，他们可不会惧怕八大神族。

"哼！"周霍看到这一幕，不由得冷哼一声。

"诸位，你们的看法呢？你们可愿意一同追杀秦羽？"周霍看向其他人，最后目光落在姜梵的身上。

姜梵看着周霍，道："周霍兄，真是抱歉，我的女儿被秦羽那厮给掳走了，她和你儿周显的婚事只能作罢了，你周家的聘礼我也不好意思接受了。"

周霍心中冷笑。

姜梵迟迟不回应，原来是担心得不到聘礼。

周霍当即笑道："姜梵兄，不必这么说，聘礼清单上写得清清楚楚，只要姜梵兄宣布女婿是我儿，这聘礼我们便会送上。至于我儿媳被秦羽掳走，纯属意外，我和显儿一定要将立儿给救回来。"

姜梵眼睛一亮。

"没错，我们一起将立儿给救回来。"姜梵说着，脸上露出怒容，"秦羽竟然在北极圣皇殿上公然抢走我的女儿，无论如何我都要他付出代价。周霍兄，追杀秦羽的事情，我飘雪城赞成。"

"我也赞成。"一直和北极圣皇站在同一个阵线的西极圣皇说道。

"周霍兄，我也赞成。"南极圣皇点点头。

周霍听到南极圣皇发话了，不由得心中大喜。

因为南极圣皇发话了，那另外两方势力肯定会支持的。

果然——

"秦羽藐视我们八大圣皇，太过分了，我也赞成周霍兄的提议。"西南圣皇点头道。

"我也赞成。"东北圣皇也附和道。

一会儿工夫，就有六位圣皇同意了。

神界的八大圣地势力中，飘雪城和火焰山这两大势力同属一个阵营，镜光城、碧波湖、林海之城这三大势力同属一个阵营，而这两大阵营是对立的。

炫金山和地底之城这两大势力对这两个阵营是两不相帮的。

"皇甫兄，你说呢？"周霍看向东极圣皇皇甫御。

皇甫御淡淡地道："秦羽原先是我东极炫金山岚玄殿的殿主，这一次他做得的确有些过分，不过他过去是我的人，我现在派人追杀他，此事传出去不太好听。更何况，如今已有六大神族联手，我一方势力不参与也没什么影响。"

"我地底之城也不喜掺和这种事情。"东南圣皇也说道。

周霍眉头一皱。

一旁的周显有些急了，刚要说话，却被周霍给制止了。

周霍看向东极圣皇和东南圣皇，笑道："皇甫兄、浦台兄，两位既然不想参与追杀秦羽之事，我也不强迫两位，不过我对外会宣布是八大圣皇势力共同追杀秦羽，只是我不要求两位出力。我希望，你们两方势力不要暗地里帮助秦羽。"

皇甫御眉头微微一皱，正欲反驳，就被旁边的东南圣皇用神识传音给劝住了。

"好吧！"皇甫御冷冷地道，"既然如此，我再留在这里也没有意思，你们便商量如何追杀秦羽吧，我先走了。"

皇甫御直接施展瞬移，而后便离开了。

"我也告辞了。"东南圣皇微微一笑，也离开了。

"哼！"

随着一声冷哼，众位圣皇转头看去，木府神王姜澜已经消失不见了。

"姜梵兄，姜澜他怎么……"南极圣皇不由得看向姜梵，很是疑惑。

姜梵清楚地记得当初姜澜对自己的警告，一旦自己选了周显当女婿，便算是和二弟姜澜彻底决裂了。

"自从左秋眉死后，二弟和我的关系便不太好。算了，大家还是商量如何追杀秦羽吧！"姜梵苦笑一声。

左秋眉的事情这些圣皇都知道，自然不再多问。

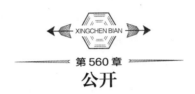

## 第560章
# 公开

"唉!"姜澜施展瞬移回到了木府之中,他走到原先立儿住的楼阁外面时,不由得叹了一口气。

就在这时——

"澜叔,不要反抗。"一道熟悉的声音在姜澜的耳边响起。

"小羽?"姜澜心中一喜。

随即,姜澜便消失在了木府之中。


新宇宙,新紫玄星。

"你们想要找到我和立儿,做梦!你们对我的新宇宙一无所知,自然不可能感应得到我的空间之力。"秦羽站在新东岚山山顶,自言自语说道。

秦羽离开飘雪城后,直接进入了新宇宙之中,所以新宇宙和神界的连接点就是秦羽消失的那个位置。新宇宙的空间之力以那个位置为中心弥漫开去,覆盖了周围数百里范围。

整个飘雪城都在秦羽新宇宙的空间之力的覆盖下,木府刚好在这个范围之内。

秦羽一直静静地观察着。

那六位圣皇一直用神识不断地搜寻着,神识扫过秦羽的空间之力覆盖的区域的时候,并没有发现什么。

然而，秦羽对他们的举动一清二楚。

山峰上，山风清冷。

秦羽右手搂着立儿，福伯、秋仲复、侯费、黑羽等人都站在秦羽和立儿的身后，他们小声地交谈着。

"立儿，对不起。"秦羽低头对怀中的立儿轻声道歉道。

立儿的脸上有一抹微笑，她对秦羽轻轻摇头，随即将脑袋埋在秦羽的怀中。

能够和秦羽在一起，她就别无所求了。

"大哥，那个姜……"侯费看了姜立一眼，转而说道，"那个北极圣皇竟然这么偏心周显，实在是太过分了，我都看不下去了，待我的修为达到神王境界，一定要出去和他厮杀一番。"

黑羽忍不住笑了。

"杂毛鸟，你笑什么？"侯费看向黑羽，很是不爽。

黑羽微微一笑，道："猴子，待你的修为达到神王境界，那要等到什么时候啊？要知道，神王境界可不是那么容易就能达到的。"

侯费冷哼一声，不再说话。

"澜叔回来了。"秦羽忽然说道。

侯费和黑羽顿时都看向秦羽。

秦羽的空间之力一直在观察木府的动静。待姜澜回到木府，秦羽发现没有神王在探察，当即将神识探入神界，给姜澜神识传音。

刹那间，身穿一袭暗金色长袍的姜澜出现在众人的面前。

姜澜一看到秦羽和立儿，眼中浮现出惊喜之色，道："小羽，你果真没有让我失望。"

"澜叔，走，我们去新云雾山庄先休息一会儿。"秦羽提议道。

秦羽带着姜澜一行人来到了新云雾山庄。

新云雾山庄中很是热闹。秦羽的上百名天神仆人、屋蓝、乌赫、红雨、绿水等人都在这里。

"大人。"红雨和绿水从新云雾山庄中走出来，对秦羽躬身行礼。

新云雾山庄气派却不显奢华，很是别致。

秦羽、姜澜、姜立、侯费、黑羽等人来到了大厅之中。

"小羽，你还记得当初在凡人界时，我和你说的话吗？"姜澜看着秦羽，问道。

秦羽笑着点点头。

"澜叔，我当然记得，当时你警告我，让我不要喜欢上立儿，否则我可能小命不保。那时候，我还只是凡人界一个普通的修真者，比我强的修真者数不胜数。那时候的我和神界八大神族之一姜氏一族的公主相比，地位天差地别，实力差距也很大，的确不适合在一起。"秦羽想想，也觉得很是神奇。

第一次见到立儿的时候，他何尝想到立儿竟然是这么厉害的人物？

"不过，后来我很支持你们在一起。"姜澜笑了起来，继续道，"今天，我看到你为了立儿，不惜和八大圣皇翻脸，感慨颇深。"说着，姜澜的神情变得凝重。

当年，他为了和自己爱的人在一起，也做出了反抗，但是他不够坚定。面对大哥姜梵的阻碍，他没有反抗到底，只是和大哥僵持着。他也是神王，如果他不惜拼命，他大哥是绝对抵挡不住的，可是他迟疑了，没有保护好阿眉。这么多年来，他一直很后悔。

"师尊他怎么了？"侯费轻声说道。

一旁的黑羽瞪了侯费一眼。

这时，姜澜从思绪中回过神来，他看向侯费，笑道："侯费，你称呼我为师尊，可是我这个当师尊的一点都不称职。"

侯费摸了摸脑袋。

他不知道姜澜为何这么说。

"当年，我捡到了你，并将你带到了紫玄星，就是想让你在单纯的环境中好好成长。虽然我让你称呼我为师尊，可是你的本领没有一样是我教的。"姜澜道。

"师尊，你别这么说，我还没感谢你对我的养育之恩呢！"侯费诚恳地说道。

姜澜满意地点点头。

而后，他看向秦羽，问道："小羽，接下来你准备怎么办呢？"

"怎么办？这还用说，一定要报仇。"侯费连忙插话道。

黑羽低声喝道："猴子，你别打岔！"

秦羽思忖起来。

接下来该怎么办呢？

姜梵选择周显时，他就没有任何退路了，只能和姜梵翻脸，当场直接带走立儿，而接下来该如何，他并没有想过。

"我没得选择，只能和他们为敌。"秦羽缓缓地说道。

侯费眼中涌现杀意。

黑羽眼中闪过一道精光。

姜立则担忧地看着秦羽。

"不过，我如今的实力还不够强，只能隐忍。"秦羽郑重地说道。

姜澜点了点头。

"澜叔，我有一件事情要麻烦你。"秦羽的脸竟然红了。

姜澜微微一怔，疑惑地看着秦羽。

秦羽看了身旁的立儿一眼，笑着说道："我准备和立儿成亲，虽然我不能给立儿一个盛大的婚礼，可是想让婚礼尽量圆满一些。澜叔，你能当女方的家长吗？"

"哈哈！傻孩子，我本来就是立儿的亲叔叔，也就相当于是她的家长啊！"姜澜顿时笑了。

姜立的脸一下子红了，她在秦羽耳边低声说道："秦羽大哥，这么大的事，你也不先跟我商量一下。"

"立儿，难道你不想嫁给我吗？"秦羽睁大着眼睛，笑着说道。

立儿顿时羞红了脸。

秦羽笑了，而后将立儿拥入怀中。

"小羽，那男方的家长呢？"姜澜看向秦羽。

秦羽的表情变得严肃，道："澜叔，说到此事，还得需要你帮忙。我父皇、大哥、二哥还在上界，我担心雷罚城的人会找他们的麻烦。"

"不用担心。"姜澜笑着说道，"在神界，八大圣皇最看重的就是颜面，他们身居圣皇之位这么多年，极为爱护自己的名声。如今，他们联手对付你，已经很不厚道了。他们不可能利用你的亲人来要挟你的，如果真的这样做的话，他们的面子恐怕就要丢光了。"

秦羽闻言，顿时松了一口气。

姜澜这么一说，他觉得很有道理。

他在北极圣皇殿公然抢走了立儿，让姜梵和周霍等人下不了台，他们才会联合其他圣皇要追杀他。

而他的亲人是上界的普通人，这些圣皇怎么可能做出用他的亲人来威胁他这等卑鄙的事？

"那我就放心了，我成亲的话，还是要请父皇和大哥他们的。澜叔，麻烦你带我回上界一趟。"秦羽说道。

他要成亲了，他的父皇和大哥等人自然是必须到场的。

"这……"姜澜眉头微微一皱。

秦羽和立儿相视一眼。

难道有什么难处？

按道理，以姜澜的神通，完全可以瞬间进入其他宇宙空间的。

"澜叔，你有什么难处吗？"秦羽问道。

姜澜看着秦羽，道："小羽，我担心一件事情。如果你和我一起离开这个空间，必须先回到神界，然后我才能带你进入上界。可是一旦回到神界，我们很可能被发现，毕竟他们一直在用神识搜寻你的下落。一旦我们被他们包围，那可就麻烦了。"

"圣皇都拥有镇族灵宝，镇族灵宝虽然只是一流鸿蒙灵宝级别的宝物，但是它和各大家族的血脉相结合，威力极大。一位圣皇就已经很厉害了，如果八位圣皇联手，即使我能勉强带你突出重围，恐怕你也会身受重伤。"姜澜担忧地道。

姜澜在为秦羽担心。

如果姜澜独自一人出现在神界，遭到八位圣皇联手攻击，他抵抗不了也能逃走。可是他若是带着秦羽，那后果就不同了。

"澜叔，我现在就告诉你，有关这个空间的真正秘密。"秦羽笑着说道。

"秘密？"姜澜好奇地看着秦羽。

姜澜对秦羽这个空间好奇得很，神王也能布置出空间，在那个空间中，是能够使用空间法则的。

可是，在秦羽的这个空间中，神界的空间法则和时间法则完全没用了。

"澜叔，其实我也不是很确定，据我猜测，这个新宇宙拥有独立的空间法则和时间法则，这个新宇宙和神界、上界的凡人界所在的宇宙完全不同，可以这么说，神界的神王来到我这里，只能任由我宰割。"秦羽笑着说道。

姜澜闻言，倒吸一口凉气。

这是个独立的新宇宙，而且它拥有独立的空间法则和时间法则。

"这个新宇宙还处于成长中，然而空间法则已经算得上完善了。不过，这里的时间法则还不够完善。"秦羽继续说道，"我即使身处神界，也可以使用这个新宇宙的空间之力，新宇宙的空间之力和神界的空间之力是不同的。神王掌控了空间法则，他们可以发现神界的空间之力，却发现不了我的新宇宙的空间之力。"

"哈哈！"姜澜大笑起来。

"小羽，我明白了。在北极圣皇殿时，我想要施展瞬移将立儿带走，但是我大哥早就在立儿周围布置了空间禁锢。我心里一直很疑惑，你究竟是怎么带走立儿的，现在看来，我大哥布置空间禁锢的神界的空间之力，拿你的新宇宙的空间之力丝毫办法都没有。"

秦羽点点头。

"没错！我的新宇宙的空间之力可以覆盖周围数百里范围。在此范围中，神王的一举一动，我都一清二楚。"秦羽得意扬扬地说道。

顿时，姜澜看向秦羽的目光满含赞赏。

"小羽，虽然我不清楚你修炼的是什么功法，可是我能感觉到，你和神界的人很不同。神界的人大多追求神王境界和天尊境界，可是你走的好像是另外一条修炼之路。"姜澜缓缓地说道。

此刻，秦羽的新宇宙还处于成长中，秦羽能够使用的空间之力非常少。一旦新宇宙完全形成，达到完美的状态，那秦羽的实力又将达到什么层次呢？

"澜叔，之前有神王用神识搜寻整个神界，据我的新宇宙的空间之力探察，那道神识应该是周霍的。不过，现在没有神王用神识搜寻神界。"秦羽笑着说道。

姜澜点点头。

"小羽，在北极圣皇殿时，你和我大哥、周霍翻脸，我当时心里虽然感到很是痛快，但是依旧为你和立儿的未来担忧。我担心，你们将来会遭到追杀，要四处躲藏。可是现在，我对你很有信心。"姜澜的脸上满是笑容。

"小羽，你现在就要去上界吗？"姜澜问道。

秦羽和立儿相视一眼。

两人只交换了眼神，便明白对方心中所想。

秦羽抬头看向姜澜，只说了一句话："现在就走。"

"好！"姜澜点点头。

秦羽对立儿笑了笑，道："立儿，我们很快就会回来的。此次回上界，我们只需半天时间就足够了。"

而后，秦羽心念一动，他和姜澜便消失了。

秦羽和姜澜在飘雪城外的半空中仅仅出现了片刻，两人便再次消失了，而后进入了上界。

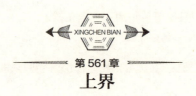

# 上界

上界，炽阳星系的寓德星上。

寓德星的城池外围，一条山脉蜿蜒地盘绕在大地上，这条山脉是属于秦氏一族的。

在上界，秦氏一族是一个非常神秘的家族，无论是妖界、仙界，抑或是魔界的首领，都对秦氏一族的人非常友好。秦氏一族的人的实力非常强，特别是当初秦羽在姜澜界中解救的那些"宠物"，它们成了秦氏一族的守护者，实力都非常惊人。

一座孤峰上，两个年轻人面对面坐着，一边饮酒，一边交谈着。

其中一个青年身穿黑色长袍，黑色长袍上镶着金边，另外一个青年身穿一袭土黄色长袍，这两人正是秦羽的二哥和大哥。

"大哥，我听说，我们秦家的小天才修为已经突破了金仙境界，达到了一级仙帝境界了。"秦政脸上有着一抹淡笑。

秦风朗声大笑，道："你说的是小南吧，那小子的确很不错。"

"不过……"秦风感叹一声，"说到天才，小南的修炼速度可比三弟要慢得多。"

提到秦羽，秦政也感叹起来："小羽已经飞升到神界了，以我们两人的资质，怕是修为想要达到仙帝境界都很难，更别说飞升神界了，也不知何时才能和小羽见面。"

"当日一别，我便想到了，再见面恐怕遥遥无期。"秦风抬头仰望天空，长叹一声。

他们的实力还算强，他们的仙识都能够透过寓德星的大气层，看到无边无际的太空，可是那又有什么用呢？他们离神界很远，恐怕再也见不到他们的亲兄弟秦羽了。

"咦！"秦风忽然紧紧地盯着空中，惊叫一声。

秦政当即也紧紧地盯着空中。

只见两道金光划过长空，几乎眨眼的工夫，便落到了孤峰上。

下一瞬，这两道金光化为了两个人。

秦风和秦政怔怔地看着突然出现的两人。

"二弟，我不是在做梦吧？"秦风看向秦政，愣愣地问道。

秦政则死死地盯着其中一人，道："大哥，我也不确定是不是在做梦。"

"难道是有人故意变成小羽的样子？"秦风喃喃道，"可是，他和小羽的气息为何如此像，连眼神都……"

"大哥，二哥！"来人开口了。

"小羽，"秦风第一个冲过去，一把紧紧地抱住秦羽，"你小子一走就是一万多年，现在还知道回来啊！"

秦风笑骂道，眼眶却有些湿润。

当日一别，几乎所有人都认为再见面是很难的，甚至秦氏一族有不少人都拜托秦南，让秦南以后到了神界见到秦羽，代他们多和秦羽说说话。

"小羽竟然回来了！"一旁的秦政很是激动。

"走！快回去！"秦政连连说道，"父皇他若是知道你回来了，肯定会很高兴的。我们快回去见父皇吧！"

秦羽连连点头。

和亲人在一起的感觉真的很舒服，就好像漂泊的小船终于回到了港湾。

一旁的姜澜看到这一幕，笑了。

此刻，他心底是羡慕秦羽的。

如今回到了上界，秦羽根本不怕会被那些神王发现，毕竟神王最多能让神识探察整个神界，要想探察其他的宇宙空间，他们必须先施展瞬移来到其他宇宙空间。

　　秦府的大殿中。

　　整个大殿中，摆放着数十张桌子。大殿中有数百人，几乎都是秦氏一族的人，大殿外面还摆放了许多桌子。

　　"摆宴！庆贺！"秦德见到秦羽之后，当即对下人命令道。

　　这么多年来，秦德从来没有像今天这样高兴。

　　秦羽回来后，将自己飞升到神界后的大部分事情都告诉了秦德。秦德得知秦羽的境况，知道自己可能会有危险，但是他依旧高兴得很。

　　秦氏一族的人都知道秦羽是飞升神界的大人物，如今这个大人物竟然从神界回来了，这是多么惊人的事啊！

　　秦氏子弟对秦羽越发钦佩。

　　宴席结束后，秦羽和秦德、秦风、秦政、风玉子等人聚集在一起。

　　"父皇，我在神界的情况你们都知道了，对不起，你们暂时不能去神界了。"秦羽歉然道。

　　"三爷爷，神界的那些神王真不是东西，他们竟然如此对你，我们还去神界干什么？过去，我对神界很是向往，现在听你这么一说，原来飞升到神界之后首先要去当矿工，在神界的生活竟然比在上界要惨得多，即便有人请我去神界，我也不去了。"秦风的孙子秦南说道。

　　"小南，大人说话，你不要插嘴。"秦风低声说道。

　　秦德笑了起来，道："小南这话虽然有些孩子气，但是也有道理。原本我对于神界也是很期待的，在我的想象中，神界是很神奇、很美好的，现在看来……"说着，秦德摇了摇头。

　　"小羽，我很赞同你在北极圣皇殿上做的一切。"秦德笑着说道，"至于你邀请我们去你那个宇宙空间参加你的婚礼，我当然是同意的。至于我们秦氏一族的其他人，愿意去的便和我一同去，不愿意去的就继续待在这里。"

　　"一切按照父皇的意思。"秦羽点点头。

　　秦氏一族的人在上界过得很是轻松。绝大多数人都是没有可能飞升神界的。最后，不少人都决定去秦羽的宇宙空间参加婚礼。


新宇宙，新紫玄星。

秦氏一族的两百多名子弟出现在这里。

此刻，这些秦氏一族子弟都震惊地看着新紫玄星。

"我们是回到凡人界了吗？"他们惊叫起来。

"这里是另外一个宇宙空间，这个星球是太上三长老创造出来的，简直和我们家乡所在的紫玄星一模一样，只是上面没有什么人而已。"秦政笑着说道。

"创造出来的？"

那些秦氏一族的子弟都震惊了，一句话都说不出来。

半晌——

"太上三长老好厉害啊！"

要知道，毁灭容易，创造难，特别是创造出一个星球，他们想都不敢想。

秦氏一族的人来到这里已经有好几天了，秦羽和立儿的婚礼正在紧张地筹备当中。

月光如水，秦羽和立儿相互依偎着，欣赏着月色。

"立儿，这几天，你和我秦家的那些长辈聊天会不会尴尬？"秦羽问道。

秦羽心里非常清楚，秦氏一族的子弟对他这个太上三长老可是崇拜得很，对于即将嫁给他的立儿自然很是好奇，他们倒是不敢打搅立儿。

不过，秦羽的父皇和兄长是能找立儿去说话的。

立儿点了点头，笑着说道："还好！当初在凡人界，我就见过你的父皇，还有大哥和二哥，所以并不拘谨。"

秦羽微微点头。

"羽哥。"立儿对秦羽说道，"三天后，我们真的就要成亲了吗？"

秦羽理了理立儿的秀发，笑着说道："嗯！三天后，我们就要成亲了。立儿，你害怕吗？"

"有一点。"立儿轻声说道。

"很正常。其实，我心中也有些紧张呢。"秦羽笑着说道。

"你也紧张？"立儿抬头看向秦羽，显然有些不信。

"嗯！你不信的话，就听听我的心跳。"秦羽戏谑道。

立儿没注意他唇角的笑意，当真靠在他的胸膛上，侧耳倾听。

下一瞬，两人都安静下来了。

秦羽感受着立儿身体的温度，仰头看着夜空，心情却复杂得很。他非常清楚，立儿只要和他在一起，是不在乎身处何地的。

可是，侯费和黑羽怎么办呢？

还有，秦氏一族的子弟又该如何呢？

再者，他和立儿若生了孩子，孩子将来该怎么办呢？

难道要让他们一直都躲在这个新宇宙中永远不出去吗？

他无论如何都不能让这一幕发生。

"为了父皇和秦氏一族的子弟，为了费费和小黑，也为了我和立儿的孩子，无论如何我都不能再隐忍下去。我要和那些神王正面交锋，我一定要在神界闯出一片天。"秦羽暗暗发誓。

这一刻，他感觉到了沉重的责任。

虽然立儿从来没有这样要求他，但是他绝不允许自己退缩。

"我一定要回到神界。"秦羽心中暗自说道。

## 第562章

# 洞房花烛夜

手臂粗的闪电宛如一根根链条连接着天地，天地间，到处都是游离的电蛇，而中间悬浮着的那座城池的城墙上有两人并肩站立着。

"二叔，你去上界探察过了吗？"周显向旁边的高瘦男子问道。

这高瘦男子正是雷罚城四大神王之——雷武神王周通，此人在神王中的实力算是极为厉害的。

那日秦羽突然消失了，神界的众位神王怎么找都找不到秦羽，便怀疑秦羽有可能躲到下界的一些宇宙空间中去了。周显知道秦羽来自上界，他怀疑秦羽藏在上界。

"显儿，我去上界探察了一番，整个上界都没有秦羽的气息，也没有姜立的气息。"周通神情凝重，"不过，你也不要太着急，那秦羽竟然无视雷罚城，公然抢走了你的妻子，雷罚城绝对不会饶他。"

"对，无论如何都不能饶他。"周显恨恨地道。

在神界八大圣地势力中，雷罚城的综合实力极强，自古以来，便没有哪方势力敢对雷罚城不敬。此次，秦羽不但在北极圣皇殿中公然对雷罚城西北圣皇周霍不敬，还抢走了周霍的儿媳妇，这可是雷罚城的奇耻大辱。

雷罚城的四大神王都咽不下这口气。

"显儿，我准备去其他宇宙空间探察一下，看秦羽是否躲藏其中。"周通说了一声，瞬间消失在城墙之上。

周显当即躬身送别。

待得周通离开，周显独自站在城墙上，静静地看着雷罚城陷入了沉思。

"啊！"周显陡然握紧双拳。

他是实力仅次于神王的上部天神，又是雷罚城的皇子，地位尊贵，在神界属于上层人物了。可是，他如今的名声不太好听。原本，姜立应该是他的妻子，没想到秦羽竟然抢走了他的妻子。

"秦羽！"周显咬牙切齿地道。

一万多年前，秦羽不过只是凡人界的一个小人物，他想要杀了秦羽都是轻而易举的。可是这才多久，秦羽的实力竟然变得这么强了，就连神界的神王联手都抓不到他。

而面对秦羽，周显简直就是一个彻彻底底的失败者。

"那一枪……"周显依旧记得秦羽刺向他的一枪，"如果我没有爷爷给的护身宝物，我恐怕已经死了，秦羽的实力真的好强。"

面对秦羽，周显根本毫无还手之力。

"两万年不到，我和他的实力差距竟然变得这么大了。"周显感觉受到了耻辱，"我一定要抓住他。"

忽然，周显眼睛一亮。

"对了，可以将秦羽的那些亲人抓住，再威胁秦羽现身。不，不行，父皇绝对不会同意我这样做的。"周显摇了摇头。

他心里很清楚，雷罚城的四大神王都很高傲，绝不会允许用下三滥的手段的，否则他们也不会不顾一切地追杀秦羽，却不碰秦羽的亲人一下。

"啊！"周显忽然惊叫一声。

旋即，他整个人化为一道流光，疾速朝雷罚城的军营飞去。

片刻的工夫，周显便飞到了一名上部天神的面前。

"殿下。"上部天神看到周显，连忙行礼。

"刘杉，你选出一支天神精英中队，跟我去上界一趟，而后再去凡人界逛逛。"周显冷笑道。

刘杉虽然心里很是疑惑，但还是恭敬听命。

周显身为雷罚城的皇子，他调派一支精英中队的权力还是有的。

"是，殿下。"

周显微微点头，嘴角勾起一抹冷笑："秦羽，我就不信了，你都没有和你的亲人接触过。"

半晌，周显便带着一支天神精英中队通过雷罚城掌管的神界空间之门，前往上界了。


当神界几位神王全力追寻秦羽踪迹的时候，秦羽和姜立在新紫玄星的紫玄府中举行了大婚。

大婚的仪式完全采用过去秦王朝流传的"拜天地、入洞房"的方式。

偌大的紫玄府悬浮在海洋的上空，周围云雾环绕，紫玄府的两端有火焰和寒气相互缠绕着，而紫玄府中有不少人。

众人聚集在寰宇殿中，殿中间是穿着大红喜袍的秦羽和立儿。

"一拜天地！"福伯在一旁高声喊道。

秦羽和立儿当即对着殿外面的天地一拜，一旁的侯费、黑羽、白灵等人都面带微笑地看着。

"二拜高堂。"福伯的声音再次响起。

秦羽和立儿当即转身，对着坐在上方的姜澜和秦德拜了一拜。

姜澜和秦德都笑开了花。

"哈哈！好！好！"姜澜朗声大笑。

秦德笑呵呵的，道："我有三个儿子，也就小羽成亲最晚。"

"夫妻对拜！"

秦羽和立儿转过头来，面对面拜了一拜，也不知道是紧张还是怎么的，两人的头竟然碰到了一起。

顿时，寰宇殿中响起了大笑声。

"送入洞房。"

秦羽还没来得及和立儿多说什么，就被拉出来陪大家喝酒了。

"恭喜大伯娶得美娇娘。"黑彤举起酒杯，笑着说道。

"小彤，莫要取笑大伯。"秦羽不好意思地笑笑。

这时，黑彤身旁的一位美丽的姑娘也举杯，对秦羽说道："恭喜大爷爷！"

秦羽微微一怔。

"大伯，这是我和郭凡哥哥的女儿。"黑彤连忙说道。

"恭喜大爷爷！"这时，一个青年对秦羽躬身行礼。

黑彤连忙又道："大伯，这是我和郭凡的儿子。"

秦羽脸色一阵红一阵白。

他刚刚才成亲，而当初他看着长大的黑彤竟然都有两个孩子了。

那一桌人看见秦羽脸上的表情，顿时都笑了起来。

侯费捂着肚子狂笑，调侃道："哈哈！大哥，你知道自己有多慢了吧，不过也不着急，你以后和嫂子好好努力，多生几个孩子。"

"费费，你还好意思说我。"秦羽没好气地道。

"三弟，你在那里干什么，快到这儿来，这里还有一群人等着向你敬酒呢。"秦风笑笑，当即拉着秦羽朝旁边那桌走去。

"这个是我三孙女的儿子，这个是我女儿的夫君，这个是……"

这一桌人都是秦风的晚辈，陪酒的时候，秦羽都不好意思了，除了侯费，秦羽的兄弟好像连子孙都一大群了。

待到半夜，秦羽才摆脱了众人的敬酒，踏入了新房中。

新房中，烛光摇曳，仿佛让整个屋子都蒙上了一层纱，让秦羽心中平添几分醉意。

秦羽看着坐在床头，静静等着自己的立儿，他心中感到很是满足。

"我竟然也成亲了。"秦羽想想都觉得很不真实。

多少年了，他一直期待着这一天，可是当这一切成为现实，他却感觉自己好像在梦中一般。

秦羽深吸一口气，走到了立儿的旁边。

他轻轻掀开了盖头，露出了立儿那张微红的俏脸。

"羽哥。"立儿轻声唤道。

秦羽深深地凝望着立儿，整个人都愣住了。他只要离立儿稍微近一些，就可以闻到立儿身上淡淡的香味。

两人相互吸引，渐渐地，两人吻在了一起，秦羽用略微颤抖的手解去立儿的衣衫，露出了如羊脂玉一般晶莹的肌肤……

一滴泪珠从秦羽的灵魂元婴中飞出，欲融入立儿的灵魂元婴之中。

"羽哥，你要干什么？"立儿惊讶地问道。

"两滴生命灵魂之泪都蕴含了生命神王的本源能量，只要你将两滴生命灵魂之泪都吸收了，你便可拥有生命神王的全部能量，对你感悟生命神王留下的空间法则会很有帮助。"

两人的灵魂已经相互结合，很容易就能感受到对方心中的想法。

流星泪，也就是生命灵魂之泪，蕴含了生命神王留下的神奇能量，秦羽并不在意，将这些能量都给了立儿。

毕竟，秦羽拥有一个新宇宙。

翌日。

阳光透过紧闭的窗帘照了进来。

秦羽侧躺在床上，立儿将头亲昵地靠在秦羽的胸膛上。两人呼吸着彼此的气息，小声地说着夫妻之间的私语。

"对了，立儿。"秦羽忽然想起了一件事，"立儿，我给你的那件紫霖羽衣应该是飘羽天尊赐给我的，这件紫霖羽衣很是神奇，你即便将它带进神界也没什么，别人根本发现不了。不过，我送给你的那把破水神剑是我亲手炼制的一流鸿蒙灵宝，从未在神界出现过，如果你带着它出现在神界，肯定会引起神界天地变化的。"

当初，秦羽发现糨糊气息就是鸿蒙灵气后，就炼制出了一根权杖，取名为"万柳"。之后，他又耗费了大量时间和珍贵的材料炼制出了七十三件鸿蒙灵宝，那七十三件鸿蒙灵宝中，只有一件是一流鸿蒙灵宝。

这件一流鸿蒙灵宝便是神剑"破水"。

成亲之前，秦羽就将破水神剑和紫霖羽衣都送给了立儿。

秦羽清楚地记得，当初立儿看到这两件一流鸿蒙灵宝时震惊的模样。

"嗯！我知道了。"立儿靠着秦羽的胸膛，轻声应道。

她的脸上满是幸福的笑容。

"立儿，你炼化这两件一流鸿蒙灵宝需要多久？"秦羽问道。

立儿眉头一皱，陷入了沉思。

看到立儿皱眉的样子，秦羽觉得很是可爱。

"这两件都是一流鸿蒙灵宝，要炼化一流鸿蒙灵宝比较麻烦，我起码需要数十万年的时间。"立儿不确定地说道。

"嗯！你看什么呢？"立儿发现秦羽走神了，顿时问道。

"啊！"秦羽连忙说道，"没看什么，我听着呢！呃，你刚才说炼化一流鸿蒙灵宝起码要数十万年的时间，对吧。"

立儿用怀疑的眼神看了秦羽一眼。

秦羽心中暗松一口气，道："幸亏我是新宇宙的主人，我只需心念一动，就能知道新宇宙中发生的所有事情。"

"立儿，我有一件事情要告诉你，炼化一流鸿蒙灵宝有一个快捷之法，就是让一流鸿蒙灵宝吸收一些鸿蒙灵气。"秦羽连忙说道。

"鸿蒙灵气？哪来的鸿蒙灵气？难道我为了节省修炼时间就将一些鸿蒙灵宝回炉以得到鸿蒙灵气？那太不值得了吧！羽哥，你以后可是要和那些神王争斗的，可不要随便浪费鸿蒙灵气。"立儿倒是事事都为秦羽着想。

秦羽此时才想起，糨糊气息就是鸿蒙灵气，自己却从来没有告诉过立儿此事。

"立儿，你见过鸿蒙灵气吗？"秦羽问道。

"当然见过，当初匠神车侯辕在飘雪城炼制出了一件二流鸿蒙灵宝，我就在旁边观看。"立儿连忙说道。

"我这就带你去一个地方，一个有很多鸿蒙灵气的地方。"秦羽笑着说道。

"啊？"立儿一脸疑惑。

"别傻瞪着眼了，快穿衣服。"秦羽笑着催促道。

# 实力突增

如今，凡人界已经有八百多万个宇宙空间了，而秦羽创造的这个新宇宙依旧在成长中，甚至还有部分区域没有完善好。

按照秦羽的计划，新宇宙分成三个部分，凡人界、上界等无数同等级宇宙空间、以及最高的神界，这三个部分组合起来呈现出金字塔的形状。

新宇宙的边缘有一个个碎裂的空间漂浮着，时而凝结，时而碎裂。狂暴的气息四处流转，仿佛什么都能被它们摧毁一般。

忽然——

一对相互依偎着的男女出现在这里，狂暴的气息竟然无法靠近他们。在这个新宇宙的边缘，竟然出现了一个安全之地。

"羽哥，你说有很多鸿蒙之气的地方在哪儿呢？"立儿问道。

立儿上一次看车侯辕炼器时，只看到一点点鸿蒙灵气。在立儿看来，秦羽说那个地方有很多鸿蒙灵气，估计是夸张的说法。

"嗯？你看不到吗？"秦羽不答反问。

立儿顿时鼓着嘴巴，看着秦羽。

秦羽笑了起来，道："你朝前面看，就在那里。"

远处的气流仿佛海水一般涌动着，从而让新宇宙不断地扩张着。

"那，那……"立儿的眼睛瞪得滚圆。

"我们靠近一些看看。"

秦羽一把搂住立儿，一闪身，他便带着立儿来到了新宇宙的边缘，身处鸿蒙灵气之中。

他们旁边大概三四米的地方便是新宇宙的隔断。

"这些，这些都是鸿蒙灵气吗？"立儿感觉自己的声音有些颤抖。

眼前这些无穷无尽的气息竟然和鸿蒙灵气一模一样。

这些就是鸿蒙灵气吗？

她真的不敢相信。

要知道，将一件鸿蒙灵宝回炉以炼化出来的鸿蒙灵气只有一点点，即使是那么一点鸿蒙灵气，都已经很珍贵了。

可是——

"羽哥，这里就是你说的有很多鸿蒙灵气的地方？"立儿难以置信地看着秦羽。

秦羽微微一笑，道："对啊！难道这里的鸿蒙灵气还不够多吗？"

立儿说不出话来了。

"立儿，如果你觉得不够的话，别着急，你看那边。"秦羽指着边缘处，"那是一层隔断，正是新宇宙的隔断。在新宇宙的外面，便是无边无际的糨糊空间，哦，不对，不该称之为糨糊空间，应该称之为鸿蒙空间。"

立儿顺着秦羽的手指指的方向看过去。

透过那层透明的隔断，她看到了鸿蒙空间，鸿蒙空间中，那些鸿蒙灵气如液体一般缓缓地流动着。

这里的鸿蒙灵气确实很多！

"世间还有这样的地方，我怎么从来没有听说过！父皇和澜叔他们都不知道有这样的地方，恐怕连天尊都不一定知道这里吧！"立儿看向秦羽。

秦羽闻言，心中很是自豪。

他看到立儿那崇拜的眼神，心中的满足感根本无法用语言来形容。


新婚的日子里，秦羽过得非常快乐。

他身为新宇宙的主人，将新宇宙中的空间法则都完善了，甚至将新宇宙中的部分空间法则直接传给了立儿。这种事情，他早就做过了。

　　他拥有将新宇宙的空间法则传给任何人的资格。

　　不过，即使立儿得到了部分空间法则，要完全领悟，估计也需要一段时日。

　　"立儿，好好静下心来，炼化那两件一流鸿蒙灵宝，我会待在你的周围，并且将时间加速到极致。估计在这之外的空间还没过一年，你就能成功了。"看到立儿那依依不舍的目光，秦羽安慰道。

　　立儿有鸿蒙灵气加速炼化速度，要炼化一件一流鸿蒙灵宝只需万年时间。再加上，新宇宙中的时间加速的极致已然达到一万多倍，在外界等待一年足够了。

　　"这一次，立儿估计要一段时间才能炼化成功。"

　　秦羽和立儿暂时分开，他心中也很不舍。

　　但是，立儿必须提升实力，她将防御性的一流鸿蒙灵宝紫霖羽衣和攻击性的一流鸿蒙灵宝破水神剑都炼化，才能让他安心一些。

　　立儿去了新宇宙的边缘炼化一流鸿蒙灵宝，然而不到一盏茶的工夫，她竟然回来了。

　　"羽哥。"立儿飞到秦羽的身旁。

　　"立儿，你怎么了？"秦羽笑着问道，"难道你舍不得和我分开？"

　　"不！"立儿摇了摇头。

　　"那你这是怎么了？"秦羽疑惑地问道。

　　"我……"立儿欲言又止。

　　"你有什么就说吧！"秦羽循循善诱地说道。

　　立儿这才吞吞吐吐地道："我炼化这两件一流鸿蒙灵宝大概需要一个月的时间，可是我刚刚发现，我好像怀孕了。"

　　秦羽这边连一盏茶的工夫都不到，可是立儿所处的空间的时间流速加速了一万多倍，已然过了一个月。

　　立儿说得很慢，又吞吞吐吐的，秦羽听得很是着急。

　　听到最后一句，秦羽彻底愣住了。

　　"立儿，你刚才说什么？"秦羽又问了一遍。

立儿的脸涨得通红，连耳朵都红通通的。

看到秦羽炽热的目光，立儿低声道："我说，我的好像怀孕了。"

"啊！我有孩子了！我要当爹了！"秦羽惊叫起来。

他感觉整个人兴奋得要飞起来一般，心中的喜悦难以表达。

片刻后，他猛地回过神来。

"立儿，你暂时不要炼化一流鸿蒙灵宝了，走，快和我回去。"秦羽连忙说道。

他一把搂过立儿，很快就回到了紫玄府中。

他们一进入紫玄府，只见正在草地上切磋功力的黑羽和侯费停了下来，而旁边围观的黑彤等人都看了过来。

"大哥，你不是说嫂子要去炼化一流鸿蒙灵宝吗？"侯费疑惑地问道，"怎么这么快就炼化好了？"

黑羽也疑惑地看着秦羽。

"你们俩就别问了。"秦羽急切地环顾四周，"红雨、绿水，你们两个丫头快过来。"

"大人。"

红雨和绿水见秦羽如此着急，连忙跑了过来。

"从今天起，你们给我寸步不离地跟着夫人，给我小心服侍夫人，不要出任何差错，知道吗？"秦羽郑重地说道。

"是，大人。"

红雨和绿水虽然觉得秦羽说话的语气很奇怪，但是依旧恭敬地应道。

"大哥，到底出什么事了？"侯费追问道。

黑羽则上下打量着秦羽，对侯费道："猴子，看大哥脸上的表情和眼神，我有种感觉，嫂子可能是有身孕了。"

侯费当即睁大眼睛看着秦羽。

秦羽顿时笑了，道："哈哈！小黑就是有经验啊！"

黑羽也笑了。

"啊！大伯母真的有身孕了吗？大伯，你怎么让那两个丫头服侍伯母呢，她们一点经验都没有。"黑彤不满地说道。

秦羽微微一怔。

黑彤说得对，红雨和绿水的确没有服侍孕妇的经验。

秦羽顿时急了。

"小彤，你快去，快去。"秦羽连忙说道。

"好的，大伯你尽管放心。"黑彤说完，当即消失了。

白灵笑道："大哥，虽然小彤有些经验，可是小彤这孩子做事一向不沉稳，你怎么把这么重要的事情交给她呢？"

对啊！黑彤就是个鬼精灵，虽然当了母亲，但还是很调皮，他怎么能让黑彤去照顾立儿呢？

"啊！不能让她去。"秦羽顿时有些急了。

"大哥，这件事情交给我就行了，我可是照顾过小彤的，小彤都生了两个孩子了，我有经验。"白灵笑着说道。

秦羽点点头。

当白灵离开的时候，秦羽才发现，周围的人都定定地看着自己。

"太上三长老好像和过去不一样了。"秦家的一些子弟小声地聊着，不时偷偷地看秦羽。

秦羽哭笑不得。

一开始，他知道自己很快要当爹了，心情既激动又慌乱。不过，后来他冷静下来了，然而随着时间渐渐过去，让他焦急的事情发生了。

立儿怀孕后，三年过去了，肚子却只是微微隆起。

"俗话说，十月怀胎，我这儿媳妇都怀孕三年了，怎么还没生下孩儿啊？"秦德也蒙了。

姜澜笑着说道："你们不要担心，在神界，大多数女子确实是十月怀胎，不过八大神族的女子不一样，有的女子最长怀胎达三年零六个月。"

"哦？真有怀胎这么长时间的？"一旁的秦羽立即追问道。

他一直很担心。

如果立儿将孩子生出来了也好，可是她现在还怀着胎，愣是没有生下来，甚至她的肚子只是微微隆起，不仔细看的话，根本看不出来她怀孕了。

"是的！端木家族的端木玉就在他娘的肚子里待了三年零六个月才出世的。"姜澜笑着回道。

"端木玉？！"秦羽很是惊讶。

"据我所知，在神界，凡是在娘胎中待的时间越长的，其修炼天赋越高。"姜澜又笑着说道，"小羽，看来你和立儿的孩子天赋很高啊！这孩子出世后定是个了不得的人物！"

秦羽闻言，不由得开心起来。

"再过六个月，这孩子应该降世了吧！不过，立儿如今肚子才微微隆起，六个月后她真的会生下孩儿吗？"秦羽仍旧有些担心。

时间飞快流逝！

转眼，十年过去了。

立儿怀胎足足十年了，可是肚子比之七年前几乎没有什么变化。

"立儿的肚子只比之前大了一点点，这可如何是好啊？"秦羽心中暗道。

秦羽是新宇宙的主人，能够察觉出立儿的肚子变大了一点点，而其他人单靠眼睛看是看不出来的。

"羽哥。"立儿站在秦羽身边，对秦羽道，"羽哥，你别担心，我能感觉到，我肚子里的孩子在缓慢地成长。这样吧，我继续炼化一流鸿蒙灵宝，我就不信了，一万年后，这孩子还不出生。"

立儿可是上部天神，对于上部天神而言，生孩子是没有一点危险的。

秦羽这是关心则乱。

即使立儿挺着大肚子去炼化一流鸿蒙灵宝，也是没有危险的。

秦羽点点头，道："好吧，立儿，你就继续炼化一流鸿蒙灵宝吧，我在旁边守着你。"

"我就不信了，再过一万年，这孩子还能不出来。"秦羽决定试试看。

新宇宙的边缘，秦羽和立儿都盘膝静坐着，两人紧紧地靠在一起。

秦羽心念一动，将立儿和自己所处的空间的时间加速到极致。

立儿在缓慢地炼化一流鸿蒙灵宝，秦羽则时刻注意着她的肚子。

"五千年过去了，立儿的肚子只是略微大了一些，还好，我明显感觉到她的肚子变大了。"秦羽只能如此安慰自己。

看样子，这孩子说不定要在他娘肚子里待一两万年了。

"嗡——"

新宇宙猛然一阵震动，连姜澜、秦德等人都清楚地感觉到了，秦羽身为新宇宙的主人，自然更清楚地感觉到了这种变化。

他愣住了，片刻后——

"新宇宙分为三层，难道第一层已经完善好了？"秦羽清楚地感觉到，整个新宇宙不再扩张了。

新宇宙的凡人界这一层已经彻底完善了。

"时间法则也完善了，还有……"秦羽眼中浮现出惊喜的神色。

他感觉到，凡人界这一层完全完善后，他的实力大大提升了。

## 第 564 章

# 通道

"终于，终于成功了。"秦羽眼睛一亮。

他心中喜不自胜："过去，我能使用的新宇宙的空间之力只能覆盖周围数百里范围，而现在，空间之力就连覆盖整个神界恐怕也是轻而易举的。"

过去，秦羽创造的这个新宇宙还处于成长状态，凡人界这一层还没有完善，不够稳定，秦羽能调用的空间之力自然极少。

而如今，凡人界这一层宇宙已成，基础已经非常坚实。要知道凡人界这一层的宇宙范围可是神界的千倍，乃至万倍。

秦羽只需要调用整个凡人界宇宙万分之一的空间之力，便能够轻易覆盖整个神界。

"神王之所以厉害，还不是因为能够掌控整个神界的空间之力，而我现在能使用的空间之力绝对能够覆盖整个神界，而神王对新宇宙的空间之力一窍不通。"秦羽脸上浮现一丝微笑。

虽然他并没有完全领悟空间法则，但是这有什么关系呢？

新宇宙的空间之力覆盖整个神界，他照样可以施展瞬移出现在神界的任何一个地方。此外，他还可以靠新宇宙的空间之力束缚对手，甚至杀死对手。

"如今，我若是和神王交战，估计一般神王都不是我的对手。"秦羽心中暗道。

相较于神王的空间法则，他的新宇宙的空间之力不差分毫，甚至还略胜一筹。

而他还拥有堪比一流鸿蒙灵宝的华莲分身和残雪神枪。

秦羽转头看向旁边的立儿，立儿仍旧盘膝坐着，静静地炼化着那两件一流鸿蒙灵宝。

"立儿，我一定会好好保护你和孩子的。"秦羽的目光转向立儿的肚子，"我们甘心隐世，可是总不能让我们的孩子跟着我们一直躲躲藏藏。更何况，还有费费、小黑，以及秦氏一族的子弟，为了他们，我也必须和那些神王好好斗一斗。"秦羽目光变得冷厉。

这是不可避免的，除非他甘心让所有的亲人、朋友都一直躲躲藏藏。

在神界，只有实力完全得到对手的认可，才能在神界好好地活着。

秦羽轻轻闭上眼睛，静静地修炼起来。

新宇宙中的一个空间的角落中，秦羽的华莲分身同样静静地盘膝坐着，不断地领悟着生命神王留下的空间法则。

"新宇宙果真很神奇！"

秦羽闭上眼睛，他的脑海中浮现出整个新宇宙的衍变规律。如今凡人界这一层已经完善了，凡人界的上方，正开始演化出新的空间……

秦羽心里很清楚，那应该是和上界同一个层次的空间，明显要比凡人界更加稳定。

"真期待新宇宙完全大成的那一刻。"秦羽心中暗道。

秦羽和立儿所处的空间的时间加速到了极致，相较于在紫玄星时，这里的时间要快得多。


九千多年过去了。

立儿终于炼化了一流鸿蒙灵宝，她睁开了眼睛。

当她睁开眼睛的那一刻，便看到秦羽正笑吟吟地看着她。

"成功了？"秦羽笑着问道。

"嗯！"姜立欣喜地点点头。

随后，她猛地低头看向自己的肚子，然后无奈地看向秦羽："羽哥，已经过去九千多年了，这孩子……"

"不要着急，我们有的是时间。"秦羽安慰道，"我清楚地感觉到，我们的孩子一直在成长。虽然他成长的速度缓慢，但是他一直在努力成长，我们不必担心。"

姜立闻言，心中稍微放松了一些。

"我怀胎这么久，孩子还没出生，真不知道这孩子会是什么模样。"立儿有些担忧地说道。

"别担心，我们都长得不错，孩子不会差到哪儿去的。"秦羽笑道，而后拉着立儿的手，"走！我们回紫玄府，我还有重要的事情要去办。"

秦羽和立儿手牵着手，瞬间就消失在宇宙的边缘。


紫玄府。

"羽哥，你刚刚说有重要的事情要办，是什么事情啊？"立儿好奇地问道。

秦羽掉头看着立儿，道："立儿，你可能愿意一直跟着我躲在新宇宙中，可是我们的孩子怎么办？还有我的那些朋友和兄弟该怎么办呢？我不想让他们因为我一直过着躲躲藏藏的日子，不能回到神界。"

立儿点点头。

身为母亲，她确实不愿意让自己的孩子永远过着躲躲藏藏的日子。

"羽哥，你说的我都赞同。可是，我父皇和西北圣皇等高手联手，实力极强，我们怎么跟他们斗呢？"立儿很是担忧。

"放心，我自有办法。"秦羽笑着说道。

而后，秦羽直接给姜澜、秦德、秦风、秦政等人传音，让他们齐聚衰字殿。

此时，姜澜、秦德等人正朝衰字殿走来。

"姜澜前辈。"秦德看到姜澜，连忙打招呼。

秦德心里很清楚，姜澜可是神界的神王，地位尊贵，而且他对秦羽和立儿很是照顾，自己理应尊敬他。

"秦德，你说，小羽找我们干什么呢？"姜澜笑呵呵地说道，旋即又道，"难道是因为立儿要生了？"

秦德闻言，心中一喜。

"如果真是这样的话，那就太好了。"

他可是一直盼着要抱孙子呢！

姜澜、秦德、秦风、秦政、侯费、黑羽等人步入了衰字殿中。

此刻，衰字殿中也就秦羽和立儿两人。

秦羽难得地换上了一身白色的长袍，立儿则穿着已然炼化的一流鸿蒙灵宝紫霖羽衣。

"父皇、澜叔。"秦羽当即迎了上去。

姜澜和秦德等人刚进入殿中，看向立儿的肚子，旋即大喜。

姜澜兴奋地说道："这才半年多的时间，立儿的肚子比半年前要大了许多，看来两年内还是有希望生下来的。"

"哈哈！真好！大哥也要有孩子了。"一旁侯费兴奋地道。

黑羽嗤笑一声，道："猴子，现在就只有你是孤家寡人了。"

侯费没好气地白了黑羽一眼。

在场的人顿时都笑了。

姜澜、秦德、侯费等人并不知道，他们只是度过了半年多时间，而秦羽和立儿所在的地方的时间加速到了一万五千多倍，实际上，立儿怀孕已经九千多年了。

"澜叔。"立儿的脸有些红。

秦羽不好意思地说道："澜叔、父皇，其实不止半年，我将我和立儿所在的地方的时间加速了一万五千多倍，实际上，已经过去九千多年了。"

"九千多年……"侯费瞪大了眼睛。

"九千多年？！"秦德吃惊地看着秦羽。

连一向沉稳的姜澜都震惊了，道："小羽，你确定，不是九年，而是九千多年？"

秦羽和立儿相视一眼，都点了点头。

姜澜、秦德等人顿时又看向立儿的肚子，一时间都说不出话来了，在神界，在娘胎中待得最长的孩子也就三年零六个月而已。

可是，秦羽和立儿的孩子已经在娘胎中待了九千多年了。而且，看立儿的肚子隆起的程度，距离分娩还早得很。

"看来，小羽的孩子以后了不得啊！"姜澜赞叹道，"在神界，在娘胎中待了三年零六个月的只有几个，其中有三个成了神王，最差的都是上部天神。"

秦羽听了，不由得笑了。

"澜叔，我们不谈孩子的事情了。今天我找大家来，是要告诉大家一件事情。"秦羽的脸上满是笑容，"过去，我这个新宇宙和神界之间只有一个连接点，正是我离开神界时所处的那个位置，可是现在……情况不同了。"

"大哥，你这话是什么意思？"侯费连忙问道。

秦羽每一次从神界到新宇宙，而后回到神界的时候，都是回到原先所在的地方。

"小羽，你的意思是，新宇宙和神界的连接点如今不止一个？"姜澜问道，眼中有着期盼的神色。

秦羽点点头，道："可以这么理解，准确地说，这个新宇宙的凡人界这一层已经完全巩固了，我可以建造出一条连接新宇宙和神界的空间通道，这一条通道是可以稳定存在的，大家随时可以去神界，也可以随时回到新宇宙。"

新宇宙分为三层，凡人界这第一层就好像是房子的地基一样。

过去，地基没有建成，秦羽运用空间之力时自然要小心，现在就不同了，他完全可以建造一条稳定的通道。

"小羽，你可以建造多少条这种通道？"姜澜追问道。

"很多！"秦羽笑着回道。

姜澜顿时大喜，道："如果这样的话，那就太好了，我们完全可以在神界多选几个地方布置通道，同时在上界等一些宇宙空间也留下连接通道，这样一来，我们就可以随时去其他宇宙空间了。"

他们待在新宇宙中固然安全，但是有一个非常大的劣势，那就是无法自由地回到神界。

无论是从新宇宙到神界，抑或是从神界到新宇宙，都是需要秦羽控制的。因为秦羽是新宇宙的主人，只有在他的帮助下，才能进入新宇宙。

可是，一旦神界和新宇宙之间有了通道，即使没有秦羽帮忙，他们也可以自由地往返于新宇宙和神界之间。

"哈哈！太好了！我无聊的时候，可以去神界逛逛，若是看到雷罚城的人，我可以和他们大打一场，敌不过的话，就直接逃到新宇宙之中。如果那些人跟着我进入了新宇宙，我定要他们有去无回。"侯费眼中闪过一道厉色。

秦羽笑笑，道："费费，我创造出的通道，只有你们可以进入，神界的那些人会遭到通道的排斥，他们是无法进入通道的。"

神界的人是否可以进入通道，这完全是由秦羽决定的。

秦羽是新宇宙的主人，他不想让那些人进入新宇宙，那些人自然进不来。

"一般情况下，我是绝对不会让神界那些人进入新宇宙的。"秦羽郑重地说道，"如果我在场的话，我可以轻易对付他们，如果那时候我在静修，一旦那些神王杀进来……"秦羽说着，神态变得凝重，"虽然那些神王无法利用空间法则，但是他们是八大神族的大人物，拥有八大神族的特殊血脉，再加上鸿蒙灵宝，威力极大，恐怕没有几人抵挡得住。"

神王体内的能量的精纯程度可比天神的要高得多。

神王单单靠体内的能量和鸿蒙灵宝，就可以轻易杀了紫玄府的那些普通天神。至于秦氏一族的子弟，面对神王根本没有反抗能力。

"大哥说得对！"侯费点点头。

秦羽虽然将新宇宙的空间法则传给了侯费和黑羽，但是他们要完全领悟空间法则还需要很长的时间。

在没有完全领悟空间法则之前，面对神王极强的攻击，他们很难敌得过。

"澜叔，你陪我去一趟神界吧！我想布置几条神界与新宇宙相连的通道。"秦羽看向姜澜，笑着说道。

姜澜当即点点头。

"羽哥，我也陪你去。"立儿连忙说道。

秦羽看着立儿，摇了摇头。

"怎么了？"立儿疑惑地问道。

秦羽笑着说道："立儿，你忘了，我送给你的那把破水神剑可是一流鸿蒙灵宝，而且从未在神界出现过。一旦你去了神界，破水神剑一定会引得神界天地发生异变，到时候神界的的神王都会发现我们的踪迹。"

立儿顿时打消了一起去神界的念头。

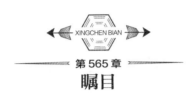

"破水神剑？新的一流鸿蒙灵宝？"姜澜看向秦羽，惊讶地道，"小羽，你什么时候又炼制出了一件一流鸿蒙灵宝？"

姜澜并不知道此事。

秦羽笑笑，道："澜叔，你还记得，当初我炼制出一流鸿蒙灵宝万柳之后，又闭关继续炼制鸿蒙灵宝的事吗？当时，我还找你要了一些珍贵的材料呢！"

姜澜想了想，的确如此。

"那段时间，我炼制出了不少鸿蒙灵宝，不过其中只有一件一流鸿蒙灵宝，就是破水神剑。我把它送给立儿，给立儿当攻击性武器。"秦羽笑着说道。

姜澜赞赏地看着秦羽。

他当初果然没看错人，秦羽非同一般啊，竟然能炼制出神界珍贵无比的一流鸿蒙灵宝。

"立儿？"秦羽看向立儿。

立儿点点头，乖巧地应道："我知道了。羽哥，我不会跟着去神界的。"

秦羽摇摇头，笑着说道："嗯！你暂时不适合跟着一起去神界，不过，待我和澜叔将通道完全设置好之后，你就准备跟我去神界一趟。"

"嗯？"立儿眉头一皱，"你刚刚不是说，我出现在神界的话，会引得天地异变，导致那些神王都发现你的行踪吗？"

秦羽微微一笑，道："我就是要他们发现。"

"小羽，你要干什么？"姜澜神情一变，沉声问道。

其他人则担心地看着秦羽。

立儿到神界后，她炼化的一流鸿蒙灵宝破水神剑定会使得天空出现异象，红云满天，并降下灵宝之雷，到时候整个神界的神王都会关注此事。

那样一来，秦羽的行踪岂不是暴露了？

"小羽，那些神王可不是好惹的，你这样……"姜澜急了。

秦羽打断姜澜的话，笑着说道："澜叔，你放心，新宇宙的凡人界这一层已经完善，并不仅仅让我拥有了创造通道的能力。"

姜澜眼睛一亮。

看来，新宇宙的凡人界这一层完善后，秦羽的实力也大大增强了。

"没事，这个时候没有神王在用神识探察。"

秦羽和姜澜陡然出现在飘雪城的上空。他们看了看悬浮在半空中的飘雪城，相视一笑。

眨眼的工夫，两人就消失了。

整个神界幅员辽阔，在神界的八个方向分别坐落着八大圣地，其中东极炫金山和东北的林海之城这两大势力是相邻的。

不过，东极炫金山和东北林海之城这两大势力之间，有一片极其广阔的迷雾沼泽，迷雾沼泽可是整个神界的一大险地。

迷雾沼泽占地面积极为辽阔，和东极炫金山差不多大。

神人只要进入迷雾沼泽，十之八九会死，因为神人是无法飞行的，他们会陷入沼泽之中，被沼泽中的一些妖兽杀了，就连天神也很难走出迷雾沼泽。

沼泽之上布满了无尽的迷雾，在迷雾沼泽中，根本无法辨别方向，就连天神想要穿过无尽的迷雾沼泽地也是非常难的。

迷雾沼泽中人迹罕至，可是此刻，迷雾沼泽的边缘竟有两人凌空站立着。

"第一条通道就布置在迷雾沼泽的旁边吧，这里靠近东极炫金山，东极圣皇和我的关系还算不错。"秦羽笑着说道。

姜澜点点头。

秦羽看着前方的无尽迷雾，脑海中浮现出整个神界的概况。他的新宇宙的空间之力早已覆盖了整个神界，神界的一切都无法逃过他的空间之力的探察，八大圣皇的一举一动秦羽都一清二楚。

"神界的陆地和周围无边无际的海洋加起来，也不及新宇宙的凡人界的万分之一。"秦羽心中暗道。

他并没有使出全部的空间之力，却依旧覆盖了整个神界。

"没想到，神界真是卧虎藏龙，表面上，神界总共只有十一大势力，实力极强的都是那些神王。然而在那无边无际的海洋中竟然还生活着一些隐世的神王，虽然他们都待在不同的地方，但若是聚集起来，堪称一股不小的势力，很是惊人。"秦羽笑着说道。

"隐世的神王？！"姜澜惊讶地看向秦羽。

"澜叔，怎么了？"秦羽对姜澜问道。

"你竟然能够发现那些神王！我听说过，神界有一些隐世的神王，那些神王大多不喜争权夺利，一直藏匿在神界的某个角落，过着与世无争的生活。那些神王都拥有能布置出一个空间的神通，其他神王想要探察出他们的位置是非常难的。"姜澜解释道。

秦羽点点头。

的确！神王都掌控了空间法则，而那些隐世的神王封锁了自己所处的空间。其他神王对于空间法则的掌控和隐世神王相差无几，自然很难探察出隐世神王的居所。

"小羽，你的新宇宙的空间之力果然厉害，竟然能轻易探察出隐世神王的位置。"姜澜也赞叹了起来。

秦羽得意地笑笑。

忽然，他想到如果自己能够让那些隐世神王帮助自己，那自己这方的实力不就更强了吗？

"如果他们能够帮助我，那……"

"别想了。"姜澜摇摇头，继续道，"那些神王之所以隐世，就是不喜争权夺利。他们享受着平静的生活，若没有特殊的原因，他们是不会现身的。"

秦羽点了点头。

不过，他默默地记住了每一位隐世神王的住处。

神界的东南地底之城和南极镜光城之间有另外一处险地——吞噬沙漠。吞噬沙漠区域辽阔，只有修为达到天神境界的人才能从吞噬沙漠的上方安全飞过。

秦羽和姜澜正在吞噬沙漠旁边的一个树林中。

他们将此处定为第二条通道所在处。这个树林是属于地底之城的。

"我打算在神界布置三条通道，第三条通道该布置在哪里呢？"秦羽看向姜澜。

姜澜思忖片刻，而后看向北方，道："那就布置在北极飘雪城管辖下的一条山脉中吧！"

"飘雪城？"

秦羽笑着点点头。

紧接着，他和姜澜布置出了第三条连接神界和新宇宙的通道。

之后，他们还在上界、恐龙界、幻魔界等十二个宇宙空间布置了空间通道。

而后，又在凡人界的三十八个宇宙空间布置了空间通道，这三十八个宇宙空间中，便包含了紫玄星所在的宇宙，也包含了秦羽的师尊雷卫的家乡，即地球所在的空间。

秦羽去了地球所在的空间后，感叹不已。

根据雷卫的留言，秦羽对科技有了不少了解。然而到了科技宇宙后，他觉得自己了解的只是皮毛而已，他心中很是惊叹。

在科技宇宙，人们单单利用一些外在材料就能够实现能量转换，实在是很奇特。

"不过，这种科技道路本末倒置了，唯有那个叫地球的星球上有不少修真者。"

秦羽的空间之力覆盖了整个科技宇宙，这里的一切他完全知晓了。

雷罚城，周显的住处。

"刘杉，你都处理干净了吗？"周显冷冷地问道。

上部天神刘杉当即恭敬地回道："殿下，我已经将寓德星上的秦氏一族的子弟和我们接触的记忆完全消除了。"

"嗯！"周显点了点头。

他对付不了秦羽，只能转而对修为只达到天仙境界的秦氏一族子弟施展手段，这件事情若是传出去，他会很丢人的。

"殿下，照那些人所说，秦羽带着其父皇和兄长等人去了一个特殊的空间，那……"

"我明白了。"周显嗤笑一声，冷冷地道，"我猜测，秦羽应该是施展了阵法空间，而后一直躲在阵法空间之中，他的阵法空间很是神奇，确实是个不错的藏身之所。哼！秦羽竟甘愿如缩头乌龟般躲在阵法空间中，我倒要看看，他这只缩头乌龟能藏到何时。"

周显忽然想起什么，对刘杉下令，道："你回去吧！"

"是！殿下！"刘杉当即退下了。

周显陷入了沉思："这些日子，父皇一直在其他宇宙空间寻找秦羽的下落，现在看来，父皇的想法一开始就错了。"

随后，周显出了客厅，直接朝西北圣皇殿走去。


神界东部尉迟城的一座酒楼之中。

邢远正陪自己的妻子紫芸吃饭。这段日子，他们夫妻俩听说了秦羽的一些事情，为秦羽担忧不已。

不过，邢远心里很清楚，如今秦羽可是上部天神，又是新匠神，应该不会有什么事。

再说了，自己只是一个上级神人，想要帮助秦羽也有心无力。

"那秦羽大人在北极圣皇殿中公然抢亲，真是痛快……"一个白衣青年在酒楼中高谈阔论。

在神界大多数人的心中，圣皇都是高高在上的，然而他们在内心深处，并不屈服于圣皇的权威。

如今秦羽和圣皇对着干，此事和这些神人虽然没什么关系，但是他们莫名感到很是痛快。

"王兄，在北极圣皇殿上公开抢亲的秦羽大人就是我们尉迟城的人呢！"旁边的一个灰衣青年得意地说道。

"秦羽大人真是厉害啊！谁不知道，当初秦羽大人在迷你山上布下大阵，很多天神都去迷你山想要破解大阵，可是最后都落败而逃。"顿时有人说道。

"不过，这一次秦羽大人可是捅破天了，八大圣皇共同追杀秦羽大人，不知道秦羽大人能不能逃过这一劫。"白衣青年感叹道。

"是啊！不过秦羽大人真是够厉害的。据说，某日天空出现异象，红云满天，这是因为秦羽大人在飘雪城炼制出了一流鸿蒙灵宝呢！"灰衣青年点点头。

"红云满天？！"邢远站起身来，震惊地看着酒楼外的天空。

此时，天空再次被红云覆盖住了，数道电蛇在红云间穿行。

酒楼中的其他人也都发现了这一幕，所有人都目瞪口呆。

这一刻，不仅仅酒楼中的人，就连整个尉迟城的人，甚至整个神界的人都仰头看着天空。

红云满天，天降灵宝之雷，正是一流鸿蒙灵宝出世的征兆！

看到这一幕，所有人的第一反应是，到底是谁炼制出了一流鸿蒙灵宝？除了秦羽和车侯辕，还有谁有那个能力？

可是，车侯辕早就失踪了。

"秦羽，秦羽又炼制出了一件一流鸿蒙灵宝。"这是绝大多数人的反应。

"秦羽竟然又炼制出了一件一流鸿蒙灵宝！"周显看着天空，心中很是惊讶。

周显身旁的周霍的神识一下子覆盖了整个神界："秦羽在神界东海海域的上空。"

"大哥。"

这时，有两个男子出现了。

正是神界四大神王中的雷武神王和雷魔神王。

"大伯。"一个俊美的青年朝周霍躬身行礼。

周霍微微一笑，道："是周然啊！"

这个青年正是周家第二代子弟中唯一的一位神王，他和周显同辈。

"秦羽竟然又炼制出了一件一流鸿蒙灵宝,大伯、二伯、父亲,我们一起去看看吧!"周然笑着说道。

四大神王当即点点头。

这五人直接施展瞬移,往东海而去。

"又有一件一流鸿蒙灵宝出世了,秦羽小兄弟真不错啊!"血妖王抬头看天,随即施展瞬移前往东海。

南极圣皇仰头看着天空。

"父亲,我早就说过,我们镜光城最好不要掺和其中。"端木玉叹息一声,继续道,"我和秦羽一起参加招亲的时候,总感觉他身上隐藏着一个大秘密,我怎么都看不穿他。"

"玉儿,你可能是对的吧。"南极圣皇淡笑一声,"不过,我既然答应了一起追杀秦羽,就不能反悔。"南极圣皇说完,而后就消失了。

此时,这些神王都朝神界的东海赶去。

东海上空,秦羽和立儿并肩站立着。

"立儿,你觉得动静如何?"秦羽见一些神王出现在周围,当即对立儿笑着说道。

"羽哥,这动静是不是太大了?"立儿低声说道。

"动静大吗?"秦羽的目光扫过周围的那些神王,嘴角勾起一抹笑容,"无论如何,这戏还是要做足的,不是吗?"

第566章
# 灵魂攻击

东海海域广阔无边，蓝色的海面随着海风不断地起伏着，海域的上空，数十道人影凌空站立着。

每一个人身上都散发着一股淡淡的气息。

"嗷！"

下方不远处，忽然响起一道怪吼声，随后整个海面翻滚起来，一个巨大的漩涡出现在海域中，无数海域妖兽被吞噬了。

"成熟期的反箜蛇？！"秦羽朝下方看了一眼，他清楚地看到海面下巨大的反箜蛇。

"聒噪！"

一个身穿银色长袍的男子冷哼一声，只见下方的数万里海域陡然冻结起来。

而后——

"砰"的一声，那冻结起来的数万里海域碎裂开来。

而那条成熟期的反箜蛇断裂成数截。

整个海域再次恢复了平静，然而海面被染红了一大片。

"小安。"修罗神王眉头一皱。

他瞥了瞥那身穿银白色长袍的男子，银白色长袍男子当即点点头，安静地站在一旁。

现场的气氛很是凝重。

雷罚城的四位神王和周显都看着秦羽和立儿，特别是看到立儿那微微隆起的肚子，脸色变得极为难看。

"呵呵，有好戏看咯！"血妖王轻笑出声。

血妖王旁边的一个儒雅的中年人笑着说道："周霍和姜梵这两位圣皇对外宣布，说秦羽掳走了姜立，还说要将姜立夺回来，现在看来，即便将姜立夺回来也于事无补，姜立已经怀了秦羽的孩子。"

"不仅仅如此，你看那姜立的神情，显然她是真心喜欢秦羽。依我看，明明是姜梵和周霍强行拆散一对有情人。"血妖王笑着说道。

虽然他们的声音很小，但是场上的众位神王都听得一清二楚。

雷罚城的四大神王和周显自然也听到了，他们的脸色更难看了。

周显赢得了招亲，这四位神王已然将姜立当成雷罚城的儿媳妇了。如今，雷罚城的儿媳妇却怀了别人的孩子，这不是雷罚城的奇耻大辱吗？

"父皇。"周显轻声唤道。

周显的脸色很是阴沉，眼中更是涌现出了杀意，旁边的人都能清楚地感觉到他的愤怒。

周霍低哼一声，道："显儿，沉住气。"

周霍抬头看向秦羽，冷冷地道："秦羽，姜立是我儿周显的妻子，是我雷罚城的人，你还是乖乖将姜立送回雷罚城吧！"

听到这话，秦羽顿时眉头一皱。

"羽哥。"立儿轻轻地拉住秦羽的手，不禁为秦羽担心起来。

秦羽对立儿微微一笑，道："放心，雷罚城的这几人不过是胡搅蛮缠、自以为是的家伙，不足为惧。"

胡搅蛮缠？自以为是？

周霍等人顿时怒气上涌，围观的神王不由得惊讶地看着秦羽。

秦羽竟然敢正面和雷罚城作对，他若不是白痴，就是有所倚仗。

"大哥，我之前听你说秦羽在北极圣皇殿对周霍不敬，我还不信，现在一看，这秦羽的确很有胆量啊！"银白色长袍男子对修罗神王说道。

修罗神王淡淡一笑。

"这秦羽可不是一般人物。我们不要插手，在旁边看着雷罚城的众位神王处理此事就够了。"修罗神王笑着说道。

"哎呀，真不知道雷罚城的几位神王会如何处理呢？难道他们想以多欺少？几位神王围攻一个上部天神，啧啧……"血妖王嗤笑道。

"羽刹，雷罚城的几位神王行事磊落，定不会做出那等辱没身份的事情的。"儒雅的中年人说道。

飞升者三大势力的神王在一旁看笑话，而八大圣皇正在低声商量着。

如今，对手只有秦羽和姜立两个人，雷罚城的四位神王出手就足够了。

"胡搅蛮缠？自以为是？"周霍冷笑一声，"秦羽，你只不过是一个小小的上部天神，在神王眼中不过如蝼蚁一般，你三番五次对我不敬，又在北极圣皇殿上公然抢走了我儿的妻子，今日我……"

"哈哈……"不待他说完，秦羽仰头大笑起来。

顿时，空间震动，海水咆哮。

秦羽直视着周霍，冷冷地道："小小的上部天神？你以为你自己又有多高贵？还有，别再开口闭口就说立儿是周显的妻子，立儿可是我的妻子，她是我明媒正娶的妻子，而且她怀了我的孩子。"

秦羽指着雷罚城的五人，道："雷罚城的人给我听着，从今天起，别再说立儿是你们雷罚城的人，如果再让我听到这话，那……就休怪我下手无情。"

周霍还算沉得住气，旁边的周显脸色铁青，怒气冲冲。

"秦羽，立儿是我的妻子，这是众多神王见证过的，你竟敢大言不惭，我……"周显刚要出手，一想到秦羽的超强实力，当即打消了念头。

这时，一旁的白衣青年周然对周霍躬身道："大伯，秦羽连番侮辱我雷罚城，还说什么下手无情，简直可笑至极，小侄请求出手，收拾这狂徒。"

周霍看了周然一眼，点点头。

周然可是一位神王，他若是出手对付秦羽，十有八九能赢。

"周然，你便出手好好教训这狂徒吧！"

"是！大伯！"周然躬身应道。

"有好戏看了。"修罗神王轻笑一声。

其他神王则都摆出看戏的姿势。

"立儿，你别担心，在一旁看着就行。"秦羽笑道。

立儿点点头，乖巧地站在一旁。

随即，秦羽转头看向周然。

白袍猎猎作响，周然负手凌空站立，安静地等着秦羽做好准备。

"你准备好了吗？"周然笑着问道，目光却很是冷厉。

秦羽双手一翻，手中陡然出现了一双银白色的手套。

"此手套名为'雪花'，乃二流鸿蒙灵宝。"

当初，他炼制出了七十三件鸿蒙灵宝，其中有一件一流鸿蒙灵宝，七十件二流鸿蒙灵宝，两件三流鸿蒙灵宝，雪花手套就是秦羽最喜欢的二流鸿蒙灵宝。雪花手套有噬灵和锋利的特殊效果，是二流鸿蒙灵宝中的顶级武器。

周然手一伸，手中便出现了一把长剑。

"此剑名为'斩愁'，也是一件二流鸿蒙灵宝。"周然淡淡地道。

忽然——

"秦羽，你的那杆长枪呢？"周霍冷冷地问道。

当初在北极圣皇殿的人都清楚，秦羽拥有一杆长枪，那长枪应该是一流鸿蒙灵宝。

"你还有更厉害的武器？"周然眉头一皱。

"哼！对付你，用这雪花手套足够了。"秦羽微微一笑。

周然脸色一变，怒喝道："猖狂！"

而后，他单手对秦羽一指，顿时使得秦羽周围的空间完全冻结起来了。

空间封锁？！

神王之所以可以轻易地杀了上部天神，便是仗着其厉害的空间法则，可以轻易地将对方禁锢住。

"嗯？"修罗神王眉头微微一皱。

立儿则担心起来。

远处，看到这一幕的周显嘴角勾起一抹笑容。

"裂！"周然轻轻地说道。

只见秦羽周围的空间顿时如玻璃一般碎裂开来，然而，秦羽突然消失不见了。

瞬移？！

"不好。"周然脸色陡然大变。

而后，他直接施展瞬移离开了原先所在的位置。

下一瞬，他感觉到手臂一阵火辣辣的痛，鲜血从手臂上流了下来。

而秦羽正站在周然原先所在的位置。

"你的反应很快。"秦羽笑着说道。

"你竟然会施展瞬移？"周然有些难以置信。

围观的神王也很震惊。

瞬移可是神王才有的神通，一个上部天神怎么会施展瞬移呢？

"秦羽，你在北极圣皇殿时突然消失了，难道不是因为有其他神王的帮助，而后借助瞬移离开的？"周然道。

他听说过秦羽在北极圣皇殿中突然消失的事情。

当时，那些圣皇都以为秦羽是有隐世神王相助呢！

"我说过这话吗？"秦羽嗤笑一声，"这不过是你们这些自以为是的人的猜测而已。"

秦羽的目光扫过雷罚城的五人，当看到周显的时候，秦羽轻笑一声："懦夫！"

周显气得脸色发青。

此刻，周然消失了，他趁秦羽没有注意到他，施展了瞬移并发起了攻击。

"我等的就是这一刻。"秦羽心中暗道。

他的空间之力时刻覆盖着整个神界，周然的一举一动岂能逃过他的探察？

"唰！"斩愁剑出现，一下子就刺穿了秦羽的身体。

随后，周然陡然出现。

周然的脸上有着得意的笑容，可是转眼间，周然脸色大变。

"啪！"

一只手出现在周然的头顶上方，而后疾速落下，狠狠地拍击在周然的脑袋上。

周然口中喷出一口鲜血，而后立即施展瞬移，到了远处。

而被周然的长剑刺穿身体的秦羽如同一阵烟倏地消散了。

其实，周然在用长剑刺穿秦羽身体的时候就感觉不对劲，根本不是刺穿肉身的感觉，而是如刺穿棉花一般，他猛地惊醒，那根本不是秦羽，而是秦羽的残影。

可是，当时已经来不及了。

秦羽转身看向周霍。

此刻，周然正站在周霍的身旁，脸色煞白。

"你是怎么知道我会出手攻击你的？不可能，你的神识根本没有散开，而且你都没看我，你是怎么知道我施展了瞬移的？"周然死死地盯着秦羽，想得到秦羽的回复。

秦羽淡淡一笑。

"呵呵！你做不到，就认为别人也做不到吗！"秦羽冷笑一声，"你中了我一掌，你的灵魂应该受到重创了，如果不休养万年，你怕是无法再出手了。"

周然冷哼一声，不再说话。

秦羽想要杀了一位神王，那几乎是不可能的事。神王拥有瞬移的神通，当他们遇到危险时，可以直接施展瞬移逃走。

不过，秦羽虽然难以杀了周然，但是重创周然还是可以的。秦羽拥有具有噬灵和锋利两大特殊效果的雪花手套，刚刚一掌击中了周然的脑袋，已然让周然的灵魂遭到了攻击。

周然想要让灵魂恢复正常，可以靠时间让其自然恢复，或者靠一些罕见的丹药，抑或是让生命神王帮忙。

"啪！啪！"修罗神王拍着手掌，朗声大笑，"精彩！精彩！这一段时间，神界并没有出现神王诞生的征兆，这说明秦羽还不是神王。秦羽只是一个上部天神，竟然能够施展瞬移，甚至击败了一位神王，真是厉害啊！"

## 第 567 章

# 周通

东海上空。

众位神王看向秦羽的目光变得复杂。

秦羽仅仅只是上部天神，竟然可以施展瞬移，甚至击败一位神王，这真是无法想象的事情。

"周然属于等级较低的神王，我击败他算不得什么。"秦羽淡淡地说道。

在场的神王包括修罗神王闻言，不禁错愕。

这话未免太狂妄了！

同是神王，的确也有等级之分。等级低的神王只掌控了空间法则，对于时间法则一窍不通，比如周然。·

高一个层次的神王对时间加速有所领悟，更高一个层次的神王领悟了时间法则中的时间静止，比如修罗神王。

至于最高层次的，他们领悟了时间倒流，不再是神王，而是天尊了。

绝大多数神王都处于对时间加速有所领悟的层次。然而，即便同处于这个层次，各人的成就也不同。

实力较弱的神王只能让时间加速十倍甚至百倍，而实力强的神王能够让时间加速万倍乃至更多。时间加速的程度不同，在战斗的时候，发挥的实力差距也会很大。

血妖王笑起来，道："秦羽，你说得好！"

雷罚城的四位神王脸色难看得很。

"羽哥。"立儿当即飞到秦羽的身旁，眼中满是喜悦之色。

她对秦羽的实力还是比较了解的。她知道，秦羽根本没有使出残雪神枪，也没有使用华莲分身，显然他还是有余力的。

秦羽如此厉害，她心中如何不高兴？

"然儿，没事吧？"雷魔神王周无恋轻声问道。

周然正是周无恋的儿子。

周然脸色依旧很苍白，他有气无力地回道："父亲，秦羽的手套拥有噬灵的效果，他刚刚用手套击中了我，使得我的灵魂受伤了。"

周无恋微微点头。

"大哥，"周无恋看向周霍，淡淡地说道，"秦羽的实力确实很强，这点我们必须承认。秦羽虽然只是上部天神，但是拥有神王的实力，他伤了然儿，便由我出手对付他吧！"

"三弟，对付秦羽，怎能劳驾你出手呢，我来就行了。"旁边的雷武神王周通说道。

雷罚城的四位神王中，论自身实力，最强的是雷魔神王周无恋。周霍和周无恋切磋过，虽然周霍有镇族灵宝，但是也只能勉强略胜一筹。

对于时间加速的领悟，周无恋简直达到了极致。

"三弟，让老二去解决秦羽吧！"周霍笑着说道。

他也认为让周无恋出手对付秦羽，大材小用了。

而且，周通的实力也是极强的，足以对付秦羽。

"麻烦二哥了。"周无恋对周通说道。

周通点了点头，转头看向站在不远处的秦羽，大喝一声："秦羽小儿，我周通来会会你。"

周通的声音极大，声波如同波浪一样席卷了整个空间。

秦羽周围的空间不由得震动起来。

秦羽当即心念一动，将立儿转移到了远处，自己施展瞬移，避开了周通这一招的攻击。

"雷武神王周通应该对时间法则有所领悟吧！"秦羽收敛心神，当即警惕起来。

他的空间之力完全覆盖了周通，时刻探察周通的一举一动。

他这是第一次和使用时间加速的神王对战。

之前，他和黑羽切磋过，他很清楚会时间加速的人的攻击力有多强。

"受死吧！"周通大喝一声。

与此同时，周通直接消失不见了。

秦羽的第一反应就是朝旁边疾速移动。

这时，周通一拳轰击在秦羽原先所在的位置。

"轰！"那个位置所在的空间完全崩溃。

以那个位置为中心，周围的空间竟然塌陷了。

秦羽当即施展瞬移，再次避开。

"周通的攻击力真强！"秦羽心中暗叹。

秦羽还没反应过来，周通赫然出现在他的面前。

周通死死地盯着秦羽。

他再次一拳击出，攻击速度极快，远超秦羽的想象。

秦羽条件反射直接施展瞬移，然而他的腹部已经被灼伤了。

"速度好快。"秦羽顿时紧张起来。

周通施展瞬移前行的速度极快，甚至赶得上秦羽反应的速度。

秦羽顿时明白过来，周通肯定对他施展了时间加速。

"冷静！冷静！"秦羽安抚自己。

"哈哈哈！"周通狰狞的面孔再次出现在秦羽的面前。

秦羽右手呈掌刀，当即就劈了出去，可是他出手的速度依旧比周通要慢很多。

他刚出手，周通已经击中他了。

"砰！"秦羽遭受了一记重击。

"瞬移！"秦羽深知，如今他唯有靠瞬移才能保住性命。

"轰——"只听得一阵阵巨响。

周通拳头过处，空间都塌陷了。

秦羽只能不断地瞬移着。

"怪不得，要杀了一位神王很难。"秦羽心中暗自感叹，"神王可是会瞬移的，逃命功夫太厉害了。"

此刻，秦羽深切地感受到了瞬移神通能保命。

即使对方出手比自己快得多，可是他施展瞬移逃命还是很有效的。

秦羽并不知道，周通能够在短时间内使得时间加速万倍，也不过属于等级较低的神王。如果是雷魔神王周无恋出手，一瞬间就可以让时间加速百万倍，恐怕秦羽连施展瞬移逃命的机会都没有。

不单单周无恋，姜澜和血妖王都能够做到如此程度，至于修罗神王，可以直接让时间静止。

"看来，有些神通必须施展出来了。"秦羽心中暗叹一声。

秦羽所处空间的时间流速陡然变了，刹那间，秦羽让自己所处空间的时间加速了千倍。

当初，秦羽新宇宙的凡人界还处于成长的状态，空间法则已经完善，而时间法则还没有完善。秦羽只能使用部分空间之力，根本无法使用时间之力。

之后，凡人界大成，时间法则已经完善了，秦羽自然可以使用部分时间之力了。

时间加速正是新宇宙凡人界让秦羽拥有的另外一大神通！

"砰！"秦羽的右拳和周通的右拳重重地撞击在一起。

周通感觉自己的拳头仿佛被无数的针刺中一般。

而秦羽也感觉右拳如同被雷击一般，有些发麻。

"咦？"周通惊讶地看向秦羽。

他并不是惊讶秦羽极强的攻击力，他感到惊讶的是，秦羽的攻击速度竟然勉强赶得上自己了。

此刻，秦羽让自己所处空间的时间加速了千倍，和周通所在空间的时间差距不是很大，秦羽能应付得了了。

"越来越精彩了！"围观的神王都惊讶地看着这一幕。

秦羽的攻击速度竟然一下子飙升了千倍，他硬是抵挡住了周通的攻击。

"这怎么可能呢？"远处的周显瞪大了眼睛。

秦羽和周通一次次交手，他们都没有施展出空间封锁，因为他们都知道对方拥有施展瞬移的神通。

"不浪费时间了。"

秦羽瞥了那些震惊的神王一眼，嘴角勾起一抹冷笑。

"砰！"秦羽的拳头再次和周通的拳头猛地撞击。

周围的空间顿时震动起来。

就在这时，周通的背后突然出现了一人。

正是身穿一袭青袍的"秦羽"。

看到这一幕，雷罚城的几人都紧张起来了。

周霍立即神识传音："二弟，小心。"

可是，已经来不及了。

周通还没有听到周霍传音的声音，就遭到了青袍"秦羽"的攻击。

"砰！"青袍"秦羽"的手掌狠狠地拍击在毫无防备的周通的脑袋上。

周通顿时一趔趄，而后，施展瞬移消失了。

下一瞬，周通出现在周显的身旁。

周通猛地喷出了一口黑色的鲜血。他的全身透着暗黑之色，脸上如同覆上了一层黑气。

此时，青袍"秦羽"和秦羽并肩而立。

周通难以置信地看着他们，最后目光停留在青袍"秦羽"身上，道："那是碧波湖特有的寒蒙攻击！"

## 第568章
# 坐看众神王

碧波湖是神界八大圣地之一。八大神族的人非常神奇，如西极火焰山的人对于火属性能量非常精通，东极炫金山的人则对于金属性能量非常精通。

至于西南碧波湖的人，则对于水属性能量比较精通，寒蒙之气属于水属性能量的极致。

当初，秦羽得了金色圆珠，金色圆珠可以冻结灵魂，而秦羽的华莲分身是融合金色圆珠和九叶华莲莲心这两大水属性灵宝而成的，其攻击力比金色圆珠还要强得多，其发出的寒蒙之气对灵魂的攻击更是惊人。周通中了这一招，自然是身受重伤。

周遭一片寂静。

秦羽竟然击败了周通！

周通可不像周然，周然只是一个初等神王，而周通是对时间加速有所领悟的神王。

"秦羽只是上部天神，竟然可以施展瞬移，甚至还击败了一位对时间法则有所领悟的神王，这怎么可能呢？"周显心中很是震惊。

"父皇。"周显求助地看向周霍。

此刻，周霍却紧紧地盯着青袍"秦羽"，眉头紧皱。

"秦羽，你的分身不是已经被我用空间毁灭灭了吗？"下一刻，周霍问道。

他依旧清楚地记得在北极圣皇殿中发生的那一幕。

"哼！区区空间毁灭就想灭我的分身，果然自以为是。"秦羽轻笑一声。

同时，他一闪身，便到了立儿的身旁。

周霍听到秦羽这话，不由得脸色一变，眼中闪过一丝杀意。

"周霍兄，难道你还想来车轮战吗？这可不像你这等人物的作风。"一旁的修罗神王大声喝道。

周霍顿时眉头一皱，冷冷地看向修罗神王。

"罗兄，秦羽的实力极强，你也看到了，他绝对是神王级别的高手，连续击败我雷罚城的两大神王，难道我坐视不理？更何况，即便我们来车轮战又如何，秦羽目前似乎没有受什么伤啊！"周霍指着秦羽，说道。

对高手而言，只要灵魂没有受伤，一般的伤都可以无视。

"哈哈！周霍，你说得很有道理。"秦羽忽然朗声大笑起来。

青袍"秦羽"则如同一阵雾气陡然消散了。

"雷罚城总共有四位神王，我如今已经击败了两位神王。剩下的两位神王若想要挑战我，我随时奉陪。"秦羽笑着说道。

秦羽的语气中带着一股傲气。

"秦羽，休要猖狂。"一旁早已怒气冲冲的周显猛然怒喝。

血妖王瞥了周显一眼，嗤笑道："周霍兄，在场可是有一群神王，有不少神王都没有说话，你的儿子竟然就插嘴了，难道他不懂得尊卑吗？"

周霍眉头微微一皱。

"哈哈！"场上的不少神王都笑了起来。

此刻，众人都聚集在东海上空。一群人中，周显的确是地位最低、实力最弱的。秦羽虽然也不是神王，但是他的实力已经得到了众神王的认可。

周霍顿时觉得很是难堪。

"显儿。"周霍看了周显一眼。

周显顿时明白了自己父亲的意思，当即强忍怒气，站在周霍的身旁，一句话也不说了。

三大飞升者势力自成阵营，都在一旁看热闹。而八大圣地势力中，东极炫金山和地底之城只是一味地看戏，并不打算掺和此事。剩余的五大圣地势力都等着雷罚城继续发难。

"姜梵兄，姜立可是你的女儿，你说该怎么办？"周霍当即看向姜梵，冷冷地道。

一直沉默的姜梵飞到周霍的身旁。

旋即，他看向秦羽和立儿，目光在立儿的肚子上停留了一会儿，而后轻声说道："立儿，跟我回去。"

"不！"立儿坚决地摇了摇头。

"姜梵，你想要干什么！"秦羽蕴含怒气的声音响起。

秦羽对于姜梵一直心怀怨气，参加招亲的时候，秦羽自问付出了全部努力，竭力去寻找灵宝，不惜将一流鸿蒙灵宝献给姜梵。

可是最后，姜梵竟然选择了周显当女婿，还说周显的聘礼比他的好。

"秦羽，你做的事情我还没跟你算账呢！"姜梵怒喝一声，眼神变得冷厉，"现在我在和我女儿说话，你给我安静一点。记住，立儿是我的女儿，我有权利管教她。"

此刻，姜梵的气势很是凌厉。

立儿脸上的表情很是复杂。

"立儿，别担心，任何人也不能把你从我身边抢走。"秦羽轻声说道。

立儿点点头。

秦羽转头看向姜梵。

而后，他又看向周显，嗤笑道："周显、姜梵，哈哈！可笑，可笑啊！"

"你笑什么？"姜梵眉头一皱。

此刻，姜梵心里很是不爽。

从刚才立儿的表现来看，显然她很听秦羽的话，反而对他这个父亲有些抗拒。看来，在立儿心中，秦羽比他这个父亲的分量还重。

秦羽右手牵着立儿的手，左手指向姜梵和周显，道："我笑你们两个无耻！一个说是立儿的父亲，却逼迫立儿嫁给不爱的人；一个说是立儿的夫君，却并不是真正地爱立儿。"

说着，秦羽更加愤怒了。

毕竟姜梵曾公开宣布，要将立儿嫁给周显。

这点最让他介意，每每想及此，他的心中就很是愤怒。

"姜梵，当初选择女婿的时候，你选择了周显。我想问问你，你有没有想过立儿的感受？"秦羽直视着姜梵，冷冷地问道。

姜梵心中一凛，一时间竟然说不出话来。

秦羽又看向周显，道："周显，你口口声声说，你是立儿的夫君，可是你是真的爱立儿吗？你能够为了立儿舍弃一流鸿蒙灵宝吗？你能做到吗？"

周显闻言，脸色顿时难看起来。

他没有底气在这么多神王面前撒谎。

"哼！一个不考虑女儿的想法，只想拿女儿的终身大事当作交易筹码，一个口口声声说要救立儿，可是当初想娶立儿只是为了成为神王。姜梵，你哪有脸在这里对我指手画脚？周显，你又有何颜面对我大呼小叫？你们给我记住，立儿和我是真心相爱的，而且我们已经成亲了，立儿已经怀了我的孩子，她是我的妻子！我孩子的母亲！"

姜梵和周显心中气急，却无法辩驳。

"立儿，他们已经气急败坏了，不知道会做出什么事来。你先回去，我过会儿就回去陪你。"秦羽对立儿轻声说道。

立儿知道自己待在这里，只会让秦羽分心。

"羽哥，你一定要小心。"

秦羽点了点头。

他心念一动，立儿就消失了。

"今天我就在这里和你们算清这笔账，谁想要过来挑战我，尽管放马过来。你们想要采用车轮战，我也乐意奉陪。当然，如果你们见敌不过我，群起而攻之，我也不会畏惧，我会全力应付的。"秦羽冷冷地道。

而后，他一拂袖，只见一把椅子出现在半空中。

他坐在椅子上，冷笑着看向对面的人。

虽然对方大多都是实力超群的神王，但是秦羽丝毫不畏惧，他淡然地坐着，笑看众人。单单这份气度和胆量，就让不少神王心中暗自佩服。

姜梵深吸一口气，强忍心头的怒气。

而后，他和周霍相视一眼。

此时，两人都觉得不妙。

如今秦羽淡然地坐着，还放话说任由他们挑战，显然胜券在握，他们该怎么办呢？

"周霍兄，现在我们该如何对付秦羽？"姜梵神识传音问道。

此时，他和周霍只能神识传音，他们可不敢直接说出来。

周霍心中很是恼怒。

他怎么都没有想到，他原本并不放在眼里的秦羽竟然如此棘手，连他的二弟周通都被秦羽重伤了。

"秦羽很难对付啊！"周霍神识传音道。

同时，他看向半空中端坐在椅子上的秦羽。

姜梵点点头，道："的确，秦羽还没使出那杆长枪呢！刚刚他单单靠着分身就击败了周通，如果他使出那杆长枪，你和我想要击败秦羽都很难。"

周霍心中一凛。

他虽然不想赞同姜梵所说的，但是这是不争的事实。秦羽不靠残雪神枪就击败了周通，秦羽的实力之强可想而知。

"姜梵，你说，秦羽根本不是神王，为什么他的实力却这么强呢？"周霍疑惑地道。

他没想到，秦羽的实力竟然如此强，以至于他原先对付秦羽的计划完全没用了。此时，他有些措手不及。

姜梵、周霍两人拿不定主意，南极圣皇、西极圣皇等人自然不会强出头。

秦羽看到周霍和姜梵两人脸上的表情，嘴角不由得勾起一抹笑，道："呵呵！圣皇又如何？地位尊贵的圣皇还不是要向我这个上部天神低头。"

秦羽藏匿在新宇宙很久，这是他第一次主动出手。他老早就想好了，既然要出手，那就要做到强势出击。

一切都跟秦羽计划的毫无二致。

"周霍，你在想什么呢？如果你们不敢挑战我，那我就离开了。"秦羽朗声说道。

血妖王赞叹几声，道："啧啧！我的眼光真不错，秦羽小兄弟果然不凡啊！"

周霍一声不吭。

雷罚城的其他神王和姜梵羞怒不已，可是他们能怎么办？

难道他们真的要进行车轮战，或者群起而攻之？这样做的话，飞升者势力的人不会袖手旁观的。

"姜梵兄，你不要在乎那些了，反正飞升者势力和我们一直互相看不顺眼。"周霍神识传音说道，"秦羽在北极圣皇殿中抢走了姜立，并且玷污了姜立，这是死罪。秦羽犯了死罪，我们还跟他浪费时间作甚，直接联手杀了他。"

群起而攻之，这就是周霍的决定。

一开始，他以为秦羽只是上部天神，自己随随便便就能对付他，根本没想过使用其他手段。

然而，之后他领教了秦羽强大的实力，自知对付不了秦羽，便顾不得脸面了。就和当初杀了生命神王一样，群起而攻之才有胜算。

姜梵虽然觉得此法不合适，但是他想不到别的办法。

"好吧！"姜梵点点头。

周霍看向秦羽，冷冷地说道："秦羽，北极圣皇公开举行招亲，十三位神王一同评判，无论是过程还是结果，都是极其公正的……"

听了这话，秦羽脸上不由得浮现出一丝冷笑。

周霍竟然还敢说公平！

周霍顿了顿，继续说道："而你，却在北极圣皇殿中强抢姜立，并且想要杀死我儿周显。之后，你玷污了姜立，使其怀孕，你罪大恶极，今日我们……"

"哦，你们是要和当年杀了生命神王一样故技重施吗？"一道淡淡的声音响起。

修罗神王打断了周霍的话。

修罗神王瞥了周霍一眼，道："周霍，当年你们八大神族的人联手对付生命神王左秋眉，你们下手可真是果断、狠戾，我根本来不及救左秋眉。今日，你们竟然想故技重施，对秦羽群起而攻之，真是无耻！"

　　周霍冷哼一声，并没有说话。

　　下一瞬，风停住了，周围的人都静止不动了，就连整个空间都静止了。

## 第 569 章

# 闭关

"怎么回事？"秦羽心中一惊。

秦羽清楚地感觉到，自己竟然无法移动。

他心中十分肯定，这不是空间禁锢。

"还好，我和新宇宙的联系还存在。"秦羽松了一口气。

他非常肯定，只要他心念一动，便可以回到新宇宙之中。

"其他人好像也无法移动了，这到底是怎么回事？"秦羽暗自猜测着。

忽然，他想到了一个可能——

时间静止？！

"这就是时间静止？！"秦羽很是惊讶。

不过，他的新宇宙的空间之力并不受时间静止的影响。

他仔细地感受着，片刻后，便明白过来了。

"原来，时间静止是让一个区域中的时间完全停下，一旦时间停下，空间也会受到影响，一切都会静止。时间静止原来是这个意思。"

"哼！"

北极圣皇姜梵、西北圣皇周霍、东极圣皇皇甫御、南极圣皇的身体表面都有一道光芒在闪烁着，八位圣皇一出手，整个空间的时间再次恢复了正常。

"八大神族的圣皇再加上镇族灵宝，威力果然大得很，竟然连时间静止都可以破解。"修罗神王赞叹道。

八大圣皇却脸色一沉。

"不过这是八大圣皇同时出手，才能破解我的时间静止。如果你们其中一人单独对付我，想要破解时间静止并不容易，而且要耗费许多时间吧！"修罗神王笑着说道。

八大圣皇心里都很清楚。

一对一的话，他们都不是修罗神王的对手。

要破解修罗神王的时间静止的确不是那么容易的。特别是，当其中一位圣皇单独面对这一招时，肯定要耗费很多时间，而那时候修罗神王早就可以夺其性命了。

"罗凡，你想干什么，直说吧！"周霍看向修罗神王。

修罗神王脸色一沉，冷冷地道："你们想要对付秦羽，我没话说，你们若是选择一对一，和秦羽正面对战，我管不着，可是今天你们如果想在我的眼皮底下对秦羽群起而攻之，我绝对不会袖手旁观。哼！不信的话，你们可以试试看。"

姜梵和周霍等人闻言，脸色一变。

修罗神王此话一出，他们心里很清楚，今天想要杀秦羽怕是不可能了。

"秦羽。"修罗神王转头看向秦羽。

秦羽从椅子上站起身来，对修罗神王微微一笑，道："罗凡前辈，谢谢你主持公道。其实即使他们群起而攻之，我也不怕，我根本没把他们放在眼里。"

"秦羽，你错了。"修罗神王郑重地说道，"这八位圣皇虽然做人不怎么样，但是他们的镇族灵宝和他们身上的特殊血脉配合起来，释放的威力是很惊人的。"

秦羽点点头。

"秦羽，你千万不要大意。八大神族的镇族灵宝都拥有冻结空间的特殊效果，一旦你周围的空间被冻结了，你将无法施展瞬移。你应该知道，无法施展瞬移的后果会是什么。这也是当初生命神王无法逃脱的原因。"修罗神王好心地提醒。

冻结空间？！

秦羽忽然想到，下部天神可以飞行，中部天神则拥有空间领域。在空间领域中，中部天神可以用空间之力将下部天神给压迫住。

使用空间之力压迫，又称为封锁空间。

然而，封锁空间和冻结空间是两个不同的概念。冻结空间是让一处的空间定住，而该空间不再有任何波动，该空间没有波动，便不会和其他空间有联系。

　　"冻结空间后，身处该空间的人无法施展瞬移，原来如此。"秦羽恍然大悟。

　　施展瞬移是在空间中进行的，连空间都被冻结住了，如何施展瞬移？

　　"不过，这对我也没什么影响。"秦羽心中不甚在意，"即便这些神王冻结了空间，那也只是使得神界的空间之力冻结了，并不能冻结我的新宇宙中的空间之力。"

　　秦羽心中自信得很。

　　他可是新宇宙的主人，别人岂能冻结他的新宇宙的空间之力？

　　"秦羽，如果你愿意的话，可以加入我修罗海。只要你加入修罗海，我保证，没有人敢对付你。"修罗神王说道。

　　姜梵、周霍等人闻言，心中一惊。

　　"如果秦羽真的加入了修罗海，那可就麻烦了。"周霍心中有些着急。

　　修罗神王的实力极其强，没有人敢怀疑。

　　秦羽心中一动。

　　真的要加入修罗海吗？

　　秦羽不得不承认，这的确是一个非常有诱惑的提议。只不过，秦羽心里是想要靠自己的。

　　"罗凡前辈，你的提议我会考虑的。"秦羽笑着说道。

　　修罗神王有些失望，不过依旧笑着点了点头。

　　秦羽看向雷罚城的四位神王，又看了姜梵一眼，完全无视周显的存在。

　　而后，秦羽笑着说道："既然你们不敢和我一对一对战，我也懒得理会你们了。告辞！"秦羽冷冷地说道。

　　"诸位，告辞！"秦羽对飞升者三大势力的神王们一拱手，而后便消失了。

　　周霍和姜梵几人正要说点什么，可是秦羽已然消失了。

　　"雷罚城这次真是丢人啊！"血妖王发出了银铃般的笑声，而后就施展瞬移消失了。

　　"诸位，告辞！"修罗神王也一拱手，瞬间消失了。

眨眼的工夫，飞升者势力的六位神王都消失不见了，现场只剩下八大圣地势力的十几位神王，这些神王的脸上都带着苦笑。

　　最后，这些神王彼此告别，一个个都离开了。

　　此次，其他势力的神王都没有受伤，唯有雷罚城的两位神王受了重伤。


　　时间渐渐流逝。

　　秦羽出现在神界的东海上空，并且和雷罚城的两位神王交战的消息，很快就传遍了整个神界。

　　雷罚城的人得知此事后，都很愤怒。

　　他们猜得出来，这个消息十有八九是飞升者势力的人传出来的。

　　自从消息传播开来后，神界的人都在议论此事，甚至有不少神界的高手对秦羽很是崇拜。

　　秦羽既是阵法宗师，又是新匠神，虽然修为只达到上部天神境界，但是接连打败两位神王。

　　这一切都让秦羽充满了神秘。

　　要知道，上部天神击败神王根本是无法想象的事情。

　　自神界诞生起，便流传了一句话——在神王面前，天神不过渺小如蝼蚁，没有天神能够击败神王，即使数位天神联手都不能做到。

　　这一句话被奉为神界的"定则"，可如今，秦羽竟然打破了这个定则。

　　转眼，数百年过去了。

　　数百年的时间里，神界还算平静。只不过，时不时会出现一些谣言，有人说秦羽出现在了北极飘雪城，又有人说秦羽出现在雷罚城……

　　总之，秦羽成了神界最受瞩目的人物。神界的许多青年都对秦羽钦佩不已，对雷罚城的周显等人很是不屑。


　　尉迟城，一座酒楼上。

　　二楼中，十几人零零散散地坐着。不一会儿，一阵脚步声从楼梯处传了过来，只见三个青年走了上来。

"老板，快点送上好酒、好菜。"其中一个身穿金衣的青年大声说道。

顿时，不少人不由得眉头一皱，看向金衣青年。

然而，金衣青年目光一扫众人，丝毫不在意。

"费费，坐下。"秦羽低声说道。

自从东海一战后，这是秦羽数百年来第一次回到神界。这次，他没有带着立儿，而是带着侯费和黑羽一同回来了。

"大哥，你别担心，嫂子一定没事的。"黑羽轻声说道。

秦羽勉强挤出一丝笑容。

其实，秦羽这次回到神界是来散心的。一百多年前，秦羽和华莲分身终于完全领悟了左秋眉留下的空间法则。

不过，左秋眉留给秦羽的只有一半空间法则，还有一半空间法则给了立儿。

又过了十几年，某次立儿和秦羽灵魂元婴双修之后，立儿体内的两滴生命灵魂之泪竟然融合了。

然而，秦羽却很是担心。

因为立儿竟然进入了一种非常特殊的状态，秦羽根本不敢去打扰她，只能在一旁安静地等着。这一等就等了百年，秦羽心中焦躁，所以就和侯费、黑羽到神界来散心了。

"听说秦羽大人出现在了尉迟城。"忽然，酒楼中的一人说道。

秦羽三兄弟不禁一怔。

三人同时朝发声之人看去。

只见一个黄袍男子激动地说道："就在昨天，我那兄弟在尉迟城的迷你山看到一个黑袍青年，我那兄弟以前是黑龙潭的人，见过秦羽大人，他绝对不会看错的。秦羽大人出现在迷你山，看来秦羽大人对迷你山还是很有感情的。"

秦羽、侯费、黑羽三兄弟相视一眼，都一头雾水。

"我哪有出现在迷你山，我明明今天才回到神界啊！"秦羽有些哭笑不得。

"这不算什么，数十年前，我大伯的师尊也见过秦羽大人呢！我大伯的师尊，你知道吧？"另外一个黑袍男子说道。

"知道，你都跟我说过多少次了，你大伯的师尊是下部天神，对吧？"黄袍男子笑道。

黑袍男子点点头，道："嗯！我大伯的师尊是雷罚城的一名天神护卫，他曾经亲眼看到一个黑袍青年出现在雷罚城，并且进入了周显的府邸。"

"周显？"黄袍男子的脸上浮现出不屑的神色，"那种人也配和秦羽大人争妻子，真是自不量力。你接着说，秦羽大人，哦不，那黑袍青年进入周显的府邸后，后面怎么样了？"

听着那些对话，秦羽无奈一笑。

在神界，他听过许多关于自己的流言，这些流言传得有鼻子有眼的，有时候他听起来都蒙了，他都怀疑自己是不是梦游的时候去过些地方，做过那些事。

"大哥，你真厉害！"侯费对秦羽竖起大拇指，笑着说道。

秦羽自嘲一笑，道："别取笑我了，快吃菜吧！"

东海一战已经过去数百年了，那些神王自然不可能时刻散开神识探察整个神界，秦羽待在神界很放心。

如果有神王用神识探察，秦羽也能瞬间知晓。

离开酒楼后，秦羽三兄弟在尉迟城中散步，一路上，他们又听到了关于自己的好几版流言。

白昼之光消失，黑暗夜幕降临。

"费费、小黑，我们回去吧！"秦羽说道。

随后，三兄弟便直接施展瞬移离开了神界，回到了新宇宙的新紫玄星中。


新紫玄星。

此刻正是傍晚时分，夕阳的余晖洒满大地。

秦羽三兄弟凌空漫步，朝远处的紫玄府走去。忽然，秦羽感应到立儿闭关之处发生了异变。

"快走！"秦羽沉思说道，便直接施展瞬移消失了。

"大哥他怎么了？"侯费和黑羽面面相觑，随后连忙朝紫玄府赶去。

一座雅致的楼阁外，秦羽倏地出现了。

此刻，那座楼阁发出了碧绿色的光芒，一道生命之力从那碧绿色的光芒中散发开来。

秦羽呆呆地站在楼阁外面，不敢踏入楼阁半步。

碧绿色的光芒在楼阁表面缓缓地闪烁着，而楼阁周围的草地似乎也受到生命之力的影响，花草争先恐后地生长着。

"立儿体内的两滴生命灵魂之泪终于要融合了？"秦羽看着楼阁，心中暗道。

二楼中，立儿盘膝静静地坐着，她的长发披散在肩头。

功力高深者，比如姜澜、侯费、黑羽等人都感应到了此处的变化，都疾速赶到了楼阁之外。他们知道此刻立儿修炼到了最后关头，故而都安静地站在楼阁之外，不敢擅自闯入。

"呼！"

空气陡然一阵震荡，那碧绿色的光芒猛然收缩，而后，所有的碧绿色光芒都消失了。

整座楼阁顿时恢复了往常的模样。

秦羽眼睛一亮。

## 第570章

# 生命神王

"小羽，楼阁里面情况如何？"姜澜小声地问道。

他很担心立儿。而在场的人中，唯有秦羽和立儿之间有心灵感应，而且秦羽是新宇宙的主人，对立儿的情况自然是最清楚的。

秦羽一直定定地看着楼阁的二楼。

听到姜澜询问，他才转头看向姜澜，笑着说道："澜叔，你放心，立儿现在的状态很好，两滴生命灵魂之泪已经完全融合为一体，并且和立儿的灵魂元婴完全融合了，想必过不了多久，立儿就会出来了。"

姜澜顿时长舒一口气，道："那就好。"

"大哥，嫂子怎么还没出来？"侯费疑惑地问道。

秦羽心中也很疑惑，他能够感觉到立儿差不多大功告成了，可是立儿为何还不出来呢？

"猴子，不要着急，多等一会儿。"黑羽低声说道。

侯费撇撇嘴，瞪了黑羽一眼。

不过，他并没有反驳。

秦羽等人在楼阁外静静地等着，谁也不清楚立儿在楼阁中究竟发生了何事。

这一等就等了好长时间。

一天后。

秦羽、侯费、黑羽、姜澜四人依旧在等着。整整一天过去了，可是立儿还是没有从楼阁中出来。

"大哥，嫂子还没出来，你知道这是怎么回事吗？"黑羽轻声问道。

此时，黑羽也有些担心了。

秦羽眉头紧皱，他摇了摇头，道："我也不清楚，我只知道，此刻立儿身体表面没有丝毫能量波动，而她的灵魂进入了深层次的修炼状态。"

"哦？"姜澜眉头一皱，"难道，难道立儿在感悟阿眉留下的那些空间法则？"

"除此以外，应该没有其他原因了。"秦羽说道。

秦羽心中有些不安，暗自祈祷立儿平安无事。毕竟，过去没有人做过将两滴生命灵魂之泪融合在一起的事情，此事看起来没有什么危险，可是真正实施的时候，是否有危险还很难说。

秦羽等人继续守在楼阁外。

不一会儿，秦风、秦政两人寻到了这里。

"小羽。"秦风、秦政从院门之外走了进来。

秦风见秦羽等人一直站在楼阁之外，心中有些感慨。

秦风知道立儿一直在这里闭关，三弟和立儿夫妻情深，他心里也很清楚，但再这样等下去也不是办法。

秦风轻声说道："小羽，不要再在这里傻等了，待弟妹修炼成功，自然会出来的。"

秦风的话音刚落，秦羽便如同闪电一般直接蹿入了楼阁的二楼，楼阁二楼的窗户自动开启，秦羽进入了其中。

侯费和黑羽相视一眼，十分惊讶。

"看来，立儿已经醒过来了。"姜澜笑着说道。

二楼很空旷，暗红色的地板散发着檀香味，立儿正盘膝坐在地板上，紫色羽衣的裙摆拖在地上。

立儿刚刚睁开眼睛，便看到秦羽站在她面前，一动不动地看着她。

"羽哥。"立儿轻声唤道，眼中涌现出一丝喜悦。

秦羽仔细地打量着立儿，心中一喜。

两滴生命灵魂之泪完全融合后，效果很是神奇啊！

立儿的容貌和气质都有了一些改变。原来的她是一头乌黑的长发，此刻竟有碧绿色光芒在每一根发丝上闪烁着，她的瞳孔中也有一抹碧绿色。

"羽哥，你在看什么呢？我变成现在这样，你就不喜欢我了吗？"立儿鼓着嘴巴，没好气地道。

秦羽笑笑，道："当然不是！你这样美极了！对了，立儿，我昨天就感应到，你体内的两滴生命灵魂之泪已经完全融合了，可是为什么你到现在才醒过来呢？"

立儿不答，小脸羞红。

看到立儿如此反应，秦羽不由得更加疑惑了。

实际上，两滴生命灵魂之泪完全融合的过程，即左秋眉将自己的一切记忆完全融入立儿脑海的过程，就这样，立儿得知了左秋眉一生中所发生的故事。在这个过程中，立儿也完全领悟了体内的空间法则。

至于生命灵魂之泪完全融合成功后，立儿还耗费了一天时间才醒过来，那是因为立儿在回想和秦羽灵魂元婴双修的情景。

因为双修的时候，立儿能够感应到秦羽对空间法则的领悟。

仅仅一天的时间，立儿就将自己以前没有领悟的部分法则完全参透了。也就是说，立儿已然完全领悟了空间法则。

而秦羽并不知晓此事。毕竟立儿领悟的是神界的空间法则，那神界的空间法则在秦羽的新宇宙中根本起不到丝毫作用。

"怎么了，难道你有什么事情不好意思告诉我？"秦羽笑着问道。

立儿的脸更红了，她小声说道："就是，就是领悟了空间法则，而后就醒来了。"

"哦！"秦羽点点头，随后惊讶地看着立儿，"你刚刚说什么？你说你领悟了空间法则？"

立儿点了点头。

"立儿，你说的是真的？"秦羽心中涌现一阵狂喜。

如果立儿成了神王，那立儿的安全便算是得到了保障。日后，自己行事就不必畏首畏尾了。

一个时辰后，紫玄府后花园。

秦羽、立儿、姜澜齐聚一个亭子中，三人围着一张青色石桌坐着。

"小羽，你说立儿完全领悟了空间法则，成神王了？"姜澜听了秦羽的介绍，当即大吃一惊。

立儿才修炼了多少年啊，她的修为达到上部天神境界的时间更短，怎么如此快就达到神王境界了呢？这简直是一件不可思议的事情！

秦羽不答，只是笑着看向立儿。

"澜叔，还是让立儿自己和你说吧！"半晌，秦羽笑着说道。

立儿看向姜澜，道："澜叔，是左秋眉阿姨帮了我，我才能这么快成为神王的。"

"阿眉？！"姜澜脸色微微一变。

立儿轻轻点头，道："是的，当我体内的两滴生命灵魂之泪完全融合，并且融入我的灵魂后，我才明白这到底是怎么回事。"

姜澜静静地听着。

"左秋眉阿姨对于灵魂的研究已经达到了极高的境界，可以说，她完全研究透了灵魂，甚至对于比灵魂更重要的真灵也有所了解……"立儿缓缓地说道。

若说世间谁对左秋眉的事情最了解，当属立儿，因为她有左秋眉的全部记忆。

"当日，左秋眉阿姨被众位圣皇联手攻击，她周围的空间被冻结了，她无法施展瞬移逃离。她的两大追随者一个当场丧命，另外一个身受重伤。面对众位圣皇的合力攻击，左秋眉阿姨知道自己无法逃脱，所以在死前将自己对空间法则的领悟、所有的能量，以及灵魂完全融入了两滴眼泪之中，不过她的真灵被攻击了，而后消散在了天地间。"立儿的声音低沉，眼睛有些红。

当年，左秋眉对待立儿像对待自己的亲生女儿一般。

立儿得知左秋眉的遭遇，心中自然难受得很。

"如果是其他神王，绝对做不到这个地步，可是左秋眉阿姨对于灵魂的研究已经达到了极致，所以她才能做到这一步。当两滴生命灵魂之泪完全融合后，我对于左秋眉阿姨所经历的一切都知晓了，对于左秋眉阿姨留下的空间法则自然很容易就领悟了。"立儿说完，便不再说话了。

姜澜听了，沉默不语。

立儿能够一下子就使修为达到神王境界，的确是得益于左秋眉的帮助。左秋眉直接通过灵魂将许多感悟都传给了立儿。

秦羽和立儿相视一眼，都没有说话。

他们能够想象出此刻姜澜的心情。

姜澜长舒一口气，勉强挤出一丝笑容，对秦羽和立儿道："斯人已逝，不聊这个了。小羽、立儿，如今你们都拥有神王的实力，接下来你们决定怎么做？"

立儿看向秦羽，在她的心中，她是完全信任秦羽的。

无论秦羽做什么决定，她一定会支持。

对于未来的事情，秦羽心中已经有了计划。

"澜叔，如今我们的实力和那些圣皇的实力差距还比较大，所以我决定分成两步走。"秦羽直接说道，"第一步，先耐心等待，不要轻举妄动。最近这段时间，我不会有太大的动作，无论如何必须等到立儿将孩子生下来，才能进行第二步。"

姜澜看向立儿的肚子，立儿的肚子越来越大，但是距离分娩还早得很。

姜澜点点头。

秦羽继续说道："不过，等待期间，我有两件事情要做。其一，壮大自身的势力；其二，挫挫那些圣皇的士气，并且破坏他们的联盟。"

姜澜眼睛一亮。

"你说得很有道理，可是，你该如何壮大自身的势力呢？单单靠提升修为？这可不是能快速壮大势力的好办法。"姜澜摇头道。

秦羽点点头，道："这点我自然明白，我准备邀请隐世的神王来帮助我。"

"邀请隐世的神王？"姜澜很是疑惑。

"嗯！澜叔，我知道，左秋眉前辈有一位追随者，名叫易风。如今立儿成了新的生命神王，我相信易风神王看在左秋眉前辈的面子上，再加上我的竭力劝说，他会答应帮助我们的。"

秦羽想要邀请的第一位隐世神王就是南野群岛的竹林岛岛主易风。

"易风？"姜澜眼睛一亮，旋即点点头，"如果你能邀请到他相助，的确能壮大势力。不过小羽，你见过易风吗？你知道他住在哪里吗？"

"澜叔，你放心，上次我去找幻灵镜时，有幸在南野群岛见过易风神王一面，我对他的气息很熟悉。即使他离开了南野群岛，我也可以通过空间之力找到他。"秦羽自信满满地说道。

秦羽笑笑，又道："至于其他隐世神王，要说服他们的难度很大，不过我毕竟是新匠神，还是有可能说服他们的。"

姜澜思忖片刻，旋即道："小羽，你若是靠二流鸿蒙灵宝想要邀请隐世神王相助，成功的可能性不大，除非你用一流鸿蒙灵宝来邀请隐世神王。"

秦羽点点头。

他的心里很清楚，隐世的神王能够长期隐居，说明早就对外界的一些东西不看在眼里，不会轻而易举就出山的，所以他得拿出一些有利的筹码。

如果能够邀请到两三位隐世神王相助，再加上华莲分身、立儿，以及姜澜等高手，他这一方的势力便足够强了。

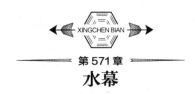

## 第571章

# 水幕

　　"小羽，你说要挫挫那些圣皇的士气，破坏他们的联盟，你又准备如何做？"姜澜追问道。

　　"这很简单，只要我出其不意地出手两三次，连续击败几位神王，到时此事肯定会传遍整个神界，八大圣皇势力的士气自然会下降。"秦羽得意一笑，又道，"更何况，那些圣皇只要和我交手几次，就会明白冻结空间对我是无效的。无论他们如何围堵我，我也可以瞬间进入新宇宙，而且，我上次对战周通的时候，仅仅使得时间加速了千倍，其实这远远没有达到我的极限。"

　　姜澜闻言，心中一惊。

　　他不得不感叹，当初凡人界那个实力较弱的青年如今已经成长为神界的超级高手了。

　　如今，新宇宙中的凡人界大成，时间法则也完善了，不过，鉴于更高一层的宇宙仍处于成长的状态中，秦羽现在只能施展出时间法则中的时间加速。

　　对于施展时间静止和时光倒流，秦羽还做不到。

　　不过，秦羽能很好地施展出时间加速，他能瞬间使得时间加速上万倍。

　　当初他之所以仅仅使得时间加速千倍，那是因为他的反应速度极快，在那种情况下，足以抵挡住对方的攻击。

　　"只要八大圣皇接连失败，我看他们还有何士气？"秦羽继续说道，"至于破坏他们的联盟，那就更容易了，因为现在这八大圣皇根本就不团结。"

秦羽清楚地记得，在东海上空的那一战，东极圣皇皇甫御对他使了一个眼色。

当时秦羽就明白了，皇甫御心中是向着他的。

"这一切都还只是第一步。立儿她现在怀着身孕，我不能轻易冒险，等立儿生下孩子后，我便施行第二步，对雷罚城发起攻击！"秦羽心中已经有了打算。

立儿和姜澜闻言，倒吸一口凉气。

对雷罚城发起攻击？

雷罚城可是八大圣地中最强的势力，背后有雷罚天尊撑腰，这也是数年来没什么人敢招惹雷罚城的人的原因。

"别人害怕雷罚天尊，我可不怕。"秦羽冷笑一声。

天尊不过是领悟了空间法则和时间法则而已。然而，天尊领悟的只是神界的空间法则和时间法则，一旦其进入新宇宙中，其神通根本无法施展。

秦羽很清楚自己肩上的责任。

如今，他不再是孤独一人，他有了妻子，不久的将来还会有孩子，这一切都让他做事小心翼翼。

雷罚城对他的亲人存在着威胁。

既然存在威胁，他便不可能安心，他不能任由威胁一直存在。

"小羽，你刚刚说第二步是对雷罚城发起攻击，对此我并无异议。不过，你一定要做好妥善的准备，没有十足的把握，切不可轻举妄动。"姜澜郑重地道。

毕竟雷罚天尊可不是好对付的。

"我知道。澜叔，你放心吧，我不会冲动行事的。"秦羽微微一笑。

姜澜点了点头。

秦羽做事姜澜还是很放心的。


新紫玄星，气温骤降，天空飘起了鹅毛般的雪花。

秦羽和姜立站在亭子内，两人相互依偎着，看着雪花纷飞的场景。

"羽哥，我当初在神界飘雪城的时候，天天都能看到雪花。唉！也不知道妍儿她现在怎么样了。"立儿轻声说道。

秦羽看向立儿，微微一笑，道："立儿，你想看看妍儿现在在做什么吗？"

立儿疑惑地看着秦羽。

秦羽一挥手，一面庞大的水幕出现了，水幕中竟然出现了神界的场景。

秦羽虽然身处新宇宙，但是他的新宇宙的空间之力可以透过通道进入神界并且覆盖整个神界，所以秦羽对于神界的一切都很清楚，如今他只是将自己看到的转移到水幕中而已。

"啊！飘雪城。"立儿惊喜地唤道。

只见那庞大的水幕中出现了北极飘雪城。

"不知道妍儿在不在飘雪城。"立儿期待地看着秦羽。

秦羽神秘一笑，道："妍儿不在飘雪城，而是在……"

说着，他的目光转向水幕。

顿时，水幕中的场景发生了变化。一座院落出现在水幕中，越过院墙，只见身穿一袭白袍的君落羽和姜妍并肩坐在草地上，两人正闲聊着。

"妍儿她很高兴呢！"立儿看到这一幕，脸上浮现出了笑容。

"立儿，我们去神界吧。"秦羽凑到立儿耳旁轻声说道。

立儿转头看向秦羽，惊讶地问道："现在就去神界？"

"嗯！已经这么长时间我们没有回神界了。"秦羽笑着说道。

立儿点了点头。

不一会儿，秦羽和立儿消失了。


神界东海上空。

秦羽和立儿忽然出现在这里。

"这么长时间没有回神界了，这一次回来，我定要让神界震荡一番。"秦羽朗声大笑道。

立儿仰头看着天空。

只见平静的海域仿佛被巨人搅动了一般，海水翻滚起来，天空中则浮现着一朵朵彩色的云朵，彩色的云朵越来越多，一共有赤、橙、黄、绿、青、蓝、紫七种颜色，正是神王诞生时出现的七色祥云。

云朵的周围还有各种绚丽的彩光闪烁着，很是璀璨夺目。

"哧！"一道雷电贯穿了长空。

随即，一道又一道雷电相继出现，七彩祥云越来越多。

"羽哥？！"立儿惊讶地看向秦羽。

"立儿，我们该走了，那些神王已经注意到这里了。"秦羽笑笑，而后牵着立儿的手消失了。

万里长空浮现出七彩祥云，雷电齐鸣，轰鸣声响彻整个神界，神界的神王自然都注意到了这个异象。

又一位神王诞生了！


雷罚城。

周显也发现了这个异象，他的脸色很是阴沉。

"又有神王诞生了？！"

这些年来，周显觉得自己一直不走运。

端木玉成了神王。那个秦羽虽然没有成为神王，但是他的实力比一般的神王还要强。而自己的修为一直没有提升，这么多年过去了，自己依旧是上部天神。

修为从上部天神境界达到神王境界的确很难，他还没有成为神王是很正常的。然而，端木玉和秦羽这两大高手接连出现，这让他心中很是不快，特别是今天竟然又有神王诞生了。

"父皇，那新神王如今在何处？"周显看到半空中的周霍，立即飞过去，连忙问道。

周霍眉头紧皱，道："根据七彩祥云出现的位置，七彩祥云区域下方应该就是那位神王所在的地方，而那地方竟然是……"

"哪里？"周显有些心急。

"上次周然和你二叔对战秦羽的地方。"周霍迟疑地道。

无论是周霍，还是其他神王，他们都没有发现秦羽和立儿，因为秦羽时刻用空间之力探察着整个神界，那些神王刚刚有所警觉，秦羽就带着立儿回到了新宇宙。

这些神王只能根据七彩祥云出现的位置推测出新晋神王所在的位置。

一般情况下，新神王诞生的时候，神界便会有所感应，天地间就会出现七彩祥云和降下数道雷电。在周霍等神王看来，七彩祥云出现的地方就是新晋神王诞生的地方。

"显儿，你待在这里，我去东海那边看看。"周霍说道。

"父皇，我也想去。"

周显对那位新晋神王好奇得很。当他听到父皇说，那位新晋神王出现在上一次周然和二叔对战秦羽的地方，他对新晋神王就更加好奇了。

周霍见周显态度坚决，只能点了点头。

在神界，不少人对于新晋神王的身份都好奇得很。然而。新晋神王突然消失了，竟然没有一人知道新晋神王的身份。


新紫玄府的湖心亭中，秦羽和立儿又出现在了这里。

"羽哥，那些神王估计想破脑袋都想不到，我并不是在神界修炼并成为神王的。"立儿笑着说道。

立儿是在新宇宙中完全领悟了神界的空间法则。

然而，神界的神王根本不可能感应到处于新宇宙中的立儿。

"立儿，你看那里。"秦羽指向前方。

湖心亭前方的庞大的水幕上浮现出了神界东海上空的情景，只见有两位神王出现在了东海上空。

片刻后，又有十一人出现在东海上空。这些人中，唯有周显一人不是神王。

其他人互相打着招呼。

这十一人全部属于八大神族，至于飞升者势力，没有一个人来。

"诸位，你们可知道新晋神王是谁？"皇甫御率先问道。

其他神王相视一眼，面面相觑。

显然，没有一个人知道新晋神王的身份。

"新晋神王为何隐藏身份？"姜梵眉头一皱，道。

八大圣皇很忌惮其他高手，他们对于神界新出现的高手的底细都会调查清楚，如今新晋神王竟然突然消失了，让他们无从知晓。

"新晋神王隐藏身份之事暂且不说，更重要的是，这位新晋神王突破的地方为何是这里？"周霍的脸色很严肃，"这里可是上一次秦羽出现的地方，如今刚好有一个上部天神在这里突破，成为神王，这真的只是巧合？"

在场的其他神王也在怀疑这一点。

神界的海域广阔得很，怎么偏偏是这个地方呢？

"周霍兄的意思是，新晋神王是秦羽？"西极圣皇问道。

周霍思忖片刻，道："虽然我没有十足的把握，但是新晋神王就是秦羽的可能性很大，大家还是慎重考虑一下，上一次大战后我的提议。"

"周霍兄，此事你们慢慢谈，我先告辞了。"皇甫御一拱手，当即施展瞬移离开了。

周霍看了看皇甫御消失的地方，眉头微微一皱，却没有说什么。


新宇宙，新紫玄府的湖心亭。

秦羽和立儿看到了这一幕。

"羽哥，周霍真狠心，他竟然想要像当初对付左秋眉阿姨一样对付你。"立儿怒气冲冲地道。

秦羽淡淡一笑，道："立儿，别生气。周霍很快就会发现，他的阴谋并不能得逞。我真想看看，当他施展出冻结空间，认为我无法逃脱，而我却突然消失后，他的表情会是什么样的。"


一年后，神界南海的上空。

秦羽和立儿御风而行。

眨眼的工夫，他们就来到了南野群岛。

"羽哥，易风神王真的在这里吗？"立儿看向秦羽。

秦羽微微一笑，道："是的！易风神王就在南野群岛的竹林岛中。没想到，上次他露面之后，竟然没有更换住处，依旧住在竹林岛中。"

随即，秦羽和立儿化作两道流光，直接进入了竹林岛。

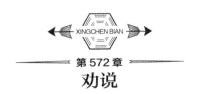

第572章

# 劝说

海风吹拂而过，无边无际的竹海随之荡漾起来，一阵"沙沙"声响起，好一会儿才停下。

秦羽和立儿并肩站在竹林岛的海滩上。

"好漂亮的竹海！海岛上竟然长着这么多竹子！"立儿看着眼前翠绿色的竹海，不由得感叹道。

秦羽笑笑，缓缓地说道："立儿，你知道吗，这片竹海并不是天然形成的，而是由一件极为厉害的法宝幻化而成的，一旦进入竹海，便将深陷其中。当然，你现在已经是神王了，即便你不小心陷入其中，也可以轻松地出来。"

"法宝幻化而成的？！"立儿很是惊讶。

秦羽微微一笑，道："嗯，待会儿你见到易风神王，你就知道是怎么回事了。"

"难道是易风神王的法宝'万里江山'幻化而成的？"立儿惊讶地说道，"那可是迄今出现的一流鸿蒙灵宝中唯一的一件空间灵宝。"

这下轮到秦羽目瞪口呆了。

立儿是怎么知道这些的？

立儿看到秦羽疑惑的表情，笑道："羽哥，我体内的两滴生命灵魂之泪和我融为一体后，左秋眉阿姨知道的事我也一清二楚了。易风神王是左秋眉阿姨的两大追随者之一，也是一流鸿蒙灵宝万里江山的拥有者。当年，易风神王被几位圣皇围攻，他就是靠着万里江山才逃过一劫的。"

"原来如此！"秦羽点了点头。

对于当年那一战，秦羽也有所了解。八大圣皇联手攻击左秋眉及其两大追随者，还冻结了空间，让左秋眉三人无法施展瞬移，那种情况下，左秋眉三人是上天无路，入地无门啊！

在秦羽出现之前，神界公开的一流鸿蒙灵宝只有十件。

八大圣皇各自拥有一件，修罗神王拥有一件，易风神王也拥有一件，只不过，易风神王拥有的万里江山不是普通的一流鸿蒙灵宝，而是空间灵宝。论攻击力，万里江山不如其他九件一流鸿蒙灵宝，但是论困人和逃命的功能，万里江山是极其厉害的。

"羽哥，"立儿的眉头皱了起来，接着道，"如果易风神王一直待在竹海中，我们怎么和他说话呢？这竹海的本体应该就是万里江山，万里江山有困人的神效，一旦进入其中，就是神王也不可能那么容易地逃出来。"

秦羽微微一笑。

"哈哈！立儿，别急，我这就和易风神王说话。"秦羽看向竹海，朗声说道，"易风神王，在下秦羽，旁边的这位是我的妻子姜立，还望易风神王出来见一面。"

秦羽的声音极大，不断地在天地间回响着。

神奇的是，无论这声音如何大，都只在周围数千里范围内回荡着。

"姜立？！"下一瞬，一个身穿白色长衫的消瘦男子出现了。

秦羽一眼就认出，此人正是易风神王。

和上次见面相比，易风神王又消瘦了一些，整个人如同病弱者。

"易风叔叔。"立儿躬身行礼。

易风听到这声"易风叔叔"，脸上难得地露出了笑容："上次我们见面时，你还是个小姑娘，没想到，此次一见，你已经为人妻，且将为人母了。而且，你的修为都达到神王境界了。"

"这还得多谢左秋眉阿姨帮忙，如果不是左秋眉阿姨的两滴生命灵魂之泪，我的修为要达到神王境界还不知道需要多少年呢。"立儿说着，眼中流露出一丝伤感。

"左秋眉阿姨？阿眉？"

易风喃喃自语，目光变得飘忽，似乎回忆起了当年的事情。

"姜立小姑娘，据我所知，你应该只得到了一滴生命灵魂之泪，你刚刚怎么说得到了两滴生命灵魂之泪？"易风疑惑地看向立儿，"难道另一滴生命灵魂之泪是你的夫君秦羽给你的？"

立儿看了秦羽一眼，脸上浮现出幸福的笑容："嗯！羽哥将另外一滴生命灵魂之泪给了我。"

"姜立小姑娘，你这个夫君可真是不错，竟然舍得将另外一滴生命灵魂之泪给你。"易风满意地点了点头，又道，"上次秦羽来我这里寻找幻灵镜，离开后，我就开始关注神界。这些年来，关于秦羽的消息接连不断，秦羽可谓是扬名整个神界啊！"

易风看着秦羽，赞赏地道："秦羽在北极圣皇殿上公开抢亲，之后还在神界东海上空击败了雷罚城的两大神王。姜立小姑娘，你能够找到这样的夫君，我为你感到高兴啊！如果阿眉还在的话，她一定也会为你感到高兴的。"

听到易风的夸赞，秦羽心里喜滋滋的。

"不过，你们夫妻可别掉以轻心。"易风话锋一转，神情变得凝重。

"神界的八大神族首领早有商议，他们不容许其他势力威胁到他们的地位，一定会在该势力的萌芽阶段将其消灭。"易风郑重地说道。

秦羽眉头一皱。

立儿很是不解，当即问道："神界不是还有三大飞升者势力吗，这三大飞升者势力是怎么立足神界的？"

易风淡然一笑，道："三大飞升者势力的崛起具有偶然性。一是，六千万亿年前，逍遥天尊诞生，这使得飞升者一方有了靠山；二是，修罗神王崛起后，和修罗神王之间有着暧昧关系的血妖王也崛起了。至于双域岛的神王，也是极为厉害的。至此，三大飞升者势力崛起了。八大神族想过要消灭他们，但是损失是非常大的，再加上逍遥天尊的威慑，最后八大神族放弃了，一直和三大飞升者势力保持和睦共处的状态。"

易风冷笑一声，继续道："至此，八大神族首领定下协议，三大飞升者势力的诞生已经是他们容忍的极限，绝不允许第四方飞升者势力诞生。一旦有那个迹象，他们就会联手将其消灭。

"当初，我和大哥一直追随着阿眉。我们三大神王齐聚一起，而阿眉有超强的领导能力，我们麾下聚集了不少高手。八大神族的首领感觉到了威胁，所以决定联手消灭我们，他们下手非常果决，一旦出手，便不留一点生机。正因如此，我大哥死了，阿眉最后也死了，唯有我勉强保住一命。"

易风说着，声音有些颤抖。

而后，他看向秦羽和立儿，问道："秦羽，如果我没有猜错的话，前不久神界出现了新神王诞生的征兆，那新神王应该就是姜立小姑娘吧！"

"是的。"秦羽点点头。

易风神情严肃，道："秦羽，上一次神界东海一战，你展示出了极强的实力，让八大神族的人知道，你虽然只是上部天神，实力却堪比厉害的神王。如今，你的妻子姜立成了神王，而你们和他们早就结下仇怨，我担心八大神族的人不会放过你们。"

"前辈不用担心，羽哥上一次就击败了两位神王。"立儿自豪地道。

易风摇了摇头。

"上一次，雷罚城的两位神王是失误了，才会败在秦羽的手上。一开始，他们以为秦羽只是一个上部天神，根本没有把秦羽放在眼里，所以轻敌了。可是，他们如今已经知道秦羽的厉害了，再一次出手，他们一定会全力以赴的。他们一旦出手，肯定是有十足的把握的，等你们后悔的时候，就来不及了。"易风定定地看着秦羽和立儿，叮嘱道，"我劝你们最好投靠修罗神王，修罗神王的实力是非常惊人的。此外，他还拥有一流鸿蒙灵宝，其攻击力很是惊人，八大神族的人也不敢去惹他。"

秦羽点点头。

秦羽心中很清楚，易风说了这么多，是真心为他们的安全着想。

不过，易风并不知道秦羽真正的倚仗，秦羽的倚仗是新宇宙。八大圣皇之所以能够杀了左秋眉，是因为他们将左秋眉周围的空间冻结了，让左秋眉无法施展瞬移逃脱。

可是，没有人能够阻止秦羽施展瞬移离开。

"易风神王，我有事想请你帮忙。"秦羽看着易风。

易风看着秦羽，道："你说吧！"

"易风神王，我和立儿能够隐匿起来，让八大神族的人都找不到，证明我原本没打算和八大神族硬碰硬。只是，立儿现在怀着身孕，我不能让自己的孩子将来要跟着我们躲躲藏藏，我也不愿让我的亲朋好友因为我而无法正大光明地生活，所以我想和八大圣皇斗一斗，但我们夫妻俩的实力还不够强，需要易风神王的帮助。"秦羽说出了自己的目的。

秦羽并不想说太多煽情的话，毕竟对方是神王，会有自己的考量。

"你想和八大圣皇斗？"易风摇了摇头，显然并不赞同，"秦羽，你太自大了，你以为八大圣皇是那么好对付的吗？自神界诞生起，八大圣皇就存在了，他们的实力本就极强，还拥有镇族灵宝，你自己不要命，也不要让姜立陪你一起死啊！至于我，是不会跟着你发疯的。"

易风冷哼一声，转头朝竹海走去，而后就进入了竹海之中。

"易风神王。"

"易风叔叔。"

秦羽和立儿同时唤道。

然而，易风没有再现身，只有一道声音在秦羽的耳边响起："秦羽，别让当年阿眉的惨剧再次上演。你别以为你击败了雷罚城的两位神王，就可以和八大圣皇抗衡，八大圣皇实力极强，再加上镇族灵宝极强的攻击力，不是你能抵挡的。"

而后，那道声音就消失了。

无论秦羽和立儿说什么，易风都没有再回应。

秦羽和立儿不得不承认，他们失败了。

"没想到，我的第一个目标，也是我认为希望最大的目标，没有成功。出师不利啊！"秦羽自嘲一笑。

立儿无奈一笑。

"羽哥，你刚刚为何不说八大圣皇的冻结空间对你没有用？如果你这样说了，易风神王说不定会好好考虑一下呢！"立儿对秦羽说道。

秦羽无奈一笑，道："他刚刚对我警告了一番，而后就立即走人了，我根本来不及说此事。而且，即使我说了，易风神王应该也不会相信的。立儿，如果你没有进入过新宇宙，你会相信，那里存在着另外的空间法则和时间法则，还有无穷无尽的鸿蒙灵气吗？"

立儿一愣，秦羽说得对，若不是亲眼看到，其他人绝对无法相信。

"嗯？"秦羽眉头一皱。

他感应到，一道源自于火焰山的神王的神识竟然覆盖了整个神界，而且发现了他和立儿。

此刻，立儿也感应到了那道神识，立即对秦羽说道："羽哥，有神王发现我们了，我们还是回去吧！"

秦羽眼睛一亮，笑了起来。

"立儿，易风神王不肯帮我们，最重要的原因是，他认为我逃不过八大神族的追杀。如果我在他家门口和那些圣皇大战一场，我略微施展一些手段，赢了那些圣皇，易风神王应该会相信。"

立儿思忖片刻，点了点头，她觉得此法可行。

"只是不知道，这次八大神族会派出几位神王来对付我们。"秦羽笑着说道，"立儿，如果遇到危险，你就立即进入新宇宙之中，知道吗？"

论防御力，立儿比秦羽要强得多。而且，立儿身穿一流鸿蒙灵宝紫霖羽衣，一般的神王根本伤不了她。论攻击力，立儿也不比秦羽差多少，她拥有一流鸿蒙灵宝破水神剑，攻击力极强。不过，秦羽事事为她着想，她心中很是感动。

秦羽的新宇宙的空间之力覆盖了整个神界，神界的八大圣地势力中，除了东极炫金山和地底之城外，其他六大圣地都派人出动了。

"呵呵！竟然只有六位神王出手。不过，这六位神王都是圣皇，六大圣皇联手，攻击力倒也不弱，不过，这六大圣皇想要联手将我除掉，简直是白日做梦！"秦羽嗤笑道。

## 第573章

# 火源灵珠

　　"轰！"巨大的闪电猛然在天地间一闪，顿时照亮了昏暗的天空。

　　西北圣皇周霍的全身隐隐有电光闪烁着，他在雷罚城的上空站立着，无数闪电在他的周围环绕着。

　　"诸位，真相已经揭晓，那日诞生的神王是姜立。按照我们当初的约定，既然新诞生的神王是秦羽一方的，那我们就要将其消灭。"周霍冷冷地道。

　　与此同时，他的声音在其他几位圣皇的耳边响起。

　　"周霍兄说得有理，秦羽已然和我们八大神族公开对立，我们绝对不能放过他。而且，秦羽一人便能连续击败两位神王，实力可见一斑，此外，他炼器的能力也是极强的，一旦放任其成长，以后对我们的威胁将更大。"南极圣皇端木云清朗的声音在其他圣皇耳边响起。

　　"姜梵兄，姜立是你的女儿，你有何看法？"东极圣皇皇甫御的声音响起。

　　皇甫御话音一落，其他圣皇都静默不语。

　　过了片刻，姜梵才缓缓地说道："按照当初的约定，直接除掉威胁！"

　　"哈哈！"周霍笑了起来，"姜梵兄，有你这句话，我就放心了。不过，你也不必太担心，我们只要杀了秦羽就行，至于姜立，她毕竟是你的亲生女儿，我们可以留下她的性命。不过，她和秦羽的孽种……"

　　"那孽种绝没有机会出生。"姜梵冷冷地说道。

"好！"周霍朗声大笑，而后说道，"按照上次商议的计划，皇甫兄和浦台兄不必参加追杀秦羽之事，两位只需要负责阻拦有可能出现的修罗神王即可，其余六位直接出发。"

当下，西北圣皇周霍、北极圣皇姜梵、南极圣皇端木云、西极圣皇申屠阁、西南圣皇汤蓝、东北圣皇木钦直接施展瞬移，不一会儿，六人出现在南野群岛。

天空昏暗，无边无际的海洋此刻正咆哮着。

"砰！"

巨浪猛然拍击在海岛上一块耸立的巨大礁石上，礁石屹立不动，而巨浪则飞溅开来。

上空中，秦羽和立儿并肩站立。

下一瞬，六大圣皇陡然出现，将秦羽和立儿包围住了。

秦羽目光一扫六大圣皇，笑着说道："六位圣皇同时来到这偏僻的南野群岛，不知所为何事。难道你们是来此处观光游览的？哦！好像不是。难道你们是来追杀我的？"秦羽说着，目光陡然变得冷厉。

周霍、姜梵、端木云、申屠阁、汤蓝、木钦六人眼中涌现出了杀意。

对于威胁到他们的秦羽，他们绝不会手下留情。

"秦羽，你是一个天才，如果你能够自觉一点，循规蹈矩，或许你可以保住一条命，未来会有更高的成就。可是，你并不安分，总是与我们作对，你已经没有未来了。"周霍冷笑一声。

与此同时，他的头顶竟然浮现出了一颗闪烁着电光的灵珠。

此灵珠一出现，秦羽感觉到周围的空间发生了震动，随后，周围数万里的空间竟然没有丝毫波动了。

"这就是冻结空间？！果然厉害！"秦羽心中暗自赞叹。

秦羽深知冻结空间的原理。空间一般时刻处于波动的状态，只有这样，神王才能借助波动的空间施展瞬移离开，而空间一旦停止波动，神王将无法施展瞬移。

不过，冻结空间只对一般的神王有效，对秦羽却是没有效果的。

"周霍，那闪烁着电光的小珠子就是雷罚城的镇族灵宝？"秦羽笑着问道。

周霍等人闻言，心中暗自惊讶。

秦羽既然能够施展瞬移，自然能够感觉到周围空间已经被冻结了，进一步知道自己无法施展瞬移逃走，在如此情况下，他不但不急着逃命，反而向对手询问起关于灵宝的消息。

秦羽果然有胆力！

周霍已经冻结了空间，自然不怕秦羽会逃掉。

"不错，这就是我雷罚城的镇族灵宝。神界诞生之时，八大神族的镇族灵宝便伴随着八大圣地诞生了，这颗灵珠是一流鸿蒙灵宝，也是我雷罚城的镇族灵宝，名为雷源灵珠，将灵珠配合我雷家血脉使用，威力更大。"周霍脸上有着难掩自豪的笑容。

"雷源灵珠？"秦羽心中一动，"当初我去山海宫的时候，那银发年轻人代他师尊送给了我三件一流鸿蒙灵宝，其中一件便是火源灵珠，火源灵珠和雷源灵珠是否差不多呢？"

"可惜啊，你才成为新匠神没多久，就要死了。"一道娇媚的声音响起。

说话的正是西南圣皇汤蓝，八大圣皇中唯一的女性。

汤蓝那头蓝色长发之上同样悬浮着一颗灵珠，不同的是，这颗灵珠周围有水流环绕着。

"谁叫他狂妄自大，死了也怨不得人。"东北圣皇木钦冷冷地说道。

他的头顶悬浮着一颗青色灵珠。

六大圣皇的头顶分别悬浮着一颗灵珠，这六颗灵珠颜色各异，所散发的能量波动也很不同，却都能够引得天地震动。

"秦羽，受死吧！"周霍冷冷地说道。

他这句话相当于是发出攻击的信号，顿时，六大圣皇的气势变得强大起来。

"且慢。"秦羽忽然喝道。

"怎么了？你怕死？"周霍嘲讽道。

"西极圣皇，"秦羽紧紧地盯着申屠阁头顶的那颗红色灵珠，问道，"你这颗灵珠可是叫火源灵珠？"

申屠阁虽然不明白秦羽为什么会问这个问题，但还是点点头，回道："八大镇族灵宝便是八大本源灵珠，我申屠家族掌控火属性能量，镇族灵宝名为'火源灵珠'，有什么奇怪的吗？"

"秦羽应该是怕死，所以在拖延时间吧！哈哈！"周霍冷笑道。

此刻，秦羽陷入了沉思。

在看到申屠阁头顶的那颗红色灵珠的时候，秦羽就大吃一惊。

秦羽感应着那红色灵珠的气息，再看看红色灵珠的色泽，他心中有种强烈的感觉，申屠家族的镇族灵宝和自己从银发年轻人那里得到的火源灵珠一模一样。

"连名字都一样，而且都是一流鸿蒙灵宝，这到底是怎么回事？据这些圣皇所说，八大镇族灵宝是神界诞生的时候出现的，按道理，镇族灵宝是独一无二的，为什么那银发年轻人还给了我一颗火源灵珠呢？"秦羽心中很是疑惑。

"申屠家族的火源灵珠是神界诞生时就存在的，那银发年轻人的师尊又是如何得到火源灵珠的呢？难道火源灵珠有两颗？这么说的话，其他七种灵珠也不止一颗？"秦羽心中出现了很多疑惑。

此刻，六大圣皇可不会任由秦羽继续思考。

海风呼啸，吹乱了秦羽的长发。

周霍陡然大喝一声，全身一下子冒出了无数雷电，整个人宛如雷神。

与此同时，他的手中出现了一条由雷电形成的长鞭。这长鞭上的雷电有紫色的，有青色的，有黑色的，有白色的。

长鞭一抖，宛若神龙伸展身体一般，长度一下子达到了百米，足足有水桶粗。

长鞭疾速朝秦羽袭去，秦羽所处的空间顿时被雷电覆盖住了。

刺耳的呼啸声响起。

长鞭一下子到了秦羽的面前。

秦羽的手上戴着银色的手套，双手如流光，倏地朝那长鞭抓去。

见秦羽竟然想要抓住长鞭，周霍只是冷笑一声。

"呼！"

秦羽的双手竟然直接将长鞭给抓住了。

刹那间，秦羽感觉双手传来一阵刺痛，手臂竟然完全麻木了。

"这是什么级别的雷电？！"秦羽心中发怵。

自己可是戴着二流鸿蒙灵宝级别的手套，竟然都受伤了。

"自不量力！"周霍冷哼一声。

同时，周霍的周围竟然瞬间出现了数十条巨大的长鞭。

一条长鞭都这么厉害了，数十条长鞭同时攻击过来，那威力该有多大啊！

秦羽一想到那场景，全身便一阵发麻。

"刚才我戴着手套接触那条长鞭，手臂都完全麻木了。如果我的身体直接触碰长鞭，估计会化成灰吧！"秦羽暗自惊叹，旋即笑了，"看来我不能一味防御，今天就检验一下我的实力吧！"

秦羽当即做了决定。

此时，其他五位圣皇并没有急着出手，只是在一旁看着。

这时候，他们都亲眼看到，秦羽竟然一下子变成了两个人。

身穿黑袍的秦羽疾速后退开来，而分身青袍"秦羽"朝那些长鞭迎了上去。

"面对雷电的本源之力，秦羽竟敢迎上去，这是找死吗？"围观的圣皇都震惊了。

"砰！"数十条长鞭抽击在青袍"秦羽"身上。

青袍"秦羽"神情淡然，身体丝毫无损。

"怎么可能？！"

周霍瞪大了眼睛，其他五位圣皇也都震惊了。

"无论身体的防御力再怎么厉害，也不可能抵挡住雷电本源的力量啊！"周霍一脸难以置信。

六位圣皇怎么会知道，青袍"秦羽"本身就是一件一流鸿蒙灵宝。从神界诞生到现在，还没有出现过一流鸿蒙灵宝破碎的情形，毕竟一流鸿蒙灵宝实在是太坚硬了。

青袍"秦羽"的身体防御力自然是极强的。而且，即使青袍"秦羽"遭到攻击，其身体也可以瞬间化为寒蒙之气。

"周霍，这就是你能发出的最强攻击？诸位圣皇，难道你们认为周霍一人就能够对付我？"秦羽站在不远处，冷笑道。

此刻，秦羽手中拿着一杆黑色的长枪，长枪上有着一丝玄黄色。

正是比一流鸿蒙灵宝更厉害的残雪神枪！

秦羽终于拿出残雪神枪了。

"哼！就你们这水平，也想和我斗，残雪神枪的攻击力还能不如你们的一流鸿蒙灵宝？"秦羽此时已经完全进入了备战状态。

"姜梵兄，你去对付姜立，我们来对付秦羽。"端木云神识传音说道，"周霍兄、汤蓝兄，我们三人对付秦羽的分身，至于秦羽，由申屠兄和木兄对付，大家认为如何？"

端木云如此安排，其他人都没有意见。

杀鸡焉用牛刀！

其实，秦羽分身刚刚展示出的实力明显比秦羽本尊要强，然而周霍、姜梵等人都没有感应出来，他们只知道秦羽本尊的残雪神枪威力极大！

"呼！"三道身影闪电般地移动。

周霍、汤蓝、端木云一下子就围住了秦羽的分身，而申屠阁、木钦两位圣皇则疾速到了秦羽本尊面前，至于姜梵，则站在了姜立面前。

## 第574章
# 万里江山

姜梵看着自己的女儿。

如今的姜立和过去不一样了，她那头黑色长发闪烁着碧绿色的光芒，双眸中也隐约带着碧绿色，这一切都让姜梵想起了生命神王左秋眉。

单看外表和气息，如今的姜立和当初的左秋眉非常像，不过两人的性格有很大的区别，左秋眉独立、好强，而姜立温和、柔弱。

"父皇。"立儿轻声唤道。

姜梵眉头一皱，冷冷地说道："立儿，你现在回头还来得及，乖乖跟我回去，将你肚中的孽种除掉，你还是我姜梵的女儿，依旧是北极飘雪城的公主。"

"孽种？"立儿脸色大变，目光变得冷厉，"父皇，我和羽哥是真心相爱的，而且我们成亲了，这孩子不是孽种，我不可能伤害他。"

怀胎这么多年，立儿几乎无时无刻不在感受着肚子里的小生命。那种骨肉相连的感觉让她又惊喜又感动，她对这个还没有出生的孩子很是珍爱。

此刻父皇竟然要她除掉自己的孩子，她怎么可能答应？

"你不愿意，那我便亲自出手除掉这个孽种。"姜梵冷冷地说道。

与此同时，他一闪身，瞬间就到了立儿的身旁。

他的手中出现了一根黑色的长棍。

黑色长棍猛地朝立儿袭去。

立儿的反应很快，手中立即出现了破水神剑。

"嗖！"姜梵疾速往后退去。

他看着立儿手中的长剑，不由得惊讶出声："你这长剑的威力不小，竟然抵挡住了我的黑暗本源之力。"

"这长剑是羽哥送给我的。"立儿脸上浮现出自豪的神色。

"羽哥？哼！"姜梵怒哼一声。

下一瞬，他所处空间的时间加速到数十万倍。

立儿还没反应过来，只见黑色长棍朝她袭来。黑色长棍击中她时，一道紫色光芒从她的身上散开。

立儿一闪身，飞退开来。

"嗯？你竟然没受一点伤？！"姜梵震惊了。

要知道，即便是他承受这蕴含黑暗本源之力的一击，也不可能安然无恙，然而立儿竟然毫发无损。

姜梵紧紧地盯着立儿身上的紫色羽衣。

他感觉得到，立儿之所以没有受伤，应该跟紫色羽衣有关。

"姜梵，你的心真狠啊！"忽然，一道怒喝声响起。

只见，一道黑色身影和一道青色身影几乎同时到了姜梵的面前，那恐怖的杀气让姜梵很是心惊。

这时，另外五位圣皇也追了过来。

秦羽单手猛然一抖残雪神枪，残雪神枪便刺向了姜梵，残雪神枪在刺出的过程中，就连原本被冻结了的空间都震动起来。

"不好！"姜梵脸色大变。

幸亏他控制了时间流速，让自己的速度加快了数十万倍，这才看清了秦羽的这一击，从而预料到这一击的威力极大。

刹那间，他头顶的那颗黑色灵珠射出数道光芒，光芒将他整个人都包裹起来，他的手中则出现了黑色盾牌。

"砰！"黑色盾牌陡然碎裂。

残雪神枪的枪尖刺向姜梵，姜梵身上的数道光芒越发耀眼，明显是想要抵消残雪神枪的攻击力，可是，姜梵头顶的黑色灵珠微微晃动了一下，差点从姜梵的头顶掉下来，姜梵身体表面的光芒则直接消散了。

"嗖！"姜梵躲开了。

幸亏他的暗源灵珠放出的黑暗本源之力抵挡了片刻，使得他只是受了一些轻伤。

秦羽当即收起残雪神枪，傲然站立。

一旁的青色身影顿时凝聚成人形，正是青袍"秦羽"。

秦羽盯着远处的姜梵，冷冷地道："姜梵，我看在你是立儿父亲的分上，没有赶尽杀绝，如果你下次再想伤害立儿和孩子，就休怪我手下无情。"

"赶尽杀绝？"姜梵冷笑一声。

在他看来，秦羽未必有这个实力对付自己，秦羽根本是在说大话。

立儿却很清楚秦羽并没有说大话。刚才秦羽攻击姜梵的时候，并没有施展出玄黄之气，一旦玄黄之气萦绕残雪神枪的枪尖，将会使得残雪神枪的攻击力大增，很是恐怖。

此刻，五位圣皇都飞到了姜梵的身旁。

"姜梵兄，你没事吧？"周霍神识传音问道。

姜梵淡淡一笑，神识传音回道："没事！他那杆长枪具有攻击灵魂的能力，不过我有本源灵珠保护灵魂，他伤不了我。"

周霍点点头，道："姜梵兄，秦羽很难对付啊！他的那个分身的防御力很是惊人，而且可以化实为虚，要灭了他的分身也很难啊！"

刚才周霍、汤蓝、端木云三人都见识到了秦羽分身的实力。

虽然他们勉强能承受得住那分身的攻击，但是他们无论如何都灭不掉分身。

而刚刚负责攻击秦羽本尊的申屠阖、木钦两人脸色煞白。

申屠阖神识传音道："诸位，秦羽的分身厉害倒也罢了，至少无法重伤我们，可是秦羽本尊手上的那杆长枪威力实在惊人啊，竟然使得冻结了的空间差点崩溃，幸亏我和木兄靠着本源灵珠再次冻结住了空间。"

"那长枪的威力不亚于一流鸿蒙灵宝。"周霍神识传音道。

周霍记得很清楚，自己的父亲雷罚天尊送给周显的护身灵符就是被秦羽一枪给摧毁的，可想而知长枪的攻击力有多强。

六大圣皇虽然都对秦羽的超强实力感到震惊，但是他们并没有气馁。

八大神族岂会只有那么一点点手段？

"看来我们得换个方法了……"周霍的目光扫向其他五位圣皇。

其他五位圣皇点点头。

"姜梵兄和端木兄为主，木兄、汤蓝、申屠兄为辅，我主持大局。"周霍淡淡地说道。

神界八大圣皇随便派出几位，都能找出最佳的攻击方法。如今六位圣皇在场，周霍所说的就是布置攻击大阵，这也是最佳的攻击方法。

黑暗、光明两大本源之力为主，其他力量为辅，雷电之力主控阵法。

合力攻击！

这种本源能量相结合的攻击力是极强的，即便是修罗神王恐怕也抵挡不住。

此刻，秦羽和立儿对场上的情形一无所知。

秦羽是刚刚才见识到几位圣皇的镇族灵宝的威力，哪里会知道他们还会布置攻击阵法啊？至于立儿，她毕竟只是个后辈，对于圣皇的事知之甚少。

秦羽和立儿根本不知道大难临头。

"他们要干什么？"秦羽眉头一皱。

只见姜梵和端木云凌空站立，两人身上都散发出数道光芒，那些光芒相辅相成。

同时，申屠凡、木钦、汤蓝三人围绕在姜梵和端木云的周围，至于周霍，则在姜梵和端木云的上方。

六颗本源灵珠的光芒大盛。

"不好！"秦羽感觉到了危机，当即心念传音给立儿，"立儿，你先回去。"

"没事的，羽哥，我有紫霖羽衣，不会受伤的。"立儿当即说道。

周霍冷冷地俯视着秦羽，忽然他高高地举起右手。

就在这个时候，无数根竹子陡然降下，竹叶飘飘洒洒，一下子就完全包裹住了六大圣皇。

六大圣皇感觉一下子陷入了另外一片天地之中，看不到秦羽和姜立了。

秦羽和立儿都愣住了。

"这是怎么回事？"

秦羽可是亲眼看到，刚才周霍就要出手了，怎么会突然出现这么多竹子呢？

难道是……

秦羽顿时想到了一人。

"秦羽、姜立小姑娘，快走。"易风疾速飞到秦羽和立儿的面前。

易风很着急，连连道："你们快走！六位圣皇联手，威力极大，就是修罗神王也不敢硬扛，快走！"

秦羽和立儿顿时明白了。

刚刚困住六位圣皇的是易风的一流鸿蒙灵宝——万里江山。

可是，万里江山只是一流鸿蒙灵宝，面对六位圣皇的联手反攻，它又能撑多久呢？

"易风叔叔！"立儿心中很是感动。

"易风神王！"

秦羽对易风顿生好感，在这危急时刻，易风能够拼着性命来救他和立儿，实在是难得。

易风神识传音急切地道："快走！你们还磨蹭什么！连修罗神王都不敢抵挡这种合力攻击，你们是不要命了吗？这些圣皇只冻结了数万里的空间，以你们的飞行速度，应该很快就可以飞过去，我还可以再撑一会儿，你们快走！"

易风说着，脸色一变，嘴角溢出一丝鲜血。

秦羽能够感觉到，远处悬浮在空中的竹林不断地震动着，显然被困在竹林中的六大圣皇正在发起反攻，很快就要出来了。

"我快撑不住了。"易风死死地盯着秦羽，道，"秦羽，阿眉死了，我不能看着姜立这个新生命神王也丧命。你快带着她离开，否则我的死就不值得了。"

说完，易风的脸色变得更加苍白。

看来，当易风决定出来抵挡六大圣皇的时候，就做好了必死的心理准备。

秦羽还不带着姜立逃跑，这令易风很是愤怒，同时急得要命。

在易风的心中，姜立融合了两滴生命灵魂之泪，算是左秋眉的传人。当初左秋眉殒身，易风就无所依恋了，如今他甘愿为姜立而死，只因姜立是左秋眉生命的延续。

下一瞬，竹林猛然爆裂开来，无数根竹子飞回到了易风的体内。

易风看到六大圣皇朝他们杀来，又看了看秦羽和姜立，低叹一声："罢了！"

"易风神王，你说得对，这六人联手攻击的威力真的很大，不过……"秦羽说着，微微一笑。

六位圣皇丝毫没有迟疑，疾速杀了过来。

这一刻，易风都已经绝望了，他轻轻闭上了眼睛，脸上却露出了一丝笑容。

"破！"秦羽轻轻说了一个字。

"轰！"瞬间，周围的数万里空间猛然崩塌。

六位圣皇脸色大变。

冻结空间竟然被破解了！

空间陡然崩塌就说明冻结空间被破解了，秦羽和姜立他们可以施展瞬移逃走了。

"我确实抵挡不住它，但是我可以避开。"看着依旧朝自己疾速飞来的六色长龙，秦羽淡淡一笑，而后带着姜立和易风消失了。

六位圣皇看到这一幕，都惊呆了。

数万里空间塌陷，好一会儿，空间才自动修复。

六大圣皇则站在海洋上空，彼此无言。

"那秦羽怎么就破解了冻结空间呢？"周霍的脸色很是难看。

其他五位圣皇的眼中也满是疑惑。

他们怎么都想不出这到底是什么原因。

## 第575章

# 圣皇决裂

海洋上空，六位圣皇都沉默着。

许久，姜梵低沉的声音响起："据我所知，只有攻击力非常强的高手才能破解冻结空间。"

"这么说，秦羽的攻击力比我们六人联手的攻击力还要强？不可能！"周霍摇头道。

"我们刚才联手施展出了一气六元，一气六元可是六大本源之力融合后进行的攻击，攻击力极其惊人。为了防止一气六元不小心使得空间碎裂，我们六人同时靠着各自的本源灵珠冻结了空间。我们六人联手冻结空间，使空间冻结的程度达到了非常恐怖的地步，连一气六元的攻击力都无法让冻结的空间震动，秦羽怎么可能做到呢？"

其他五位圣皇都点点头。

"难道秦羽拥有能使得空间塌陷的神通？"汤蓝轻声说道。

"要让空间塌陷，只有两种方法，一种是控制空间之力，一种是强行攻击，使攻击力超过空间能承受的程度。第一种方法是让空间自己崩溃，这是最简单的方法，也最好实施，上部天神都能做到。不过，刚才空间已经被冻结了，空间之力无法被控制。"端木云说道。

其他圣皇点头表示赞同。

"如果空间冻结的时候，空间之力还能够被控制，秦羽早就施展瞬移逃走了。"周霍嗤笑一声，又道，"秦羽不可能用第一种方法，那就只可能是用了第二种方法。如果真是这样的话，他的攻击力超过了一气六元的攻击力，那他杀我们岂不是轻而易举的事情？如果秦羽不是用的第二种方法，也就是说，他的攻击力没有超过一气六元的攻击力，那他究竟是如何破解空间冻结的呢？"

　　新宇宙。
　　秦羽、姜立、易风三人同时出现在新紫玄星中。
　　这个时候，易风整个人都是蒙的。
　　冻结的空间怎么突然就崩溃了呢？
　　他们是怎么逃脱的呢？
　　"秦羽，你刚刚是如何破解冻结空间的？"易风连忙问道。
　　秦羽微微一笑，道："易风神王，我想问问你，要想使得空间碎裂，有什么方法？"

　　"很简单，上部天神运用对空间法则的领悟，控制空间之力，就能使得空间自然崩溃。还有一种方法，就是攻击力超过空间的承受极限，空间也会崩溃。秦羽，你为何这样问？刚才空间可是被冻结了，你根本无法使得空间自然崩溃。"易风紧紧地盯着秦羽，"你可别说，你的攻击力可以让冻结空间崩溃。"
　　"不！我用的就是第一个办法。"秦羽笑着说道。
　　"第一个办法？你是控制空间之力使得空间自然崩溃的？"易风彻底蒙了，"空间都被冻结了，你如何能使用空间之力？"
　　秦羽微微一笑，道："我使用的不是神界的空间之力。"
　　秦羽使用的是新宇宙的空间之力。新宇宙的空间之力覆盖了整个神界，只要他愿意，完全可以靠着新宇宙的空间之力让整个神界瞬间崩溃。
　　"当一个空间存在两种空间之力时，那控制任何一种空间之力都可以让这个空间瞬间崩溃。"秦羽心中暗道。
　　刚才秦羽便是靠着新宇宙的空间之力使得他们所在的空间完全崩溃。
　　"羽哥，你刚才怎么不直接带我们进入新宇宙呢？"立儿不解地问道。

立儿心里是很清楚的，冻结空间后，只是神界的空间之力被冻结了，新宇宙的空间之力并没有受到影响，秦羽完全可以直接带着立儿和易风回到新宇宙中。

"没什么，我只是突然想到可以这样做，所以就做了。这样做的话，他们就不会对我能施展瞬移逃走感到疑惑，他们只会疑惑，我怎么会破了他们的冻结空间。"秦羽笑着说道。

"秦羽，你说你使用的不是神界的空间之力？"易风再次问道。

在神界，秦羽使用的怎么可能不是神界的空间之力呢？易风根本无法想象，一个空间会有两种空间之力。

秦羽看向易风，心中暗自思忖。

单单看易风能够不要命来救他们，易风这人还是很不错的，就冲这点，秦羽可以放心地告诉易风一些秘密。


神界南海的上空。

六位圣皇都沉默着。准确地说，是周霍正恼怒地看着端木云、申屠阁、汤蓝、木钦四位圣皇，而这四位圣皇沉默以对。

"喀喀！"端木云咳嗽两声，而后说道，"周霍兄，此次行动大家都尽力了。秦羽展示出了极强的实力，我们可以肯定的是，秦羽拥有破解冻结空间的特殊神通。"

"没错！周霍兄，秦羽拥有的这种神通虽然我们之前没见过，但是这是不争的事实。秦羽拥有这种神通，就说明他随时能悄无声息地逃脱，我们想要杀他根本是不可能的事情。"申屠阁郑重地说道。

木钦点点头，道："既然杀不了秦羽，追杀秦羽之事就此罢手吧！"

"罢手？"周霍心中很是恼怒，"如今我们只有六位圣皇出手了，如果八位圣皇同时出手冻结空间，我不信秦羽还能够破解。"

"够了！"端木云眉头一皱，冷冷地道，"周霍兄，我们六位圣皇联手都困不住秦羽，如果八位圣皇出手还是困不住秦羽，脸往哪里搁？此事就算了吧，最坏的结果也无非是神界多了一方飞升者势力罢了，已经有三方飞升者势力了，再多一方也没太大区别。"

在端木云、申屠阎、汤蓝、木钦四人看来，秦羽和他们的关系不算紧张，毕竟秦羽真正憎恨的是周家。

论攻击力，秦羽加上其分身就能击败他们中任何一位圣皇。而且，秦羽还拥有能破解冻结空间的神通，根本不惧他们。

他们杀不了秦羽，还是别招惹秦羽为好。

周霍死死地盯着眼前的四人。

"周霍兄，告辞了。"端木云拱手作别。

随即，他整个人便消失了。

周霍的脸色顿时变得难看起来。

"木兄、汤蓝、申屠兄，难道你们也要放弃？"周霍连忙说道。

"我们要杀秦羽几乎是不可能的，那我们为何还要白费力气呢？周霍兄若是想到了能够杀了秦羽的办法，我们定会鼎力相助。"汤蓝微微一笑，旋即也消失了。

申屠阎、木钦对周霍微微一笑，说了两句客套话，也离开了。

六位圣皇一下子走了四位，只剩下周霍和姜梵两人。

"姜梵兄！"周霍看向姜梵。

姜梵此刻心中很复杂。

秦羽展示出来的超强实力完全震撼了他，特别是秦羽还拥有能炼制出一流鸿蒙灵宝的能力。

姜梵知道，立儿用来抵挡住自己攻击的那把长剑和身上那件紫色羽衣都绝非凡品。

"那把长剑竟然那么轻松地抵挡住了我的攻击，它绝对不是二流鸿蒙灵宝，而身穿紫色羽衣的立儿承受了我一击，竟然毫发无损，那件紫色羽衣也不可能是二流鸿蒙灵宝，难道这两件宝物都是一流鸿蒙灵宝？"

姜梵单单想想就觉得很是震惊。

立儿竟然拥有两件一流鸿蒙灵宝。秦羽更加了不得，除了拥有那杆威力极大的长枪，还有权杖万柳和罗羽刀。

"秦羽到底拥有多少件一流鸿蒙灵宝啊？难道他可以轻易炼制出一件一流鸿蒙灵宝？"姜梵心中一凛。

他无法否认，他的心中是有一丝后悔的。他答应了周霍的提议，让周显当自己的女婿，换取雷罚天尊帮自己一次。可是雷罚天尊只能帮他一次，只是让他增加能成为天尊的三成希望而已。

"如果当初我选择秦羽当我的女婿，以秦羽的实力，再加上成了神王的立儿，还有那么多一流鸿蒙灵宝，也能够让我在争夺天尊山灵宝的大战中占尽优势吧！"一时间，姜梵的脑海中闪过这样的念头。

"如果秦羽成了我的女婿，二弟和我的关系应该也会有所缓和，立儿也会一直待在我身边……"姜梵越想，心中越后悔。

可是，世上是没有后悔药的。

"姜梵兄！"周霍喊了一声。

姜梵这才回过神来，将刚才的念头摒弃了。

身为圣皇，既然做了决定，就不应该后悔。

"周霍兄，有什么事吗？"姜梵疑惑地看着周霍。

周霍叹了一口气，道："刚才那一幕你也看到了，那四位圣皇见到秦羽施展的神通都打退堂鼓了。"

"眼见杀秦羽无望，他们不愿意白费功夫也是正常的。"姜梵无奈地笑道。

周霍看向姜梵，道："姜梵兄，秦羽的实力你也见识过了，要杀他的确非常难。可是，秦羽对我雷罚城百般诬蔑，无论如何我都咽不下这口气。姜梵兄，你可愿意帮助我雷罚城？"

"周霍兄，放心。"姜梵点点头，继续道，"你要对秦羽出手，只管跟我说一声，我一定全力相助。不过，周霍兄，你有办法对付秦羽吗？"

周霍的脸上顿时露出了笑容，道："实在是太感谢姜梵兄了。至于对付秦羽的办法，我倒是想到了一个。再过数百年，天尊山就要降临了，如果这数百年内还解决不了秦羽，只有在天尊山降临之事上打主意了。天尊山降临，估计绝大部分神王都会为之疯狂吧，到时候，陷害秦羽并不是难事。"

"这的确是个好办法！"姜梵笑了。

六千万亿年前，天尊山降临，使得许多神王殒身，要知道，神王殒身是非常罕见的事情。可是，天尊山降临能让许多神王不顾一切，甚至赌上自己的性命。

能够修炼到神王境界的，几乎都对成为天尊，有着强烈的渴望。

神界南海海域一战，知道的人非常少，秦羽并没有对外传播此事，六位圣皇更加不会自曝丑事，所以神界的大多数人并不知晓此事。

当然，神界的一些高层人物还是知道的，比如周显。

"众位圣皇的联盟都破裂了，如果只能靠我雷罚城，如何杀得了秦羽？即使加上北极圣皇姜梵相助，也对付不了秦羽啊！"周显站在雷罚城的城墙之上，心中暗自想着。

"秦羽的实力竟然比得上圣皇，甚至比圣皇还要厉害。即使是天才，也不可能达到这个地步吧！两万年不到，他的实力竟然变得如此强了！"

周显听到自己父皇回来后说了有关大战的事，很是震惊。

据说，那些圣皇和秦羽一对一打，连圣皇都没有赢的希望。此外，秦羽还拥有能破解冻结空间的神通。

"这还是当年凡人界的那个傻小子吗？"周显一脸难以置信。

这一刻，他感觉到秦羽是遥不可及的，他只能仰视秦羽。虽然他心中很不痛快，但是又有什么用？他和秦羽的实力差距太大了，面对秦羽，他心中的嫉妒、不忿都显得那么可笑。

"实力？！"周显眉头一皱。

当即，他化为一道流光，疾速飞向自己的住处。

到了自己的府邸，他冷冷地下令道："从今天起，任何人都不要来打搅我。"

而后，他便闭关了。

## 第576章
# 雷罚天尊降临

昏暗的房间中，唯有一支红烛燃烧着，那火焰在轻轻地摇曳着。

雷魔神王周无恋紧紧地盯着红烛，眼睛一眨不眨。

红烛越来越短，直至灯火熄灭。

"唉！"灯火熄灭之后，昏暗的房间中响起了一道长叹声。过了许久，房间中再次燃起一支红烛，红烛继续燃烧着……

时间流逝，也不知道燃烧了多少支红烛。

"三弟，快到圣皇殿来一趟。"周霍神识传音的声音突然在周无恋的耳边响起。

周无恋那微微眯着的眼睛猛然睁开。

一道雷电闪过，那支只燃烧了一半的红烛直接化为虚无。

"吱呀。"房门打开了。

周无恋仰头看着天空，天空中有雷电闪烁着。雷罚城的天空永远都是遍布雷电的。

虽然刚才周霍神识传音的声音显得比较急切，但是周无恋依旧丝毫不着急，慢悠悠地离开自己的府邸，缓步朝圣皇殿走去。

走到圣皇殿大门口——

"是魇儿吗？"一道温和的声音从圣皇殿中传出。

周无恋整个人的神态陡然变了，当即加快步伐，步入了圣皇殿中。

大殿之上，一名身穿紫色长袍的银发老者端坐着，这老者有着一双如鹰眼一般犀利的双眸，嘴唇很薄，微微发紫。他的银色长发闪烁着耀眼的光芒，其眉心部位有一颗红痣。

如果不仔细观察的话，根本注意不到这颗红痣。

大殿之下，西北圣皇周霍、雷武神王周通，以及周无恋的儿子周然并排站着。此刻，这三位神王的态度都谦恭得很。

"父亲。"周无恋躬身行礼。

这银发长袍老者正是神界三大天尊之一——雷罚天尊，单看其面相和眼神，就知道雷罚天尊是极其严厉、极其冷酷的。

"魇儿。"雷罚天尊看向周无恋，微微一笑。

雷罚天尊为何唤周无恋为魇儿呢？这是因为周无恋的本名是周魇。

雷罚天尊有三个儿子：大儿子周霍、二儿子周通、三儿子周魇。

六千万亿年前，三儿子周魇改名为周无恋。

"父亲此次回来，不知道所为何事？"周无恋问道。

雷罚天尊看了三儿子好一会儿，心中暗叹。

他心中很明白，自己的三儿子早就心如死灰、无所依恋了，恐怕没有什么事情能让他兴奋。一想到三儿子改名为周无恋，他心中很是无奈。

"这次我之所以回来，主要是因为最近神界突然冒出来一个超级高手，名为秦羽。听说此人将我雷罚城搞得很狼狈，此事可属实？"雷罚天尊目光扫向大殿下方的四人。

周霍的脸上浮现惭愧之色，当即说道："父亲，此事的确属实。"

周通朗声说道："父亲，据周显说，两万年前，秦羽还只是凡人界的一个小人物，而如今，他成了能够炼制出一流鸿蒙灵宝的新匠神了，并且实力非常强。"

"哈哈！真的有这么神奇？！"雷罚天尊有些不信。

雷罚天尊平常懒得关心雷罚城的事情，因为他知道没有人敢惹雷罚城的人，这次他在下界闲游时，偶然听到有人说了雷罚城和秦羽之间的事情，这才回了神界。

"爷爷，"周然恭敬地说道，"秦羽并不是神王，然而他可以施展瞬移，甚至可以让时间加速，这是让我们觉得很疑惑的。"

雷罚天尊点点头，脸上却没有惊讶的神色。

"更让人吃惊的是，他能够将六位圣皇同时施展的冻结空间给破解，直接使得空间塌陷。"周然又道。

"哦？"雷罚天尊眉毛一挑，神色终于有些变化了。

"父亲，你好像对秦羽有所了解？"周霍问道。

雷罚天尊点点头，道："不久之前，秦羽去山海宫讨要灵宝，他登上了通天台阶的顶端，我当时就注意到了他，为此，我还和大师兄、三师弟讨论了有关秦羽的事情，大师兄说，存在即有道理，不必深究。"

"飘羽天尊这么说？！"周霍神色一变，当即问道，"父亲，飘羽天尊和秦羽是否有关系？如果飘羽天尊非常赞赏秦羽，偏心于秦羽，我们雷罚城是不是得忍下这口气？"

"忍？凭什么！"雷罚天尊冷哼一声，其眉心部位的那颗红痣竟然亮了。

"你们放心吧，我已经问过大师兄，他和秦羽没什么关系。你们想要对付秦羽，尽管出手，实在不行的话，我这个老家伙也可以出手。"

此话一出，圣皇殿中的四位神王皆是一惊。

周无恋则惊讶地看向自己的父亲。

雷罚天尊冷冷地说道："在这个偌大的宇宙，雷罚城就是我的根，也是你们的根。无论如何，绝不容许任何人侮辱雷罚城，践踏雷罚城。"

"是，父亲。"周霍心中大喜。

有雷罚天尊这句话，他可就完全放心了，即使他们几个斗不过秦羽，雷罚天尊出马，那还不是轻而易举就可解决秦羽？

雷罚天尊的实力极强，这是毋庸置疑的。

"不过……"雷罚天尊思忖片刻，又道。

大殿下方的四位神王都安静地听着。

雷罚天尊这样说，看来雷罚天尊出手对付秦羽也不是那么简单的事。

"不过，大师兄叮嘱过我，天尊山即将降临，我不能随意出手。在天尊山降临直至新的天尊诞生的这段时间，我不能对任何一个人出手，以免破坏了争夺新的天尊一战战局的平衡。"雷罚天尊看着大殿下方的四位神王，郑重地道，"你们明白我的意思吧，我对秦羽出手只能在两个阶段，一个阶段是天尊山降临之前，一个阶段是新的天尊诞生之后，至于中间的那段时间，我是绝对不能出手的，否则大师兄和三师弟都会来找我麻烦。"

周霍、周通、周然都暗自松了一口气。

"父亲，我们一定会在天尊山降临之前解决秦羽的。如果我们解决不了，再麻烦父亲出手也不迟。"周霍恭敬地说道。

雷罚天尊点了点头。

"记住，你们不要太逞强，不行的话就找我。"雷罚天尊叮嘱道。

"是！"四位神王躬身应道。

"嗯！这段时间我住在老地方，你们没事的话，就不要来打搅我。"雷罚天尊淡淡地说道。

随后，他看了周无恋一眼，旋即便消失在大殿之上。

待雷罚天尊消失后，四位神王才直起身体。

"好！"周霍很是兴奋，连连说道，"哈哈！有了父亲这句话，我们就不必畏首畏尾了。父亲说得对，我们绝不能允许任何人侮辱雷罚城，践踏雷罚城。"

周通和周然的脸上也满是喜色。

"这次秦羽必死无疑。"周通笑着说道。

他们心里都清楚，任何一位天尊出手，威力都远超八大圣皇联手，堪称无敌。

无人可以撼动天尊。

"大哥、二哥、然儿，我先回去了。你们对付秦羽的时候，若是需要我帮忙，就跟我说一声。"说完，周无恋便转身离开了。

周然看着父亲的背影，心中很是无奈。


新紫玄星的紫玄府中，秦羽等人却下棋下得不亦乐乎。

"跳马！将军！"秦羽刚刚移动马，立即朗声大笑道，"费费，傻眼了吧！"秦羽笑得极为开心。

侯费看着眼前的一盘棋，急得抓耳挠腮。

他当即看向旁边的黑羽。

然而黑羽眉头紧皱，满脸无奈。

"我的棋艺可是很厉害的，你们两个加起来也不是我的对手。"秦羽得意扬扬地说道。

侯费撇撇嘴，没好气地道："大哥，有本事就别总跟我和杂毛鸟下象棋，你去和嫂子下啊！我问你，昨天你和嫂子下了十盘，你赢了几盘？"

秦羽顿时哑口无言。

昨天他和立儿下了十盘，他一盘都没有赢，如果不是被立儿"蹂躏"得很惨，他何必来"蹂躏"这两人呢？

"咦！猴子，澜叔呢？"秦羽心念一动，整个新宇宙的一切尽在他的探察之中，"澜叔竟然不在新宇宙中。"

"哦，对了，早上你和嫂子还没起床的时候，澜叔便让我转告你们一声，说他回北极飘雪城了。"

## 第577章
# 左秋眉的姐姐

　　"他回北极飘雪城了？也对，澜叔已经有好长一段时间没有回去了。"秦羽道。

　　侯费接话道："不过，依我看，师尊就是回去了，估计也不会高兴的，那北极飘雪城中也就只有姜妍等子弟值得澜叔关心，至于其他人，估计师尊也懒得理会。"

　　"是啊！"秦羽点点头。

　　对于姜澜而言，如今的北极飘雪城的确没有待下去的理由。他放不下的估计只有木府中那些跟随他数亿年的老仆人了。

　　"大哥，我们什么时候能在神界闯出一片天地呢？现在，我们这边有你、嫂子和易风神王三大超级高手，我和杂毛鸟勉强算得上高手。对了，还有澜叔，我们这方的实力极强，应该能够在神界闯出一片天地了吧？"侯费期待地看向秦羽。

　　侯费心里最期待的，就是他们三兄弟能带领众高手成为神界的一方势力，和八大圣皇势力、三大飞升者势力平起平坐。

　　"不急，等立儿把孩子生下来再说。"秦羽笑着说道。

　　"秦羽。"只听得一道声音响起。

　　一人走了过来，正是秦羽从神界带回来的易风。

　　易风自从发现秦羽拥有能破解冻结空间的神通后，心中便明白了，秦羽有足够的资本和八大圣皇斗一斗，所以他决定帮助秦羽。

左秋眉死后，易风的日子一直过得很苦。这么多年，他一直都想要为左秋眉报仇。之前，他认为秦羽和立儿几人和八大圣皇作对，完全是送死，所以才没有答应帮他们。

"易叔。"秦羽看到易风，当即站起身来。

"易叔。"立儿也站起身来。

"嗯！你们在下棋呢！"易风看向棋盘，嘴角勾起一抹笑。

侯费当即双手一阵拨动，一下子就将棋局给弄乱了。

随即，侯费讪讪一笑，对易风道："嘿嘿，易风神王，你好啊！"

易风哭笑不得。

这时候，秦羽想起了自己炼制的一流鸿蒙灵宝——权杖万柳。他原本就打算将这件宝物送给麾下的高手。如今看来，将万柳送给易风是最合适的。

"易叔，这根权杖是我炼制出来的第一件一流鸿蒙灵宝，送给你。"秦羽当即取出了权杖。

易风看着这根赤红色的权杖，随即目光停留在权杖顶端的那一抹绿色上。

"一流鸿蒙灵宝？！"易风心中很是惊讶。

他听说了，秦羽成了新匠神，可是当他看到秦羽拿出一件一流鸿蒙灵宝，甚至将这件一流鸿蒙灵宝送给自己的时候，他的心中还是很震惊。

片刻后，他的心情才平复下来。

"秦羽，你的心意我接受了，这件一流鸿蒙灵宝你自己用吧！"易风笑着说道。

秦羽微微一笑。

他对易风更加钦佩了。

面对一流鸿蒙灵宝，易风却不贪恋，能做到如此地步，易风的确值得他钦佩。

"易叔，不必推辞，我这边的神王只有澜叔、你和立儿，立儿和澜叔都有一流鸿蒙灵宝，这根权杖你就收下吧！"秦羽连忙说道。

易风却笑着摇摇头，态度很是坚决。

"不必了，秦羽，我有一流鸿蒙灵宝万里江山，我已经很满足了。"易风笑着说道。

秦羽闻言，当即想起了不久前在南野群岛上空的那一幕。

危急关头，易风直接用万里江山将六位圣皇困于其中，给了他和立儿逃命的时间。不过，万里江山也仅仅能困住六位圣皇一会儿。

当时，六位圣皇联手，威力极大，所以只被困住了一会儿，如果只有一位圣皇，估计会被困住很长时间，不是一时半会儿就能出来的，由此可知易风的这件一流鸿蒙灵宝有多厉害。

"易叔，万里江山虽然厉害，但并不是攻击性灵宝，只有困人的功能。"秦羽连忙说道。

易风摇头一笑，道："能困人足矣。万里江山的困人功效极强，一般的神王根本无法逃脱。其实，有时候困人比杀人更残酷，更能折磨敌人。"

秦羽一时不知道该说什么好。

易风硬是不肯接受他的一流鸿蒙灵宝，他能如何呢？

"秦羽，你知道吗，你这件一流鸿蒙灵宝还有一个很重要的用处。"易风忽然说道。

"嗯？更重要的用处？"秦羽不由得惊讶地看向易风，"难道易叔想让我将这件一流鸿蒙灵宝送给其他隐世神王，邀请他们相助？那可不行，我可舍不得。"

秦羽只想将这一件一流鸿蒙灵宝送给自己信任的人。

易风笑着说道："我的确是这样想的。至于我让你邀请的隐世神王，你完全可以信任她，因为她是阿眉的亲姐姐左秋琳。"

"左秋琳？！"秦羽一怔。

生命神王竟然还有一个亲姐姐！

"易叔，你刚刚说的是左秋眉阿姨的亲姐姐？你提她做什么？"这时，立儿从外面走了进来。

秦羽心中恍然。

要说谁对左秋眉的事情最了解，自然是立儿了。

"立儿，易叔是想让我拿着这件一流鸿蒙灵宝去邀请左秋琳前辈相助。"秦羽说道。

立儿眉头一皱，道："据我的记忆，虽然左秋琳是左秋眉阿姨的亲姐姐，但是她们两姐妹的关系很不好，是敌对的，想要让左秋琳帮左秋眉阿姨报仇，这……"

显然立儿觉得此事并不靠谱。

"敌对？"易风恍然大悟，道，"怪不得，怪不得那么多年，我从来没有见阿眉去见过她姐姐，只是听她提过她有一个亲姐姐，名叫左秋琳，是一位隐世神王。"

易风对于左秋琳几乎是一无所知，他只知道左秋琳是左秋眉的亲姐姐。

"姜立小姑娘，左秋琳的实力如何，你知道吗？"易风看向立儿。

立儿想了想，道："嗯！左秋琳和左秋眉阿姨一样，都对灵魂研究得极为透彻，她的实力比左秋眉阿姨更强一些。"

"哦？"易风有些惊讶。

当年左秋眉遭到八大圣皇围剿，正是因为左秋眉的实力很强，威胁到了八大圣皇的地位。当时左秋眉已然拥有堪比圣皇的实力。

左秋琳的实力竟然比左秋眉还要强一些！

"在左秋眉阿姨的记忆中，左秋琳还有一个称呼，叫'死亡神王'。"立儿缓缓地说道。

秦羽、易风、侯费、黑羽都大吃一惊。

死亡神王？！

立儿顿了顿，继续说道："左秋眉阿姨和她姐姐对灵魂都有很透彻的研究。左秋眉阿姨研究的是生之道，通过研究灵魂，从而得知如何更好地救人，而她的姐姐研究的是死亡之道，通过研究灵魂，从而得知如何更容易杀人。"

秦羽、易风、侯费、黑羽闻言，心中一凛。

左秋眉能够做到轻松地修复灵魂，所以被称为"生命神王"。她姐姐同样对灵魂有透彻的研究，比她更厉害，其杀人手段又如何会不厉害呢？

"竟然有这么奇怪的人，研究灵魂只是为了知道如何更容易杀人！"侯费不由得惊呼道。

秦羽眉头微皱，道："立儿，我们如果去邀请死亡神王相助，她会答应我们吗？"

立儿思忖片刻，道："难说，以我对左秋眉阿姨记忆的了解，小时候，左秋眉阿姨和她姐姐的关系是非常好的，然而，随着姐妹俩的实力越来越强，她们的关系就生疏了。按道理，她们应该还有姐妹情分的，只是在左秋眉阿姨的记忆中，她和她姐姐发生过很多不愉快的事……"

　　"哦？"秦羽思考起来。

　　片刻后，秦羽说道："立儿，那你知道左秋琳住在哪里吗？"

　　"知道，她好像住在北海之极。在北海之极，有一片漂浮在海面上的冰之大陆，她就是那里的最高统治者。"立儿当即说道。

　　秦羽的脑海中一下子就浮现出神界的十余位隐世神王所在的方位。

　　北海之极的确有一位隐世神王，那位隐世神王的气息很是隐蔽，而且是死亡的气息。

　　"果然就是她。"秦羽眼睛一亮。

　　"立儿，随我去北海之极一趟，如何？"秦羽笑着问道。

　　立儿灿烂一笑，点点头。

# 北海之极

神界大陆的四周是无边无际的海洋。北海极北的区域，有一片漂浮在海面上的冰之大陆，这片陆地的面积极大，算得上是一座比较大的冰岛。

冰岛上常年有寒气萦绕着，时不时还有寒风吹拂着。

一缕白昼之光从萦绕的寒气中透了进来，隐约可见两道人影并肩从远处走来，正是披着白色锦袍的秦羽和立儿。

秦羽和立儿施展瞬移到达冰之大陆上后，也不急着去找左秋琳，反而欣赏起了冰岛风光。

"这里可真冷，一般的神人恐怕要穿上神器级别的战衣才能扛得住。"秦羽笑着说道。

他紧紧地抱着立儿，缓步前行。

冰岛陆地上的建筑几乎都是由冰块建造而成的。这些冰块处于神界极北之地，已然亿万年不曾融化，坚硬的程度绝对不亚于一般的坚石。

在白昼之光的照射下，整个冰岛的冰块都反射出绚丽的彩光，这里犹如梦幻中的世界一般。

"好美啊！如果我们能居住在这里也不错。"立儿看着四周，眼中满是喜悦之色。

"羽哥，我们不是要去找左秋琳吗，怎么不直接去她的住处找她？"立儿不解地问道。

自从踏上冰岛后，她的心中一直有此疑惑，只是一路上的景色实在是太美了，她只顾着欣赏美景了，忘了问此事。

秦羽笑笑，道："这里的景色很不错，我想让你多看一会儿。"

立儿顿时笑了。

秦羽又道："其实我没有立即去找左秋琳，主要是想通过询问冰岛上的天神得知有关左秋琳的一些消息，毕竟我们对左秋琳知之甚少。"

立儿想了想，点点头。

她觉得秦羽想得很周到。

"我们来这里不是来挑战的，而是邀请左秋琳帮助我们，自然不能得罪她。"秦羽笑道。

而后，他拥着立儿继续前行。

他们的路线是事先规划好的，在这条路线上，有一个上部天神的住处。这个上部天神是冰岛上实力仅次于左秋琳的高手。秦羽相信，通过询问这个和左秋琳做了许多年邻居的上部天神，应该能得知不少事。

半盏茶的工夫，寒气渐渐散了。

一座由亿万年寒冰和青色巨石建成的府邸出现在秦羽和立儿眼前，这座府邸的占地面积并不大，只不过周围数百米范围而已。

府邸大门上方的牌匾上写着"白冰府"三个字。

白冰府的主人名为白逸居，此人是冰岛上的头号人物，在岛民心中非常有威信。虽然冰岛岛主还没有完全确定下来，但是在绝大多数岛民心中，白逸居就是岛主。

白逸居的实力极强，却没什么架子，为人友善。

白冰府中的人并不多，总共才十余人。白冰府的人都非常清楚府主的习惯，每日清晨，府主喜欢对着冰花独自品茶。

后院中，各种由冰块雕刻而成的花儿很是逼真，在白昼之光的照耀下，比真花还要娇艳动人。白逸居一头白色长发，身上穿着一袭白衣，此刻，他正悠闲地坐在沉香木椅上，端着茶杯，享受着宁静的时光。

白逸居一想到自己当初的选择，便觉得自己做对了。

"如果我当初真的留在雷罚城，恐怕就没有今日如此悠闲的生活了。"白逸居暗叹一声，"只是，虽然日子很悠闲，但是冰岛深处的死亡神王是最大的麻烦。"

一想到北海之极的死亡神王，白逸居心中就有些烦恼。

死亡神王居于冰岛海域的深处，虽然她从没对冰岛的居民进行大肆杀戮，但是她的存在让冰岛的居民深感惶恐。

"这死亡神王还算不错，只要不擅闯她所在的区域，她便不会杀人。"白逸居无奈一笑。

如果死亡神王生性残酷，估计整座冰岛上的居民都会遭殃。

"真是好有闲情逸致啊！"一道笑声在白逸居的耳边响起。

白逸居不由得大吃一惊。

能够靠近他这个上部天神，却让他没有丝毫察觉，显然来人的实力比他要强。

白逸居转头看去，只见一对年轻男女笑着走了过来。

"这两人都好厉害啊！"

白逸居发现，这一男一女已经走到自己面前，自己却一点都感应不出对方的实力。

如此大的实力差距，让他心中很是震惊，他甚至猜测，眼前的两人都是神王。

可是，他不敢相信。

白逸居当即站起身来，恭敬地道："在下白逸居，不知道两位来我这小小府邸有什么事情？两位尽管说，逸居一定会全力帮忙。"

在问话的同时，白逸居快速打量了眼前两人一番。

"那女子的肚子隆起，想必是怀孕了。两人如此亲昵，看来这两人是夫妇。神界什么时候有神王夫妇了？"白逸居心中暗自思忖。

秦羽笑着回道："我们来此，是想问一下有关冰岛的事情。"

白逸居连忙说道："两位尽管问，逸居在冰岛上居住了亿万年，这冰岛上还没有什么是逸居不知道的。"

"你知道左秋琳吗？"立儿直接问道。

"左秋琳？！"白逸居一怔。

他还真没听过这个名字。

死亡神王几乎从来没有离开过自己的府邸，再加上，她从来不屑于向实力比自己弱得多的天神透露自己的名字，白逸居不知道她的真名也是正常的。

"左秋琳就是居住在冰岛海域下方的那位隐世神王。"秦羽说道。

白逸居闻言，脸色陡然一变："两位说的可是死亡神王？"

"正是！你能将有关死亡神王的事情详细地告诉我们吗？你不必担心死亡神王会找你的麻烦，她并不知道我们会来找你。"秦羽笑着说道。

白逸居点点头，这才说道："两位，逸居并不是担心死亡神王会来找我的麻烦，只是逸居为二位担心。"

"这是为何？"秦羽看着白逸居，很是不解。

白逸居当即打开了话匣子："死亡神王在冰岛海域下方待了多久，估计没有几个人知道，不过死亡神王虽然恶名在外，但是为人还是很遵守承诺的。"

"遵守承诺？什么承诺？"秦羽立即追问道。

白逸居道："很久很久以前，我还没有来冰岛。当时，冰岛居民都在流传一件事情——死亡神王承诺过，只要不踏入她的冰府地狱的范围，她不会伤害冰岛的居民。但是，一旦有人踏入她的冰府地狱的范围，必死无疑。"

"之前有人不信邪，踏了冰府地狱的范围，之后，那些人都死了。"白逸居说着，眼中浮现出畏惧的神色。

"据说，死亡神王的冰府地狱范围内弥漫着一道黑色气息，那道黑色气息无时无刻不在翻滚着，时而扩散，时而收缩，非常好辨认……"白逸居顿了顿，继续道，"我亲眼看到过，那黑色气息突然扩散的时候，一个中部天神一不小心陷入其中，被那道黑色气息包裹住了，那个中部天神便直接倒地了。待得黑色气息收缩，我和一位好友迅速将那个中部天神拖了回来，可是我们发现，那个中部天神的灵魂已经消散了。"

灵魂消散了，人自然就死了。

秦羽和立儿相视一眼，并没有感到很惊讶。

他们早就知道，死亡神王和生命神王一样，对于灵魂研究得极为透彻，生命神王是修复人的灵魂的，而死亡神王是毁灭人的灵魂的。

死亡神王如此轻松地就杀了一个中部天神，根本算不得什么。

"不知道死亡神王是存心想杀那个中部天神，还是那些黑色气息自动杀了那个中部天神。"秦羽心中暗道。

如果是死亡神王存心想杀中部天神，倒算不得厉害。如果是死亡神王的冰府地狱周围的黑色气息便能够轻易地杀了中部天神，那就太恐怖了。

"两位，逸居知道，两位都是拥有大神通的人，不过，两位一定要小心啊！死亡神王为人绝情、狠辣，她对看不惯的人，向来不会手下留情。而且，她特别喜欢对付高手。"白逸居郑重地说道，"两位可曾发现，冰岛周围亿万里范围内的数千座岛屿上没有一人？"

秦羽心中一惊。

白逸居不说的话，他还真没有注意到。

北海的海岛众多，几乎大部分岛屿上都有不少居民。然而，冰岛周围的许多海岛都空无一人。

"虽然死亡神王承诺过，只要冰岛的人不踏入她的冰府地狱的范围，她便不会杀冰岛的人，但是她几乎不会放过冰岛外的人。随着她不断杀戮，冰岛周围的无人区的范围越来越大。"

"那你们为何不回神界呢？"立儿问道。

白逸居苦笑一声，道："冰岛的人是不敢离开冰岛的，因为这里距离神界大陆实在是太遥远了。别说去神界大陆了，单单横跨冰岛周围的无人区域都要很长一段时间。死亡神王对冰岛外的人很是狠辣，我们如果离开冰岛，必死无疑。"

秦羽和立儿闻言，顿时心中恍然。

天神再厉害，实力还是远远弱于神王的。白逸居这些天神是无法施展瞬移的，只能飞行，想要在短时间内飞出冰岛周围的无人区域，根本是不可能的。

"不过，两位也不必为我们担心，我们在冰岛上也算是过着平静的生活。冰岛的范围不算小，人口也不少。而且，死亡神王的冰府地狱的范围并不大，只要我们避开那里，便不会有生命危险。"白逸居笑着说道。

秦羽和立儿都点点头。

至此，他们对素未谋面的死亡神王左秋琳总算有了更深的认识。

左秋琳虽然冷酷无情，但是至少信守承诺。

"那我们就告辞了。"秦羽当即说道。

他不再多问，他能看得出来，白逸居将自己知道的有关左秋琳的事情都说了。

白逸居连忙躬身行礼。

秦羽和立儿转身便要离开。

白逸居忽然道："两位，逸居忽然想起了有关死亡神王的传说。"

"哦？快说。"秦羽转过头来，说道。

白逸居连忙回道："在逸居来到冰岛之前，冰岛上流传着一个传说，死亡神王曾经杀了一位神王。"

秦羽闻言，心中一惊。

杀神王？！

神王可是能够施展出瞬移的，要杀神王并不是那么容易的事。

"后来，又有一位神王来了冰岛，重伤了死亡神王，自此，死亡神王就一直待在冰府地狱中，很少出来了。"白逸居说道，"当然，这只是传说，逸居对于这个传说的真实性无从知晓。"

秦羽满意地点点头。

他微微一笑，道："谢了。"

随即，秦羽和立儿直接施展瞬移，离开了白冰府。

半晌，两人来到了冰岛的中心区域。这里是整个冰岛中唯一的无人区域。

黑气萦绕，堪称死亡之地。

此刻，秦羽清楚地感应到，死亡神王左秋琳正待在海岛下方的极深之处。

海面之上，冰岛的范围只有周围万里，冰块的厚度已然超过十万里。而海面之下，冰层越来越厚，海底深处，冰层足足有数十万里厚。

而左秋琳就待在海面下数千里处的一座冰穴宫殿中。

# 冰府地狱

"好诡异的气息！"

秦羽和立儿一闪身，来到了冰府地狱外。

看着那时而扩张时而收缩的黑色气息，秦羽不由得惊呼。

在冰岛居民的眼中，眼前那些翻滚的黑气就代表着死亡。

"羽哥，这黑色气息是一种特殊的能量，它和我的生命元力截然相反。准确地说，它比我的生命元力更加特殊一些。"立儿眉头紧皱。

立儿如今是新的生命神王，她对于灵魂的了解如当年的左秋眉一样透彻。

"立儿，你说这黑色气息比你的生命元力还要特殊？"秦羽惊讶地道。

立儿点点头，肯定地道："是的！我的生命元力不仅可以修复灵魂，同时可以修复身体的伤。而这黑色气息是完全针对灵魂的，对身体没有丝毫攻击力。"

"专门攻击灵魂的？！"秦羽一怔，旋即一笑，"立儿，我们进去吧！"

死亡神王再厉害，不可能单单靠这些散发开来的黑色气息伤害秦羽，更别提伤害左秋眉的传人立儿了。

一步入黑气气息的范围，秦羽便感觉到，这些黑色气息疯狂地涌入自己的身体，欲要伤害自己的灵魂。

"小把戏而已！"

秦羽心念一动，其灵魂元婴旁边悬浮的残雪神枪表面的玄黄之气微微一震，那些黑色气息顿时如同遇到天敌般迅速退开了。

黑色气息根本无法靠近玄黄之气。

玄黄之气可是开天辟地时诞生的神奇能量，威力极大，岂是那些黑色气息能比的？两者根本不是一个层次的。

秦羽看向一旁的立儿。

此刻，立儿身体表面隐隐有碧绿色光芒闪烁着，这些黑色气息同样无法靠近立儿丝毫。

在黑色气息的区域内，有一座由亿万年寒冰建成的府邸，这座府邸气势宏伟，可是府邸内部空无一人。

秦羽和立儿很快就发现了，府邸的正殿当中有一条通道，这条通道可以直通冰穴宫殿。

"羽哥，我们是通过通道进入冰穴宫殿，还是直接瞬移过去？"立儿看向秦羽。

秦羽思忖片刻。

"我们还是直接施展瞬移过去吧！"

秦羽散开空间之力，海岛下的一切都在他的探察之中，那条通道很是阴暗，而且充斥着黑色气息。

冰岛中心区域下方的数千里处，有一座由寒冰建成的美轮美奂的宫殿。

这座宫殿的面积极大，宫殿内寒气萦绕，如梦如幻。宫殿之外，充斥着无穷无尽的黑色气息。诡异的是，那些黑色气息竟然无法进入宫殿内。

秦羽和立儿倏地出现在殿门口。

"宫殿中除了死亡神王，还有十二个女天神，然而，竟然没有一个天神来看门。"秦羽不由得笑了。

这也不能怪那十二个女天神，毕竟能够闯过那些黑色气息来到殿门口的，可不是她们能够抵挡的。

"死亡神王就在这座宫殿正殿下方的一座大殿中。羽哥，我们走。"立儿感应出了死亡神王所在的位置。

秦羽点点头。

他的空间之力清楚地观察到，冰穴宫殿的下方还有一座宫殿。那座宫殿中充斥着无尽的黑色气息，外界的黑色气息正是从那座地底宫殿中传出来的。

这时，两个穿着翠绿色羽衣的侍女在冰穴宫殿正殿外的走廊上走着。

"二姐，宫主即将出关，我们的悠闲日子又要没了。"个子娇小的侍女说道。

"七妹……"高个侍女则紧紧地盯着正殿。

"怎么了？"个子娇小的侍女不解地问道。

"我刚才好像听到了声响，好像是从正殿下方的通道中传出来的。"高个侍女说道。

个子娇小的侍女闻言，顿时笑了，道："二姐，你放心吧，宫主就在下面的宫殿修炼，谁敢进去啊？即便有人敢进去，也是送死罢了。"

"也对！"高个侍女点了点头。

不过，她还是有些不放心，看了正殿中那通往地底的通道入口一眼，这才跟着个子娇小的侍女离开了。

黑色气息覆盖了整座地底宫殿。

单单靠眼睛，根本无法看清前方的路。不过，秦羽和立儿都清晰地知道路线。

地底宫殿中有一条呈螺旋状的通道，秦羽和立儿在这条通道中并肩走着，一步步朝下方走去。

秦羽这次是特意来邀请死亡神王帮忙的，自然不想惹恼死亡神王。

两人还在通道之中，秦羽便朗声说道："在下秦羽，携妻……"

下一瞬，秦羽的声音戛然而止。

只听到数道脆耳的铃铛声响起，那些铃铛声各不相同，当所有的铃铛声结合起来的时候，竟然蕴含了诡异的穿透力。

秦羽不由得感觉脑袋昏沉。

虽然他觉得脑袋有点晕，但是受到的影响并不大。

"羽哥，这是左秋琳的一种攻击手段——引魂之音。虽然引魂之音对灵魂的伤害并不大，但是能够让人无法集中注意力。在战斗的时候，引魂之音能干扰对手，对对手的影响特别大。"立儿心念传音道。

秦羽点点头。

顿时，他提高了警惕。

"在下秦羽，携妻子姜立来此。死亡神王，我们是……"秦羽的话才说到一半，就被打断了。

"闭嘴！竟敢踏入我的修炼之所，这是死罪。"一道沙哑的声音响起。

顿时，那铃铛声骤然变得激烈起来。

秦羽感觉自己的灵魂如同被针刺一般巨痛。

这时，灵魂元婴旁边的残雪神枪响起一阵低吟，枪吟之声竟然让秦羽灵魂疼痛的感觉减弱了许多。

"玄黄之气虽然很是玄妙，但是我也只能通过残雪神枪利用一点点玄黄之气。"秦羽心中暗叹。

玄黄之气的神奇秦羽自然清楚，可是如今秦羽只能让玄黄之气融入残雪神枪之中，通过残雪神枪来发挥玄黄之气的威力。

"羽哥，你没事吧？"立儿握着秦羽的手，担忧地问道。

与此同时，一道生命元力瞬间进入了秦羽的脑海，秦羽的灵魂元婴一下子吸收了这道生命元力。

下一瞬，秦羽感觉到灵魂元婴饱满了不少。

"哼！你竟然拥有生命元力！"那道沙哑的声音再次响起。

随即，秦羽和立儿都感觉到了一阵劲风吹拂而来。

下一瞬，只见数个黑色的铃铛携着劲风朝他们袭来。

秦羽心中涌现出了怒意。

他们是诚心来此邀请死亡神王当帮手的，根本没想对付死亡神王，没想到，死亡神王竟然如此蛮横无理。

难道死亡神王真的以为他们对付不了她？

"死亡神王，我们来此并无恶意。"秦羽低沉的声音在黑暗的宫殿中响起。

同时，秦羽的手中出现了残雪神枪。

他单臂一震，残雪神枪便幻化成数道枪影。每道枪影都如同长龙一般腾空而出，一下子就将那些黑色铃铛给击退了。

"你这小子果然有两下子！"那道沙哑的声音又一次响起。

紧接着，一根绸带疾速飞来，欲要缠住秦羽。

"羽哥，这是死亡神王的攻击性武器——招魂绫。一般神王若是被招魂绫束缚住，其灵魂元婴是抵挡不住的。"立儿立即心念传音道。

听了立儿的话，秦羽更加生气了。

自己一再忍让，左秋琳竟然要置自己于死地！

秦羽直接施展瞬移，避开了招魂绫。

旋即，他冷哼一声，道："左秋琳，如果你再不收手，那你以后就再也没有使用招魂绫的机会了。"

刚才面对招魂绫的攻击，秦羽完全可以用残雪神枪将招魂绫给震断，只是一旦将招魂绫震断，那他和左秋琳就彻底撕破脸了，接下来想要和左秋琳谈话就难了。

"哼！你有本事就试试！"

下一瞬，招魂绫再次袭向秦羽。

秦羽看到招魂绫朝自己袭来，灵魂元婴不由得一阵震颤。

他毫不怀疑，若是自己被招魂绫束缚住，灵魂元婴瞬间会崩溃。

"哼！"

秦羽身体一晃，横移数米距离，同时手中的残雪神枪一动，猛地将招魂绫给绞住了。

残雪神枪表面的玄黄之气缓缓地流转着。

忽然——

招魂绫突然松开，倏地消失不见了。

"呼！"

黑色气息密布的宫殿中出现了一阵风，黑色气息竟然一下子散了，地底宫殿顿时露出了真实面貌。

地底宫殿比较空旷。让秦羽惊讶的是，组成地底宫殿的冰块竟然是黑色的。秦羽仔细一看，发现那些黑色冰块内部竟然有黑色气流缓缓地流动着。

地底宫殿中，一个绝美的黑色长袍女子盘膝坐在黑色莲花宝座之上，她的黑色长袍上绣着黑色铃铛的图案，她的双臂上缠着一根黑色长绫。

此人正是死亡神王左秋琳！

左秋琳定定地看着秦羽和立儿，冷笑一声，道："秦羽，你果然没有说假话，你那杆长枪的确能崩断我的招魂绫。看在你态度不错的分上，我给你一次说话的机会。你说吧，你们找我有什么事？"

"果然和左秋眉阿姨的记忆中一样。"立儿看着左秋琳，心中暗道。

左秋琳和左秋眉的容貌很是相似，只是，两人的气质完全不同。当看到容貌和左秋眉极其相似的左秋琳时，立儿心中有些激动。

毕竟，当初左秋眉可是看着立儿长大的，两人的感情很好。立儿看到左秋琳，感觉很亲切。

"左秋琳前辈，"秦羽很是谦逊，"这位是我的妻子姜立，想必你早就看出来了，我妻子拥有生命元力。"

"哼！"左秋琳瞥了立儿一眼，冷冷地道，"此女拥有我那妹妹特有的生命元力，我当然看得出来。我那傻妹妹都死了那么久了，你们来找我干什么？"

立儿当即说道："左秋琳阿姨……"

"闭嘴！"左秋琳打断立儿的话，冷笑道，"你别和我套近乎，我和你不熟。你们有什么事情就快说，而后给我走人。"

秦羽眉头一皱。

这个左秋琳为人太傲慢了！

"左秋琳前辈，"秦羽直接说道，"左秋眉前辈对我和立儿都有大恩，她死了，立儿继承了她的实力，成了新的生命神王。如今，雷罚城和我们结怨很深，雷罚城的人想要杀了我们，我希望前辈能够和我们一起对付雷罚城，这样也算是为左秋眉前辈报仇。"

"哼！你说的比唱的还好听。"左秋琳冷笑一声，"我那傻妹妹都死了这么久了，你还让我为了她和雷罚城作对，真是笑话！"

"左秋琳前辈，你放心，我们不会让你有危险的。雷罚城只有四位神王，我一个人就可以牵制两位神王，立儿和易风神王可以牵制另外两位神王，你加入的话，只会让我们这方有压倒性的优势。"秦羽连忙说道。

左秋琳嗤笑一声。

"你们可以走了。"左秋琳冷冷地说道。

秦羽和立儿心中很是无奈。

"没什么好处，却让我出手，做梦。"左秋琳没好气地道，"堂堂新晋匠神，只凭几句话就想请我出山，真好笑。"

左秋琳的声音虽然很低，但是秦羽听得非常清楚。

秦羽和立儿相视一眼，不由得一怔。

旋即，两人都笑了。

"左秋琳前辈，是我们不对。不知道前辈想要什么，晚辈会尽量满足的。"秦羽连忙说道。

左秋琳瞥了秦羽一眼，而后慢吞吞地道："一流鸿蒙灵宝有没有，没有的话，二流鸿蒙灵宝勉强可以。"

听了这话，秦羽不禁疑惑起来。

左秋琳刚才那么果断地拒绝了，现在怎么这么好说话了？

## 第580章
# 东海老鬼

秦羽眉头紧蹙，心中很是疑虑："左秋琳为人冷酷、凶狠，单看她之前对我和立儿的态度，一点儿都不留情，欲要置我和立儿于死地，现在怎么为了一件二流鸿蒙灵宝就答应帮我们呢？"

此人非常可疑啊！

二流鸿蒙灵宝虽然珍贵，但是对于神王来说根本不算什么。再说了，左秋琳隐居在冰岛已经有很多年了，她很久没有掺和过神界的争斗了，现在怎么会轻易答应出山呢？

左秋琳瞥了秦羽一眼，冷冷地道："小子，你怎么不说话了？难道堂堂新匠神竟然连一件二流鸿蒙灵宝都拿不出？如此没诚意，你还是速速离开这里吧！"

秦羽当即回过神来。

秦羽微微一笑，道："左秋琳前辈，我当然拥有二流鸿蒙灵宝。只是，我刚才因为前辈突然答应，心中太过欢喜，一时间失了言语而已。"

左秋琳冷哼一声，道："少啰唆！我只是苦于没有好的二流鸿蒙灵宝，才答应你的。我问你，你可有那种能束缚人的二流鸿蒙灵宝？"

秦羽心中一动。

他可是炼制出了七十件二流鸿蒙灵宝，其中能够束缚人的足足有八件。除了那八件二流鸿蒙灵宝外，还有一件有束缚功效的一流鸿蒙灵宝……

"万柳权杖是一流鸿蒙灵宝，同时有束缚人的功效，我要把万柳权杖送给她吗？"秦羽心中暗自思忖。

如今，他手中无主的一流鸿蒙灵宝只有这根权杖了，虽然那火源灵珠现在也没有主人，但是秦羽已经打定主意要将它送给自己和立儿的孩子。

"羽哥，"立儿心念传音道，"左秋琳的态度陡然大变，我觉得有些奇怪。我刚刚想了好一会儿，想到一个可能。"

"哦？什么可能？"秦羽立即心念传音问道。

立儿连忙说道："左秋眉阿姨的灵魂记忆中，左秋琳虽然为人冷漠，和左秋眉阿姨总是敌对，但是从来没有对左秋眉阿姨下过杀手。依我看，左秋琳此人是外冷内热型的，表面上，她对左秋眉阿姨漠不关心，其实她很关心左秋眉阿姨。"

秦羽心中一动。

"你说得很有道理。也只有这样，才能解释左秋琳的态度为何大变，她甚至主动提出要一件二流鸿蒙灵宝。"

"怎么？你没有带束缚功效的二流鸿蒙灵宝？"左秋琳的脸色蓦地一沉。

秦羽没有回话，只是看着左秋琳。

秦羽暗自判定，左秋琳之所以向他索取二流鸿蒙灵宝，估计是想借个台阶下，唯恐别人认为她是为了妹妹才出手的。

"左秋琳是真的为了给她妹妹报仇，那么……"

秦羽当即作了决定，取出了那根赤红色的权杖。

左秋琳疑惑地看向秦羽手中的权杖。

"左秋琳前辈，这根权杖名为万柳，是一件一流鸿蒙灵宝，拥有能束缚人的功能。"

秦羽心念一动，权杖当即朝左秋琳飘了过去。

左秋琳微微一愣。

万柳权杖悬浮在左秋琳的面前。

左秋琳没有看权杖，而是紧紧地盯着秦羽，道："秦羽，你舍得将一流鸿蒙灵宝送给我？你可知道，一流鸿蒙灵宝有多么珍贵？"

"我身为新匠神，怎么会不明白一流鸿蒙灵宝有多珍贵呢？"秦羽笑着说道。

"你如果不想将来后悔，还是将这宝物收回去吧！"左秋琳说道。

秦羽淡淡一笑，道："左秋琳前辈，你刚才不是找我索要宝物吗？如今一流鸿蒙灵宝在你面前了，你怎么不敢拿了？"

"哼！"左秋琳冷哼一声，直接将权杖抓在手中。

她瞥了秦羽一眼，冷冷地道："小子，我给了你机会，你不拿回去，以后想要将宝物拿回去也没机会了。"

秦羽见左秋琳拿了权杖，当即抚掌，笑道："左秋琳前辈，现在我们立即出发，如何？"

"现在就回神界大陆吗？"左秋琳看向秦羽。

秦羽点点头。

"现在还不行。"左秋琳直接说道。

秦羽脸色一沉。

旁边的立儿皱起了眉头。

秦羽心中暗道："难道我看错了，左秋琳根本就是为了灵宝，她得到了一流鸿蒙灵宝，就不想帮我了？不，她不像是那种人。"

秦羽想了想，又否定了自己的判断。

左秋琳如果真的要骗他，至少会先看清他的实力，毕竟他到现在都没有露出真正的实力。

"左秋琳前辈，现在不行，那什么时候可以？"秦羽问道。

左秋琳道："当年，我被一位神王击败，身受重伤，当时他让我许下承诺，我击败他之前，都不可以回神界大陆，我只可以待在神界四周的海洋中。"

"秦羽，我虽然收了你的宝物，但是我必须要遵守承诺，击败那位神王之前，我不可以回神界大陆，所以我现在还不能回去。"左秋琳直接说道，"当然，我如今有了这件一流鸿蒙灵宝，我有信心能击败他。不过，我要炼化这件一流鸿蒙灵宝需要耗费不少时间。"

秦羽和姜立相视一眼。

他们当即想起了白逸居说的那个传说，看来那个传说是真的。

秦羽心中不禁有些恼怒。

左秋琳要炼化一流鸿蒙灵宝，那他们要等到什么时候？为何左秋琳事先不将此事告诉他们？

"你们放心，我不会拖很久的。"左秋琳缓缓地说道，"当初那个老鬼和我约定这件事的时候，我提出了一个附加条件，如果我能请到帮手将他击败，也算是履行了承诺。不过，整个神界有百分百把握击败那个老鬼的，估计只有修罗神王。可惜，我和修罗神王不熟，我也不想欠修罗神王的人情。"

"可以请帮手？"秦羽心中一动。

他顿时明白左秋琳的意思了。

左秋琳勾起一抹笑，道："你没想错，我就是想要让你出手。刚才我已经见识过你的实力，你的实力很强，特别是加上那杆长枪，的确比我要强得多。据我推测，你要击败那个老鬼是很有可能的。"

秦羽无奈一笑。

显然自己被左秋琳摆了一道。

"当然，你也可以选择不帮我对付老鬼。如果你不帮我的话，也只需等我数十年。我可以布置出一个空间，让空间的时间加速万倍，只需数十年的时间，我就能够炼化这件鸿蒙灵宝了。哦！对了，这是一件一流鸿蒙灵宝，那我不确定什么时候能将它炼化了，我过去可没炼化过一流鸿蒙灵宝。"左秋琳一点都不急。

数十年时间？秦羽可没有耐心等下去。

"好，我便跟你去一趟，见见那个曾经重伤你的老鬼。我倒要看看，这老鬼的实力到底有多强。"秦羽当即做出了决定。

一旁的立儿并没有说话。

她一点也不担心秦羽。在她看来，即便那个老鬼的实力再强，最多能够击败秦羽，想要杀了秦羽是不可能的。

"好，有胆量。"左秋琳拊掌大笑道。

沙哑的声音在地底宫殿中回荡着。

左秋琳直接站起身来，道："那我们现在就出发吧！"

秦羽和立儿都点了点头。

旋即，三人便消失了。

与此同时，冰穴宫殿中响起了一道沙哑的声音。

"本宫主要出去一趟。白烨，你带着其他人好好地待在宫殿中，等本宫主回来。"

那十二个天神侍女闻言，心中一惊。

旋即，她们都高兴起来。

宫主不在，她们便可以无所顾忌地嬉闹了。

冰岛表面弥漫着一层云雾气息，那些云雾气息是亿万年寒冰的寒气。数年来，冰岛的居民根本不敢离开冰岛一步，一旦离开冰岛，很可能得到死亡神王的"热情招待"。

此刻，三道人影从冰岛上空的无边寒气中飞了出来。

正是秦羽、姜立和左秋琳。

"左秋琳前辈，你说的那个老鬼住在神界的什么地方？"秦羽问道。

左秋琳道："那老鬼居住在神界东海的海域，他和我妹妹一样，最擅长使用生命能量。不过，他对于灵魂的研究不及我和我妹妹，即使如此，我也不是他的对手。"左秋琳如实道。

"神界东海海域？生命能量？"秦羽心中一动。

新宇宙的空间之力已然覆盖了整个神界。

神界东海海域中的确住着三位隐世神王，三位隐世神王中，有一位神王的气息非常隐蔽，如果不是秦羽用空间之力观察得非常仔细，他根本发现不了这位神王。

"羽哥？"立儿看着秦羽。

秦羽明白立儿想要问什么，点了点头，道："的确有那样一位神王，此人居住在神界东极炫金山海岸向东大概数十万亿里的地方。"

"你竟然发现了老鬼的住处？"左秋琳眉头一挑，惊讶地看向秦羽，"原先我认为，你击败那个老鬼只有五六成把握，现在看来，应该有七八成把握。"

那些隐世神王都很低调，哪一个不是收敛了自己的气息，甚至用一些特殊手段隐藏自己？其他神王想要找到他们，几乎是不可能的事情。

秦羽却轻而易举地发现了老鬼所在的位置，这令左秋琳对他更加刮目相看了。

秦羽也不多作解释。

“我们施展瞬移过去吧！”秦羽说道。

随即，三人再次消失了。

神界东海的海域极其广阔，比神界大陆要大得多。东海中，散落着无数座岛屿。

一座普通的小海岛上横贯着一条小山脉，海岛上生长着许多花草，步入这座海岛，便能感受到海岛中的勃勃生机。

秦羽、立儿、左秋琳三人突然出现在海岛的上空。

左秋琳指了指这个海岛，道：“秦羽，这座海岛便是那个老鬼的老巢。你小心一点，我出现在这里，他恐怕已经感应到我了。”

“左秋琳，你竟然敢到我这里来，难道你有把握能打赢我了？哦！你还带来了两个年轻人，难道你认为他们可以帮你击败我？”一道温和的声音响彻天际。

“老鬼，你可别瞧不起这两个年轻人，说不定你还斗不过人家呢！”左秋琳挑衅道。

“哦？是吗？他们这么厉害？那我可要试试了。”

顿时，海岛上的花草树木开始疯长，数根巨型枝条疯狂地涌了过来，一下子便将秦羽、立儿、左秋琳三人给包围住了。

# 生生不息

　　"哧哧——"左秋琳身体逸散出无穷无尽的黑气。

　　黑气弥漫之处，那些花草树木发出了刺眼的绿色光芒，黑气和绿色光芒相接触，靠近左秋琳的那些花草树木顿时枯萎了。

　　立儿周围的花草树木也没起到攻击作用。那些巨型的枝条靠近立儿的时候，竟然受到了立儿的控制，反而抵挡起了后方不断袭来的花草树木。

　　相较于左秋琳和立儿，秦羽更加轻松。

　　他单手一指，顿时无数的白色净火汹涌而出。他的眼前一下子成了白色净火的海洋，那些闪耀着绿色光芒的花草枝蔓皆被焚成灰烬。

　　"果然有些小手段。"那道温和的声音再次响起。

　　同时，那些朝秦羽三人疯狂袭来的花草树木竟然缩了回去。

　　秦羽三人顿时感觉天地之间一下子变得明朗起来。

　　海岛的上方，一名老者凌空站立着。

　　老者有一头绿色的长发，一对绿色长眉。

　　那一对绿色长眉垂下来，顿时引起了秦羽的注意。

　　绿色长眉之下，有一双小眼睛，很不起眼。这位东海隐者的嘴角时刻带着笑意，表面看起来，非常好接近。

　　"没想到，你竟然会拉下脸面去找帮手，找来的帮手还是两个小辈。"老鬼眼睛微眯，对左秋琳说道，"说吧，你这次来是为了兑现当年的承诺吗？"

"那是当然。"左秋琳沙哑的声音中蕴含一丝怒意，"否则，我岂会大老远跑来你这里？老鬼，我旁边的青年就是我的帮手，按照当初我们的约定，只要我的帮手能够击败你，当初的那个承诺就算是兑现了。"

老鬼瞥了秦羽一眼，笑着说道："我自然会遵守承诺，只要能击败我，你想做什么我都不会再阻拦。小子，你就是秦羽？"

"原来前辈知道在下，不知前辈如何称呼？"秦羽恭敬地问道。

秦羽对于老鬼知道自己一点都不奇怪。上一次，他带着一流鸿蒙灵宝破水出现在神界，引得整个神界动荡。之后，各位神王齐聚神界东海，进行了一场大战，大战中，秦羽连败两位神王。那一次大战的动静那么大，估计神界没有几位神王不知晓此事。

老鬼知道秦羽也不足为奇。

"老头子我名唤'木鱼'。"老头眯着眼，笑着说道。

"木鱼？"秦羽一怔。

旁边的立儿错愕。

"难道前辈的名字和神界双域岛势力的佛域高手经常敲的木鱼是一样的？"秦羽追问道。

木鱼微眯着眼，点点头，道："正是。"

"木鱼。姓木，又擅长使用生命能量。"秦羽心中一动，"难道这位叫木鱼的老者和神界八大圣地势力之一东北林海之城的木家有关系？这位老者有一头绿色长发……"秦羽心中暗自猜测起来。

"小子，别胡思乱想了。你要向我发起挑战，就赶紧出手，我的时间可是很宝贵的。"木鱼直接说道。

秦羽彬彬有礼地道："好！前辈，你认为我们去什么地方决斗比较好？"

"就在这里决斗，还挑什么地方啊！"木鱼干脆地说道，"秦羽小子，你准备好了吗？你如果准备好了，我可就出手了。"

秦羽面对木鱼，可不敢掉以轻心。要知道，死亡神王左秋琳曾经被这老头给击败了，还身受重伤。

秦羽当即一动，直接变成了两个人。

一人身穿白袍，一人身穿青袍。

"我早就听说过，你小子有分身。当初东海一战，你靠着分身击败了周通，很厉害啊！今天，老头子我也见识见识你的实力。"木鱼嘴角上翘，同时绿色长发猛地变长。

下一瞬，数根绿色长发如蜘蛛网一般，朝秦羽疾速袭去。每一根绿色长发的气势都很强，绿色长发所过之处，空间都震颤了。

"这老头还真是够厉害的！"秦羽心中暗道。

当即，他手持残雪神枪，一下子就将由绿色长发构成的网给刺破了一个洞。秦羽本尊直接逃开了，青袍"秦羽"则站在原地，一动不动。

眨眼的工夫，刚才被秦羽的残雪神枪刺破的口子便恢复了。

"封！"

青袍"秦羽"一下子散发出无穷无尽的寒蒙之气。

寒蒙之气是至寒的能量。在寒蒙之气的覆盖之下，那数根绿色长发的表面仿佛覆盖了一层寒霜。

"碎！"

青袍"秦羽"身体猛地一颤，周围的空间竟然出现了清晰可见的波纹。空间波纹朝四面八方幅射开去，一触碰到那些被冰冻的绿色长发，瞬间使得绿色长发变成了齑粉。

木鱼的长发转眼恢复了正常。

他的小眼睛滴溜溜地转着，笑着说道："我没看错的话，你的分身刚刚施展的是碧波湖的寒蒙领域。你的分身竟然会如此神通，果真了不得！我的生之领域被寒蒙领域所破，算不上丢脸，看来我得拿出看家本领了。"

木鱼嘴巴一张。

"呼！"

四道绿光迎风而长，不一会儿，便长成了四株类似于秦羽在凡人界见过的食人花的植物，这四株植物在木鱼的周围悬浮着。

"鸿蒙灵宝？！"秦羽在那四株植物身上感应到了鸿蒙灵宝的气息。

看来，这四株植物不是普通的植物。

"呼！"

四株植物的枝蔓猛然变长，一下子便犹如一条数百米长的巨蟒，疾速袭向青袍"秦羽"。

然而，青袍"秦羽"依旧一动不动。

"呼！"寒蒙之气再次袭出。

可是任凭寒蒙之气如何侵袭，那些枝蔓竟然没受到丝毫影响，一下子就将青袍"秦羽"给包裹起来了。

青袍"秦羽"是一流鸿蒙灵宝所化，身体无比坚硬，自然不会畏惧枝蔓的侵袭。

不过，四株植物竟然有数十条枝蔓，这些枝蔓一下子就将青袍"秦羽"包裹起来了。远远看过去，青袍"秦羽"如同一个粽子。

青袍"秦羽"猛然用力，包裹住他的数十条枝蔓竟然绷紧了。

"这枝蔓的力量好强啊，我的分身竟然也破不开它。"秦羽不禁赞叹道。

秦羽手持残雪神枪，在一旁看着木鱼。

他有一种预感，木鱼还没有使出绝招。

此战只是要击败对手，不是要杀了对手，所以秦羽并没有疯狂地发起攻击，而是见招拆招。

秦羽想要让木鱼输得心服口服。

"破开？笑话！这么多年来，我还没见过谁被我这四个宝贝完全束缚住后，还能强行破开的，那些神王哪个不是靠施展瞬移才逃走的？"木鱼得意扬扬地道。

"咔嚓！"

忽然，青袍"秦羽"身上的那些枝蔓竟然有一条断裂开来。

"咔嚓！"紧接着，又一条枝蔓断裂开来。

数十条枝蔓已然绷紧到极致，看到这些枝蔓缓缓断裂的样子，完全可以想象出被枝蔓紧紧包裹住的青袍"秦羽"的力气是如何惊人。

木鱼的脸上不由得露出惊讶之色："好大的力气！"

秦羽不禁笑了。

他的分身可是一流鸿蒙灵宝所化，力气怎么可能小呢？

论力气，估计神界无人能够跟他的分身相比吧！

"可惜啊，你力气再大也没用，没人可以强行破开。"木鱼自信满满地道。

只见那些断裂的枝蔓上有道道绿光闪烁着，那些断裂的枝蔓竟然再次恢复了。

木鱼看着秦羽，揶揄道："秦羽小子，难道你不知道生命能量最重要的特性就是生生不息吗？这些枝蔓断了根本不算什么，是可以恢复的。"

只见那数十条枝蔓越绷越紧，不一会儿，就有一条枝蔓断裂开来。可是眨眼的工夫，枝蔓又自动恢复了。

再这样下去，青袍"秦羽"是不可能强行破开枝蔓的。

"你这分身还挺厉害的，被我的四个宝贝给束缚住了，竟然没有受伤。"木鱼赞叹道。

秦羽紧紧地盯着木鱼。

"木鱼前辈，我们不要再浪费时间了，你这种手段是对付不了我的，拿出你真正的实力吧！"

秦羽手中的长枪一抖，目光冷厉。

木鱼看向秦羽，眼睛一亮。

"哈哈！既然你这么说了，那老头子就陪你玩一玩。"

话落，木鱼的手中忽然出现了一根黝黑的长鞭，长鞭上有无数根绿色的倒刺。

"秦羽，小心，这长鞭诡异得很。我曾经几次和这老鬼交手，都是被这长鞭重伤的。"左秋琳神识传音提醒道。

秦羽点点头。

木鱼右手一挥，那黝黑的长鞭便如翻江的蛟龙一般，一下子便朝秦羽袭来。

秦羽的双手上出现了那双银色手套，他的左手一伸，一把抓住了黝黑色长鞭的一端。

"哦？"木鱼惊叫一声，旋即笑了。

秦羽感觉到，左手掌心中的那截长鞭竟然动了起来，顿时一种刺痛感从掌心传开来。

他当即散开新宇宙中的空间之力，他发现了惊人的一幕。

原来长鞭上的那些密密麻麻的绿色倒刺竟然长长了，如同刀子一样刺着秦羽的手掌。幸亏秦羽的手套是二流鸿蒙灵宝，这才勉强撑住，没有受伤。

"咦，不愧是新匠神。"木鱼看了看秦羽的手套，十分讶异。

那长鞭猛然抖动起来。

秦羽的力气虽然不小，但是此刻已经有些扛不住了。

这时，那根黝黑色的长鞭上的绿色倒刺竟然脱离开来。

下一瞬，那密密麻麻的绿色倒刺直接朝秦羽袭来。

"木鱼前辈，你看清楚了。"秦羽朗声大笑。

他右手持着的残雪神枪幻作数道枪影和一抹残留的玄黄之气，顿时将那密密麻麻的绿色倒刺震飞了。

木鱼顿时目瞪口呆。

这时，秦羽的残雪神枪已经缠住了那根黝黑色长鞭。残雪神枪表面的玄黄之气一阵游动，那黝黑色长鞭顿时震颤起来，仿佛随时要断裂一般。

"停！我认输！快停下！"木鱼高声叫道。

秦羽微微一笑。

当即他收回了残雪神枪，静静地站在一旁。

立儿和左秋琳见状，当即飞了过来。

左秋琳脸上露出了一丝笑容，道："老鬼，你真的认输了？"

木鱼仔细地看了看自己的长鞭，有些后怕。

他看了秦羽那杆长枪一眼，又看向秦羽，道："秦羽小子，我这长鞭可是二流鸿蒙灵宝中的顶级宝物，韧性极强，就连圣皇用镇族灵宝想要摧毁它都不容易，你那长枪真是了不得！"

木鱼的长鞭可是和他自己融为一体了，长鞭刚才快要崩断了，他自然感应到了，所以才自动认输。

"此枪名为残雪。"秦羽也不多作解释。

"嗯！不错！"木鱼赞叹道。

秦羽能够手下留情，木鱼心中很感激。

旋即，他看了看依旧被枝蔓包裹住的青袍"秦羽"，道："不过，你那分身也被我的宝物给包裹住了，到现在还没脱身，看来咱们是打了个平手。"

"哦？是吗？"秦羽微微一笑。

青袍"秦羽"瞬间化为寒蒙之气，那些枝蔓立即松了。

紧接着，那些寒蒙之气在秦羽旁边再次凝聚起来，化为青袍"秦羽"。

"你，你的分身，这，这……"木鱼仿佛见到了鬼一般，顿时说不出话来了。

## 第582章
# 真正的高手

木鱼彻底震惊了。刚才他就感觉到了秦羽的分身极其坚硬，他心中断定，即便是厉害的鸿蒙灵宝，也休想伤害其分身。

不承想，这分身不仅仅极其坚硬，还可以化为气流。

如此强的分身，哪个能够摧毁啊?

木鱼再想到秦羽那杆让他感到惊惧的残雪神枪，顿时心服口服。

他断定，就是圣皇也休想击败秦羽。

"那杆长枪……"木鱼看了看秦羽已经空空如也的右手，心中暗自思忖，"那杆长枪的攻击力应该比圣皇的镇族灵宝的攻击力还要强得多。"

别人可能无法作此推断。

可是，木鱼和圣皇交手的次数不下于十次。对于圣皇的攻击力，他自然清楚得很。而他刚刚和秦羽交手，他那根韧性极强的长鞭差点崩断，秦羽的残雪神枪实在太恐怖了。

"怪不得，这些日子，那些圣皇都吃瘪了，秦羽确实不好对付啊! 哼! 他们吃瘪就吃瘪，关我屁事! 老头子我早就不管他们了，我一个人在东海自由自在，多好!"木鱼心中暗道。

随即，木鱼看向秦羽，笑嘻嘻地说道: "秦羽，我输得心服口服。这么多年来，我这是第一次输得这么惨啊!"

"前辈过谦了，其实我也只是占了武器之利罢了。"秦羽笑着说道。

"胜不骄，不错，不错。"木鱼看向死亡神王左秋琳，脸色一沉，"左秋琳，我输了，你以后可以不用再遵守承诺了，你可以去做你想做的事了。不过，你也别太得意，这次赢我的是秦羽，可不是你。"

木鱼说完，转身便要离开。

"老鬼，你也别得意。下一次，我一定会再来这里，和你好好大战一番，看看到底谁输谁赢。"左秋琳没好气地道。

这么多年来，她一直被木鱼压制着，自然很想打败木鱼。

特别是她得了秦羽的那件一流鸿蒙灵宝后，她就有了足够的信心。

木鱼转过头来，盯着左秋琳，笑道："好啊！你有本事的话，不要使出秦羽送给你的一流鸿蒙灵宝。你凭自己的实力和我大打一场，看谁输谁赢。不是老头子我看轻你，而是你根本没有那等实力。"说着，木鱼不厚道地笑出了声。

秦羽看了木鱼一眼，忍不住笑了。

这绿眉老头真是可爱！

"老鬼怎么知道我得了秦羽的一流鸿蒙灵宝？"左秋琳很是不解。

忽然，立儿想起了什么，旋即对秦羽心念传音说道："羽哥，我想起一个人。当年，林海之城木家有一个超级高手，人称'绿叶神王'，此人的实力极其惊人，后来，绿叶神王就销声匿迹了。"

"绿叶神王？！"秦羽从没听说过这号人物。

据秦羽所知，神界的八大圣地势力中，东北林海之城和东南地底之城都只有两位神王，而东北林海之城的两位神王中根本没有名唤"木鱼"的。

立儿打量了眼前的木鱼一眼，对秦羽心念传音道："羽哥，六千万亿年前，绿叶神王就销声匿迹了。有人说，绿叶神王死了，也有人说，绿叶神王隐世了，不过谁也不确定，绿叶神王到底是生是死。这老头有一头绿色长发，还有一对绿色长眉，又擅长控制生命能量，他十有八九就是那位绿叶神王。当然，这只是我的猜测。毕竟他消失的时候，我还没出生呢。"

秦羽点点头。

他看着眼前的木鱼。

如果此人真的是绿叶神王，秦羽绝不会打破老人家平静的隐世生活。

"老鬼，你得意什么！你还不是被秦羽给击败了，连翻身的机会都没有。"此刻，左秋琳仍和木鱼争执着。

木鱼的脸涨得通红，指着左秋琳，道："你！你！"

旋即，他又笑了，道："哈哈！没错，我输了，不过我也只是暂时输给秦羽而已，更何况，秦羽又不是无敌的。俗话说，人外有人，天外有天，我输给秦羽也没什么。当初我在西海的时候，我败得更惨，我连对方的脸都没见到，我就输了。依我看，西海的那个超级高手就比秦羽厉害。除了那个超级高手，还有修罗神王罗凡呢！左秋琳，你别总拿秦羽和我比，有本事的话，你自己和我比，你比得过我吗！"木鱼瞥了左秋琳一眼，眼中闪过不屑。

左秋琳顿时气得说不出话来了。

一旁的秦羽却陷入了沉思。

"西海的那个超级高手真的那么厉害吗？木鱼的实力极强，绝对不亚于那些圣皇，我若是不靠残雪神枪，根本敌不过他。在神界，除了修罗神王，竟然还有其他人可以轻易地击败木鱼，甚至木鱼连那人的脸都没见到。"

秦羽一想到西海的那个超级高手，很是震惊。

"西海真的有那样一个超级高手吗？"秦羽的新宇宙的空间之力仔细地探察着神界西海，"西海的隐世神王不少，总共有五位，不过我怎么觉得，这五位隐世神王好像不怎么厉害啊！"

秦羽如今见过不少神王，眼界也变高了。

虽然他无法百分百确定那五位神王的实力，但是他能感觉得出，那五位神王的实力应该都不及木鱼。

"木鱼前辈，你刚刚说击败你的那个超级高手是西海的，你确定吗？"秦羽疑惑地看向木鱼。

木鱼眼睛一瞪，没好气地道："当然确定，难道我老头子还会骗你不成？我告诉你，那个超级高手就住在西海极西区域的血海之中。"

"血海？"

秦羽的脑海中当即浮现出西海的概况。

西海无比广阔，而血海便是西海的核心。相较于西海，血海的范围并不大。不过，那是和西海相比，实际上，血海足足有周围亿万里范围。

"你是说，那个超级高手就住在血海之中？"秦羽再次问道。

他根本没发现血海之中有什么超级高手。

"是的！"木鱼肯定地说道，"不过，那是很久以前的事情了。我不知道，那个超级高手现在是否还住在血海之中。"

木鱼说着，看向秦羽，道："怎么，你想要找那个超级高手啊？哈哈！秦羽，别白费力气了，当年在血海，我和那个超级高手大战了一场，最后我败了，却连那个超级高手的脸都没见到。"

他明明和那个超级高手对战了，却无法看到那个超级高手的脸，由此可见那个超级高手的隐匿能力有多强。

秦羽确实想去找那个超级高手，如果能够将那个超级高手招揽过去，他这方的实力可就极其惊人了。

至于是否可以威慑住那个超级高手，秦羽根本不担心。在神界，秦羽的实力可能远远不及那个超级高手，可是只要让那个超级高手进入新宇宙之中，秦羽有信心能征服那个超级高手。毕竟，秦羽在新宇宙中是无敌的。

秦羽的新宇宙的空间之力仔细地探察着血海。

"羽哥！羽哥！"一旁的立儿连声唤道。

然而，秦羽并没有反应。

此刻，秦羽愣住了。

整个血海中根本没有一个人，任凭秦羽如何探察，都没有发现人的踪迹。不过，秦羽发现了一个特殊之处——血海和周围普通的海洋很不同。

血海和普通海洋很不同是正常的，可是仔细比较一番，秦羽发现，血海中隐隐散发着淡淡的气息，那是一种独属于生灵的气息。

即使整个血海的气息完全聚拢起来，都是淡淡的。更何况血海的范围达周围亿万里，这股气息散发开来，显得更淡了。一开始，秦羽并没有在意，他还以为只是血海和普通海洋的简单的区别，可现在看来……

"难道，难道……"秦羽的脑海中浮现出了一个想法。

"难道这血海并不是海洋，而是那个超级高手炼制出来的特殊武器，其中附着那个超级高手的灵魂气息？"秦羽心中猜测着。

"羽哥。"立儿的声音让秦羽惊醒过来。

"怎么了，立儿？"

立儿哭笑不得，道："木鱼前辈已经离开了。我想问你，是不是该回去了，可是我叫了你好几声，你都不理我，一直傻傻地站在这里。"

"回去？回哪儿？"左秋琳问道。

秦羽摇摇头，道："不急。回去之前，我们先去西海的血海一趟，我想看看这海中之海到底有什么特别的。"

"血海？！羽哥，你是想见见那个超级高手吧？"立儿笑道。

秦羽点点头。

"可是刚才木鱼前辈说了，那个超级高手很可能离开血海了。"立儿皱眉说道。

秦羽摇了摇头，道："我们去看看就知道了。"

"左秋琳前辈，你可愿意和我们一同去血海？"秦羽看向左秋琳。

"去！"左秋琳点了点头。

秦羽郑重地道："左秋琳前辈，那个神秘高手的实力很强，危急时刻，我会施展一种特殊的神通，让你瞬移进入一个安全的地方，到时候你不要反抗。"

"瞬移？！我也会啊！"左秋琳不屑地道。

"前辈，我的意思是，你在遇到危险的时候，不要反抗我的空间转移，可以吗？"

秦羽也懒得解释自己所说的瞬移和普通神王的瞬移有什么区别。

左秋琳看了秦羽一眼，随即点了点头。

"那我们走吧！"秦羽笑着说道。

秦羽刚才那么说也是未雨绸缪，毕竟谁也没见过血海那个神秘的超级高手。

秦羽、立儿、左秋琳三人就这么消失了。

神界的西海广阔无边，西海的极西区域有一片红色海水的区域，红色海水和蓝色海水有着鲜明的区别。

这红色海水区域便是血海。

血海的内部没有任何生物。西海中的妖物都明白，血海是一个死亡之地，一旦不小心进入血海的区域，必死无疑。


血海的上空。

秦羽、立儿、左秋琳三人倏地出现了。

"血海的海水并不是血，也没有一点血腥之气。"立儿嗅了两下，笑着说道。

秦羽点点头。

"秦羽，我感觉不妙啊！"左秋琳低声说道。

与此同时，她整个人提高了警惕。

秦羽心里明白，这是血海特有的一种气息产生的一种现象。只要处于血海的上空，就能够感受得到。

立儿不禁偎倚在秦羽的身旁，在立儿看来，只要待在秦羽身旁，就没什么好怕的。

秦羽朗声说道："晚辈秦羽，慕名而来，望前辈能够现身，和晚辈见一面。"

秦羽的声音在血海的上空回荡着，诡异的是，他的声音无论如何都无法穿过血海所覆盖的区域。

"羽哥，你确定这里有人吗？"立儿轻声问道。

左秋琳也看向秦羽。

此刻左秋琳感觉到了危险，却根本探察不到对方的存在。

忽然——

"你能够感受得到我？"一道女声在广阔无边的血海中响起。

整个血海的每一处仿佛都有人在说话一般。

立儿和左秋琳脸色一变。

秦羽早就猜到血海被那神秘高手给炼化了，当即笑道："我只是感受到血海中有一股奇特的气息，应该是生灵的气息。"

"哈哈！有趣！有趣！小子，那你就留下来陪我吧！"

只听得一道大笑声，血红色海水便翻滚起来了。

眨眼的工夫，秦羽三人一下子就陷入了血海之中。

周遭死一般的寂静！

半晌，海水停止了翻滚，秦羽清楚地看到，血红色海水竟然停住了。

同时，秦羽感觉自己无法动了。除了他，旁边的立儿和左秋琳也不能动了。这种情况秦羽感受过一次，那次正是修罗神王施展了时间静止。

"时间静止？！神界竟然还有第二个人可以施展出时间静止？！"秦羽震惊了。

"哈哈！两位神王和一个上部天神成为我的血奴，不错！不错！"笑声不断地回荡着。

"走！"秦羽低喝一声。

旋即，秦羽、立儿、左秋琳三人便消失了，直接进入了新宇宙之中。

"咦？"

只见覆盖周围亿万里范围的血红色海水闪电般聚集在一起，最后化为一个留着血红色长发和血红色长眉的女子，此女子还穿着一袭血红色长袍。

女子美得惊人，却无一丝妖媚，反而看着十分霸气。

女子眉头紧锁，她对于刚才的一幕十分疑惑。

## 第583章

# 宇宙本源

新宇宙，新紫玄星。

秦羽、立儿、左秋琳三人直接出现在空中。

回到新紫玄星后，秦羽才松了一口气。

秦羽被刚才那一幕震撼到了。

在神界，除了修罗神王外，竟然还有第二个可以施展出时间静止的神王。

"刚才，刚才那一幕就是时间静止？！那个超级高手我从来都没听说过。"左秋琳沙哑的声音响起，她的眼中难掩震惊的神色。

立儿神情凝重，道："我们之前只注意到八大圣皇和三大飞升者势力的神王，谁都没有在意那些隐世神王。没想到，隐世神王中竟然有那么厉害的人物，怪不得东海的木鱼前辈连对方的面都没见到就被击败了。"

秦羽脸色一沉，道："看来，神界神王的实力并不是我们所想的那般简单。"

"秦羽，"左秋琳眼中浮现出震惊之色，她紧紧地盯着秦羽，问道，"这里到底是什么地方？我在这里竟然连空间法则和时间加速都无法使用。"

左秋琳刚刚回过神来，接着又被眼前看到的景象震撼了。

在神王看来，无论到了哪个宇宙空间，时间法则和空间法则都是适用的。毕竟这些神王从来没有去过另外一个宇宙。

一旁的立儿忍不住笑了。

"秦羽，这到底是怎么回事？"左秋琳紧紧地盯着秦羽，十分不安。

这太可怕了！

神王若是不能施展空间法则，那和上部天神的实力差距将变得很小。

秦羽微微一笑，道："这是我创造出来的空间！"

说完，他便不再多说。

这时，十几个年轻男女朝他们飞过来。

这些人一看到秦羽便立即停了下来，恭敬地行礼："拜见太上三长老。"

这十几人都是秦家的子弟，他们看向秦羽的目光中满含崇敬之色。

秦羽点了点头。

自从他的新宇宙和神界、上界、凡人界等不少宇宙空间连通了之后，不少秦家子弟经常通过空间通道来新宇宙紫玄星，甚至还有不少子弟将一些飞禽走兽带到了新紫玄星。

左秋琳见秦羽不多说，不由得低哼一声，不再追问。

她一向高傲，秦羽既然不愿多说，她自然不会低声下气地去追问。

而后，秦羽、立儿、左秋琳三人化作三道流光，直接来到了紫玄府外。

"澜叔回来了。"

秦羽心念一动，便发现了正和易风下棋的姜澜。

姜澜和易风一边下棋，一边谈笑着，两人相处得很融洽。

秦羽带着立儿和左秋琳直接朝姜澜所在的地方走去。一路上，秦羽遇到了不少天神仆人，还有秦家子弟。

三人步入庭院之中。

姜澜和易风几乎同时转头朝院门处看来，当看到左秋琳的时候，两人都睁大了眼睛，并且不禁站起身来，呆呆地看着左秋琳。

过了好一会儿，姜澜和易风才回过神来。

"太像了！太像了！"姜澜不由得感叹道。

易风的目光依旧停留在左秋琳的身上，这让左秋琳有些不满。

她冷冷地哼了一声。

易风才收回眼神，讪讪一笑，道："这位是左秋琳神王吧？"

左秋琳瞥了姜澜和易风一眼，而后看向秦羽，冷冷地说道："秦羽，你快给我安排一个住处，我要去休息，我不想见到这两个人。"

左秋琳根本不理睬易风和姜澜。

易风和姜澜相视一眼，无奈一笑。

秦羽心中暗笑。

左秋琳和左秋眉是亲姐妹，两人长得极为相似，唯有气质有些不同。易风和姜澜都对左秋眉情有独钟，左秋眉死后，两人都对左秋眉朝思暮想，如今看到和左秋眉极为相像的左秋琳，怎么可能不犯傻？

可惜，左秋琳对于他们非常反感。

"左秋琳前辈之所以讨厌澜叔和易风叔，应该是对他们没有救下她妹妹很不满吧。"秦羽心中猜测着。

左秋琳看着秦羽，不满地道："秦羽，你发什么呆啊！还不给我安排住处，我要去休息。看到这两个家伙，我心里就非常不舒服。"

听到左秋琳的话，姜澜和易风只能笑笑。

"福伯。"秦羽轻声唤道。

只见福伯如风一般疾速出现在庭院之中。

他对秦羽躬身行了一礼，道："主人有何吩咐？"

"福伯，给左秋琳前辈安排一个幽静的住处。"秦羽直接说道。

"是，主人。"福伯恭敬地应道，而后对左秋琳微微躬身，"左秋琳大人，请随我来。"

随即福伯在前面带路，左秋琳跟着福伯离开了。

左秋琳一离开，姜澜和易风当即出声了。

"小羽，没想到，你竟然将阿眉的姐姐给请了过来。"姜澜感叹道。

说着，他的眼中闪过一丝黯然之色。

易风拍了拍姜澜的肩膀，道："姜澜，看来我们以后有苦受咯！"

姜澜看向秦羽，道："小羽，你请来了左秋琳，左秋琳的实力我是清楚的。如今有她、易风和你，即便立儿和我不出手，我们也足以立足神界了，你现在准备怎么办？"

秦羽心中清楚，不到必要关头，姜澜是不会和八大神族为敌的。

毕竟姜澜是姜家的人，即使他和姜梵的关系再不好，他也不可能直接出手击杀八大神族的人。姜澜这么说的意思是，他会在后方保护侯费、黑羽、秦风、秦政等人。

易风也好奇地看着秦羽，他也想知道秦羽下一步会怎么做。

"我准备在神界建造一座城池。"秦羽笑着说道。

"建造一座城池？"姜澜和易风相视一眼，旋即都笑着看向秦羽，"小羽，继续说。"

秦羽点点头，道："神界如今有八大圣皇和三大飞升者势力，我这一方准备成为第四大飞升者势力！在此之前，我得建造一座城池作为我这一方的根据地。"

"不错！你还挺有信心的。你准备选择在什么地方建造城池？"易风看向秦羽。

秦羽看向旁边的立儿。

两人四目相对，微微一笑。

"迷雾沼泽就在东极炫金山和东北林海之城的交界处，迷雾沼泽的范围和东极炫金山管辖下的势力范围差不多。"

这是秦羽和立儿在一起闲聊的时候定下来的。

"迷雾沼泽的范围极广，就连天神也不会轻易闯入其中。一般神人若误入其中，就会深陷沼泽之中，最后遭到沼泽中的妖兽攻击，必死无疑。你选择迷雾沼泽……"易风说着，眉头皱了起来。

秦羽微微一笑，道："对旁人而言，在迷雾沼泽中建造城池很难，对于我而言，却简单得很。"

"易风叔、澜叔，你们别忘了，我可是阵法宗师。"

姜澜和易风点点头。

他们都明白秦羽到底要做什么了。

"那你准备什么时候开始建造城池？"姜澜问道。

秦羽笑着回道："我和立儿商量过了，我们决定，要让我们的孩子风风光光地出世，所以我们准备在孩子出世之前建造好城池。"

立儿轻轻地抚摸了一下肚子，脸上满是幸福的笑容。

随即，她仰头看向秦羽，而后看向姜澜和易风，道："澜叔、易风叔叔，我们现在在等左秋琳阿姨炼化那件一流鸿蒙灵宝。羽哥会帮她布置出一个时间加速十万倍的区域，估计十年时间就足够了。"

"炼化一流鸿蒙灵宝？"姜澜眼睛一亮，旋即笑了起来，"哈哈！小羽，左秋琳如今有了一流鸿蒙灵宝，易风兄、你、立儿，以及我都有一流鸿蒙灵宝，我们要成为神界第四大飞升者势力，基础坚实得很啊！"

放眼整个神界，哪方势力有这么多一流鸿蒙灵宝啊？

新宇宙中，凡人界已经大成，秦羽想要使得时间加速十万倍简直轻松得很。

秦羽布置出了一个空间，让左秋琳静静炼化万柳权杖，而后他便回到了紫玄府之中。

侯费、黑羽都在努力修炼。

秦羽盘膝坐在练功房中的蒲团之上，静静修炼着，灵魂和新宇宙完全融合了。

"哧哧！"无数鸿蒙灵气被吸收了。

凡人界之上的宇宙也在不断地成长着，很快，一个个和上界差不多等级的宇宙空间就这么诞生了。

"咦？"

秦羽忽然睁开了眼睛，眼中闪过一丝疑惑。

随即，他直接施展瞬移，而后消失了。

新宇宙的凡人界的核心区域是三个宇宙空间中的一道夹缝，空间夹缝中的能量十分混乱，碎裂的空间不断地飘浮着。

在这处空间夹缝中间的一个不起眼的地方，有一团如拳头大小的彩光悬浮着。

秦羽出现在了这里。

"这，这就是宇宙本源？"秦羽脸上满是喜色。

他仔细地观察着这一团如拳头大小的彩光。这宇宙本源诞生的时间很短，它只是诞生了片刻，秦羽便发现了它。

"我一直很疑惑，神界的八大圣皇都可以使用宇宙的本源能量，我这个新宇宙中为何没有宇宙本源。原来如此！原来如此啊！"秦羽顿时豁然开朗。

宇宙在成长、衍变的过程中，一开始的时候，它是不断地吸收鸿蒙灵气从而成长。这个时候，属于入不敷出的状态。

如今，凡人界已经大成。

如今上界这个层次的宇宙依旧在成长之中，随着不断地成长，所需要的鸿蒙灵气越来越少，毕竟整个新宇宙的形状相当于金字塔，越到上面，耗费的鸿蒙灵气就越少。

此时，新宇宙所吸收的鸿蒙灵气已经超过消耗的量，也就是入大于出了。

整个宇宙经过不断地吸收鸿蒙灵气，多余的鸿蒙灵气最终会形成宇宙本源之力。宇宙本源之力的形成过程是非常复杂的。

"哈哈！如今吸收的鸿蒙之气已经多于消耗的，也就是说，宇宙的本源之力会越来越多。"秦羽想着，脸上不禁露出了笑容。

秦羽清楚地感应到，这团如拳头大小的彩光正缓缓地膨胀和收缩。同时它的体积正以缓慢的速度变大。

可以预想得到，当整个宇宙完全大成的时候，宇宙本源之力的体积会大到何种地步。

"这宇宙本源之力……"

秦羽心念一动，灵魂之力便和宇宙本源之力完全融合了。

对于宇宙本源之力，秦羽心中更了解了。

"混沌化阴阳，成就金、木、水、火、土五行，有阴便有了黑暗，有阳便有了光明，金、木、水、火、土便成就了整个世界，因而有了能主管平衡的雷电之力。"

秦羽心中顿时了然。

那八大圣地之所以能一直屹立在神界，现在看来，正是因为八大圣皇是掌管了最根本的八种力量的人物，是整个宇宙的类似管家的人物。

## 第584章

# 神王境界

　　秦羽的灵魂之力分成八股，八股灵魂之力将彩光中的八种本源之力给包裹起来了。

　　"咦？"秦羽心中十分惊讶，"我这新宇宙的本源之力为何和神界的本源之力那么像？"

　　秦羽当即取出了火源灵珠，这颗火源灵珠是银发年轻人代其师尊送给秦羽的。秦羽一直将这颗火源灵珠带在身上，他对这颗火源灵珠的能量气息非常熟悉。

　　可是此刻他发现，自己的新宇宙本源之力的火源之力竟然和火源灵珠的能量气息一模一样。

　　"明明是不同的宇宙，为何本源之力这么像呢，甚至火源之力是一模一样的。"秦羽眉头紧皱，心中暗自思忖着。

　　新宇宙和神界所在的宇宙是两个不同的宇宙，各自有着时间法则和空间法则，两个宇宙的本源之力怎么会如此相似呢？

　　眨眼，数月过去了。

　　秦羽一直在思考，根本感觉不到时间的流逝。

　　数月的工夫，这团新诞生的本源之力已经变得有半人高了。

　　"难道……"秦羽的脑中灵光一闪，顿时心中有了拨开云雾见月明的感觉。

　　"难道本源之力和宇宙的关系是那样的？"

乾坤世界诞生的时候就出现了玄黄之气，秦羽当时就知道，玄黄之气是能够定五行、稳定空间的宝物。

如今，宇宙在不断地成长着，而玄黄之气无论如何是不可以离开宇宙的，玄黄之气就是用来稳定整个宇宙的，待宇宙大成，玄黄之气才可以脱离宇宙，至于宇宙本源之力……

"对！对！"

秦羽越想越觉得自己的猜测是正确的。

所谓大道至简，秦羽一开始就将宇宙本源之力和宇宙的空间法则、时间法则的关系想得太复杂了。

"无论是我创造的新宇宙，还是神界所在的宇宙，应该都是吸收鸿蒙灵气形成的。同样是吸收鸿蒙灵气，两个宇宙的某些地方应该有相似的地方，比如建房子，用同样的材料，建造出来的房子的材质是一样的。如果不看时间法则和空间法则的话，这两个宇宙的本质应该是一样的。"

秦羽的猜测没错。

新宇宙的新紫玄星中同样可以产生灵气，同样出现了珊匣星、行星等星球，这一切都说明，若是不看时间法则和空间法则的话，两个宇宙几乎是一模一样的。

"至于时间法则和空间法则，这都是用来管理宇宙的，就好像房门的钥匙。若两栋房子一模一样，开启这两栋房子的钥匙却是不同的。时间法则和空间法则便是控制一个宇宙的'钥匙'。"秦羽的脸上有着一丝笑容。

"至于宇宙的本源之力，它是鸿蒙灵气经过转化而成的，属于材质的转化。两个宇宙的本质一样，宇宙空间的隔断材质和恒星等星球的隔断材质也都一样。宇宙的本源之力只跟宇宙本身有关系，所以两个宇宙的本源之力一模一样也就可以理解了。"秦羽想着，心中顿时豁然开朗。

无论是空间法则、时间法则，这些都只是一种法则。而空间之力、时间之力却是属于宇宙的一种能量。神王们只是通过法则来操控能量。

"空间法则和时间法则应该和创造这个宇宙的人有关。"秦羽心中暗道。

不同的人，不同的修炼方法，将使得产生宇宙后的时间法则和空间法则有所不同。

"宇宙本源之力，顾名思义，这是属于宇宙本源的一种能量。宇宙本源之力的波动，跟整个宇宙的空间之力、时间之力有关。"

秦羽的灵魂和宇宙本源之力融合为一体。

这道彩光不断地膨胀、收缩，秦羽清楚地感觉到，宇宙本源之力用一种特殊的节奏膨胀、收缩，那是和整个新宇宙的空间之力和时间之力的波动刚好对应的。

忽然，秦羽眼睛一亮。

"如果是这样的话，那我……"秦羽心中有了一个想法，"我可以根据新宇宙的本源之力感觉到新宇宙的空间之力和时间之力在波动，这样一来，我岂不是可以通过神界所在宇宙的本源之力感受到神界所在宇宙的空间之力和时间之力的波动？"

秦羽想着，顿时激动起来。

新宇宙和神界、上界等许多宇宙空间有着密切的联系，秦羽直接从新宇宙中来到了凡人界所在的宇宙空间。

正是秦羽的家乡！

这个拥有紫玄星的宇宙空间。

"神界所在宇宙的本源之力所处的位置应该和我那个新宇宙的差不多。"

秦羽心念一动，单手一划，便划出了一道空间裂缝。

而后，他直接迈入了空间裂缝之中。

空间夹缝中十分混乱，秦羽有些狼狈。

"这不是我创造出来的那个宇宙啊！"秦羽心中很是无奈。

如果是在新宇宙的空间夹缝之中，秦羽能潇洒自如地行走。

可现在，他深陷在这道空间夹缝之中，这里的空间之力混乱得很，要控制空间之力是极难的。要知道，神王都不敢自讨苦吃，进入这空间夹缝之中。

秦羽控制着新宇宙的空间之力，尽量保护自己。他是新宇宙的主人，控制新宇宙的空间之力是非常轻松的。

"虽然我有些狼狈，但是要自保还是有把握的。"秦羽微微一笑。

随即，新宇宙的空间之力在空间夹缝之中弥漫开来，而后仔细地探察着宇宙本源之力。

也就是说，秦羽能够在空间夹缝中自如地使用空间之力，若是换作其他神王，肯定是灰头土脸的。

　　新宇宙的空间之力不断地弥漫着。秦羽能够调用的新宇宙的空间之力越来越多，当秦羽新宇宙的空间之力覆盖的范围堪比十个神界的时候，他终于感应到了宇宙本源之力的存在。

　　"呼！"秦羽施展瞬移，当即赶过去了。

　　仅仅只是看着眼前的宇宙本源之力，秦羽就震惊了。

　　"我那新宇宙的本源之力现在不过半人高，而这个完善的宇宙的本源之力……"

　　秦羽仰头看着眼前巨大的彩光球体，这巨大的彩光球体的体积已经达到了骇人的程度。

　　巨大的彩光球体缓缓地旋转着，如同一颗耀眼的恒星一般，不断地膨胀、收缩。

　　"宇宙本源之力已经大成了，其体积比我那新宇宙刚刚诞生的一点宇宙本源之力要大亿万倍啊！"秦羽微微一笑。

　　随即，秦羽化为一道流光，飞到这个巨大的彩光球体的上方。而后，整个人盘膝坐在上方，同时灵魂之力逸散开来。

　　灵魂之力不断地散开，并且融入巨大的彩光球体之中。

　　当他的灵魂之力触碰到巨大的彩光球体的时候，并没有发生什么事情，可是当他试图将灵魂之力渗透进彩光球体之中的时候——

　　"咻！"原本乖如宝宝的宇宙本源之力竟然开始反击了。

　　秦羽的灵魂之力飞速地缩回，他的脸色变得惨白。

　　他顿时明白了。

　　他之前研究自己所处宇宙的本源之力的时候，任凭自己如何研究，那本源之力都非常听话，即使他将彩光分成了八份，那宇宙的本源之力也没有攻击他。

　　因为那是他创造出来的宇宙，他是这个宇宙的主人。

　　然而，神界所在的宇宙可不是他创造的，这巨大的宇宙本源之力是那么惊人，这可比八大圣皇所使用的那点宇宙本源之力要多得多，这巨大的天体岂能容秦羽的灵魂之力肆意融入其中？

"如果我无法融入，那我该如何研究呢？"秦羽苦恼起来。

他看了看眼前巨大的天体，不禁眉头紧皱。最后他不得不选择放弃，这宇宙本源之力的排斥力实在是太强了。

片刻，秦羽的脸上有了一丝笑容："对了，我那新宇宙的本源之力和神界所在宇宙的本源之力一模一样，如果我将新宇宙的本源之力带一些过来，会发生什么情况呢？"

秦羽想到这里，当即开始实践。

他直接施展瞬移，回到了新宇宙之中。

新宇宙中的彩光有半人高，其中蕴含了八种本源能量。

秦羽的灵魂之力轻易地融入了其中。

他心念一动，半人高的彩光分离出了足球大小的一团彩光，这小团彩光直接融入了他的体内，连一点抵触的动作都没有。

当秦羽将这一小股本源之力收进脑海之中的时候，他的脸上不由得露出了惊喜之色："本源之力果然很奇妙啊！"

这一小团彩光竟然包裹住了秦羽的灵魂元婴。秦羽的灵魂元婴顿时仿佛干涸的河床遇到水一般，不断地吸收着这些彩光。

秦羽清楚地感觉到，自己的灵魂元婴发生了蜕变。

宇宙本源之力是极为玄妙的一种能量，就连八大圣皇也只能通过镇族灵宝间接地控制宇宙本源之力攻击别人，他们根本做不到使自己的灵魂融入本源之力。

如果强行融入的话，他们的结果会和秦羽先前的结果一样，遭到本源之力反击。唯有宇宙的创造者才可以轻松地吸收本源之力，并且不被宇宙本源之力所攻击。

当秦羽融合了那一小股本源之力后，他感觉自己的灵魂充满了活力，这种感觉比当初流星泪的生命元力充斥灵魂的感觉还要强烈。

此时，秦羽的灵魂本质发生了变化。

神界，迷雾沼泽。

秦羽忽然出现在这里。

他的灵魂清楚地感受到了整个神界空间的波动，这种波动的节奏感和宇宙本源之力的膨胀、收缩完美地契合起来。

过去，他能感受到的空间波动是很模糊的，在秦羽面前，神界宛如戴着面纱的美女。如今美女脸上的面纱没了，空间波动显得那么清晰。

"哈哈！原来这就是空间法则！怪不得神王利用本源之力就可以施展出冻结空间。"秦羽朗声大笑起来。

秦羽原本对空间的感悟达到了上部天神巅峰境界，距离神王境界只差最后一步。而如今，他的灵魂发生了蜕变，以至于他一下子完全领悟了，突破了最后的关卡，达到了神王境界。

"八大圣皇通过镇族灵宝间接操控了本源之力，从而可以施展出冻结空间。对于我而言，如今这也不是难事，甚至我能更加轻松地完成，因为我的灵魂已然吸收了八种本源之力。"秦羽心中大喜。

旋即，他单手一指前方，轻声道："空间冻结！"

只见前方覆盖周围万里范围的空间皆被冻结了，同时，空间也不再震动。

"哈哈！除了时间法则和空间法则不同，两个宇宙根本没什么区别，本源之力也是一模一样的。我靠着新宇宙的本源之力，同样可以冻结神界所在宇宙的空间。"秦羽心中十分激动。

此刻他的脑海中，灵魂元婴已经变成了琉璃色，时而还有彩光在闪烁着。

他再次心念一动，冻结的空间便恢复了正常。

忽然——

"轰隆隆——"迷雾沼泽上方的天空震动起来了。

只见七彩祥云布满了万里长空，一道道巨大的霹雳贯穿长空，响声震天。

这一刻，整个神界的高手都愣住了。

这是新神王诞生的征兆！

"继端木玉、姜立之后，神界竟然又有神王诞生了！"

许多神王都散开神识探察起来，他们都想知道，新神王到底是谁！

## 第585章
# 建基

面对这些神王的神识探察，秦羽并没有特意躲避，他负手站在迷雾沼泽的边缘，微微一笑，甚至主动释放出了自己的气息。

"新神王竟然是秦羽！"皇甫御脸上露出了笑容。

"有趣！有趣！秦羽的修为没有达到神王境界时，他就能够施展瞬移和时间加速了。如今，他的修为达到了神王境界，他又会有什么神通呢？"修罗神王把玩着手中的茶壶，笑着说道。

旋即，他将茶壶放在旁边的茶几上，而他整个人瞬间消失了。

雷罚城。

周霍、周通、周然知道此事，脸色微微一变。

"哼！秦羽的修为达到神王境界又如何？他只不过是完全感悟了空间法则，对我们并没有什么威胁。"周霍心中暗道。

不过，他的心底深处一直有一个疑惑——秦羽的修为没有达到神王境界时，为何可以施展出瞬移呢？

雷罚城等各方势力的神王都散开了神识，就连一些隐世神王都散开了神识。

迷雾沼泽的边缘。

秦羽面带微笑，心中却在思索着："此次我成了神王，的确是一个高调登场的好机会。"

在他的计划之中，当死亡神王完全炼化一流鸿蒙灵宝万柳权杖后，他就正式在神界各方势力的神王面前展示出惊人的实力。

下一瞬，只见一个身穿金色长袍的中年男子和一个身穿白袍的美丽女子出现在秦羽面前。

这白袍女子秦羽是认识的。当初北极飘雪城公开招亲的时候，各方势力都派了神王到场，双域岛派出的正是这个白袍女子——飘渺神王。

"恭喜秦羽神王！"飘渺神王拱手道贺，旋即说道，"这位是我双域岛的普法神王。"

那中年男子当即双手合十，笑着说道："普法见过秦羽神王！"

"飘渺神王、普法神王，久仰久仰。"

秦羽的目光在普法神王身上停留了一会儿。

据他所知，双域岛分为仙域和佛域两大派。当然，仙域和佛域只代表了神王过去的修炼之道，毕竟他们都已经成了神王。

在上界，仙、魔、佛、妖属于常见的四种修炼之道。只是，上界最多的是仙、魔、妖这三类，而恐龙界有仙修和恐龙妖修，有的宇宙空间则有佛修。

上界的三大飞升者势力之中，血妖山的修炼之道很容易看出，单看名字就知道血妖山聚集了许多妖修高手。双域岛则多是修炼仙佛之道的高手。至于修罗海的高手，属于混修类型的，修罗神王飞升神界之前，修炼的是修罗魔道，而后一步步才达到如今的境界。

"呼——"

一位位神王相继出现在迷雾沼泽周围。

此次，这些神王都来自修罗海、血妖山、双域岛三大飞升者势力。八大圣地的神王都没到。

"大家都来啦！"血妖王笑着说道，一扫众人，目光在修罗神王的身上停留了一下，最后看向秦羽。

"秦羽，看来你当初的选择是正确的。你娶了姜立之后，竟然这么快就成了神王。如今，你们夫妻俩都是神王，真是让人羡慕啊！整个神界，夫妻都是神王的只有你们这一对啊！"说着，血妖王特意瞅了修罗神王一眼。

看到血妖王的眼神，周围的神王都心领神会。血妖王和修罗神王关系暧昧，神界不少神王都是知晓的。

修罗神王却仿佛没有察觉。

一番简单的寒暄之后，秦羽顿时知道了三大飞升者势力的神王的来意。

秦羽和立儿都是神王，而且秦羽的实力极强，这些神王之前都有所了解，显然他们是想让秦羽加入到他们的阵营。

一直以来，飞升者三大势力和八大圣地势力处于对立状态，这些神王根本不怕得罪八大圣皇。

只是秦羽早就有了计划，要建立一方势力，既然能靠自己，岂会靠别人呢？

忽然，一道神识从神界的南方迅速覆盖而来，直接渗透到秦羽的脑海之中。

"秦羽兄，恭喜你成为神王。如果有时间的话，就到镜光城和我叙叙旧吧！"

"端木兄，过段时间，我会去镜光城拜访你的。"秦羽神识传音回道。

"哦？那我就在镜光城恭候秦羽兄了。"随即，端木玉便收回了神识。

秦羽跟端木玉私交很好。只是此刻，来恭贺秦羽成为神王的只有飞升者三大势力，端木玉是八大圣地阵营的，自然不好来凑热闹。

秦羽成为神王之事轰动了整个神界。

很久，神界才恢复了平静。

神界依旧和过去一样，八大圣地依旧被无数神人认定为至高之地，三大飞升者势力依旧震慑神界各方。

而秦羽自从成为神王后，再也没了任何动静，这点倒是让雷罚城的人很疑惑。


新宇宙新紫玄星的紫玄府之中。

秦羽和姜立并肩走在走廊上，秦羽时而将目光投向立儿的肚子。

"羽哥，你看什么呢？"立儿笑着问道。

"看我们的孩子啊！"秦羽傻乎乎地笑道。

立儿的脸上满是幸福的笑容，随即问道："羽哥，费费他前几年就离开新宇宙，回了神界，一直都没有回来，你知道他去干什么了吗？"

"我也不清楚，估计费费是无聊了，跑去神界玩了吧！修罗神王是费费的师尊，我们不必担心费费的安全。"秦羽倒是放心得很。

忽然，一道光芒从空中射了过来。

秦羽定睛一看，正是自己的三弟黑羽。

黑羽满脸喜色，刚落到地面，立即说道："大哥，死亡神王回来了。"

"回来了？"

秦羽当即心念一动，便和整个新宇宙融为一体，顿时知晓了新宇宙中发生的事。

不久之前，死亡神王炼化了一流鸿蒙灵宝万柳权杖，当时秦羽正陪着立儿呢！

"大哥，我们现在是不是可以去神界闯出一片天了？"黑羽说着，眼中有一丝难掩的兴奋。

秦羽看了看立儿，又看了看黑羽，笑道："嗯！我等的就是这一天。现在，我们可以向神界的人展示我们的实力了。"

在和姜澜、易风、左秋琳等人说了一声之后，秦羽便开始"建基"了。想要在神界立足，首先要有一处立足之地。

秦羽先前就选择在迷雾沼泽建造城池。

神界一处荒凉的山脉之中，身穿一袭黑色长袍的秦羽出现了。神界的城池很多，绝大多数城池所在的地方都很荒凉。

"要建造城池，所用的材料是极其重要的。我那新宇宙中如今只有凡人界大成，那里建筑的材质实在脆弱得很，根本无法跟神界的石头相比。"秦羽心中暗叹。

神界的石头比较坚硬，一般的神人想要劈碎石头，也是需要靠武器的。而凡人界的石头比较脆弱，随便一个神人挥手间便可以让一座山脉化为齑粉，这两个宇宙空间的石头根本不是一个层次的。

秦羽的新宇宙中没有那等珍贵的材料，他只能来神界取材料。

眼前的无名山脉绵延数十万里。在神界，如此巨大的山脉数不胜数，而山脉中都有不少妖兽生存。

"这座山脉的青矾石属于比较坚硬的矿石。"秦羽的新宇宙的空间之力一下子便覆盖了整座山脉。

秦羽心念一动，直接将山脉中的妖兽移到了山脉之外。

随即，他直接用庞大的空间之力包裹着整座山脉，直接将整座山脉弄进了新宇宙之中。就这样，绵延数十万里的巨大山脉就消失在了那些妖兽眼前，让那些妖兽目瞪口呆。

"这，这是怎么回事？"一条足足有百米长的黑色大蟒蛇口吐人言。

旁边的妖兽都摇摇头，显然都惊呆了。

秦羽刚才将原本分布在山脉各处的妖兽都移了出来，并且聚在了一处。平常难得见一面的妖兽齐聚在一起。

这些妖兽议论纷纷。

那条巨大的山脉可以算得上是它们的老巢。它们在这条山脉中生活了这么多年，不承想，这条山脉突然就消失了。

"能够移走一条绵延数十万里山脉的估计只有高高在上的神王了。那位神王大人能够饶我们一命，已经算很仁慈了。大家不要再浪费时间了，还是赶紧寻一个新住处吧！"一只九尾金色狐狸缓缓地说道。

随后，它便带头离开了。

对于这些妖兽而言，那条山脉消失了并不算多大的损失。

当即，它们都离开，去寻找新的住处了。


新宇宙。

无边无际的星空之中，有一条绵延数十万里的巨大山脉。不过和浩瀚的星空相比，这条山脉倒成了小不点了，秦羽正在这条山脉的前方。

"如果在神界，我要分解这条山脉，选出其中精纯的青矾石都要耗费很大的精力，不过在新宇宙中，却轻松得多。"

秦羽心念一动，眼前的巨大山脉直接四分五裂了。

无数碎石悬浮在半空中。

忽然，数颗陨石从远处疾速飞来。秦羽并没有在意，当那数颗陨石砸到这些碎石的时候，陨石直接碎裂开来，而这些石头并没有碎。

论坚硬程度，新宇宙中的陨石竟然比神界的石头还要差得多。

秦羽将那些乱石直接摒弃在一旁，只选择了青矾石。他是要建造一座城池，不是炼制一件兵器。如果是炼制一件兵器的话，他首先要去除杂质。不过现在不需要这么麻烦，他只需将一些乱石给除掉，只取青矾石就可以了。

　　"城池……"秦羽的脑海中当即浮现出了不少城池的样子。

　　比如尉迟城、炫金城、飘雪城，这些城池的结构大多很简单。

　　秦羽思考了一番，脑海中浮现出了一座城池的样子。

　　当秦羽的脑海中出现这座城池的时候，无数的青矾石自动地聚集起来。下一瞬，城墙、城门，一栋栋建筑形成了……

　　眨眼的工夫，整座城池就自动建造而成了。

　　偌大的一座城池悬浮在星空中。

　　秦羽双手结出一道手印诀——阵法乾坤。

　　只见整座城池的城墙和城池上方皆有一道光芒在闪烁。顿时，整座城池的坚硬程度一下子提升了。

　　"青矾石还真多，我建造了一座城池，竟然连一半青矾石都没用到。"秦羽看了看旁边剩下的那些青矾石，眼睛一亮。

　　迷雾沼泽中，无尽的迷雾弥漫着。

　　忽然，秦羽出现在迷雾之中。

　　秦羽的头顶上空出现了一个巨大的黑洞。那黑洞深不见底，而后无数的乱石从那个黑洞中飞出，直接砸落在秦羽下方的沼泽之中。

　　"周围数万里范围就足够了。"

　　那些乱石非常多，而迷雾沼泽不算深，很快，无边的迷雾沼泽的数万里区域都被乱石给填满了。

　　随后，一块块形状规则的青矾石缓缓地落下。

　　半晌，迷雾沼泽中出现了一条由青矾石铺成的路。

## 第586章
# 迷雾城

　　"嗡——"迷雾沼泽上空的空间一阵震颤，只见那座巨大的城池出现在半空。

　　随即，秦羽心念一动。

　　这座巨大的城池便从高空疾速落了下来。

　　城池落下来的速度非常快，可当它靠近青矾石地面的时候，降落的速度骤减。偌大一座城池如鹅毛一样轻轻地落在青矾石地面上。

　　"砰！"一道轻微的撞击声响起。

　　秦羽的脸上不由得浮现出了笑容。

　　这座城池便是自己这方势力的人的住处了。城池的范围达周围近万里区域，即使千万人也可轻易容纳。

　　巨大的城池四周皆被阵法乾坤给包围着。无论是内部的人，还是外部的人，都无法从其他地方飞进城池，唯有城门可以进出。

　　当然，如果拥有神王的实力，可以直接施展瞬移，进入城池之中。

　　这时，秦羽缓缓地降落到城门之外。他定定地看着城门上那空出的位置，陷入了沉思。按道理，这个位置应该写着城池的名字。

　　"这座城池叫什么名字呢？"秦羽沉思着。

　　突然，一道人影出现在秦羽的身旁，正是立儿。

　　"羽哥，"挺着大肚子的立儿看向秦羽，笑着问道，"你把我叫过来，到底是为什么？"

立儿说着，突然看到了旁边巨大的城池，惊喜地道："羽哥，这就是你建造出来的城池，我们未来在神界的立足之地？"

秦羽点点头，笑道："对！这就是我们日后居住的城池。对于我而言，建造城池是很容易的，麻烦的是，如何让神灵之气变得平稳。"

立儿点了点头。

在神界，除了那些自古就存在的原始城池外，其他城池的神灵之气都很是狂暴，如何让神灵之气变得平稳，便于神人吸收，这是最紧要的一件事情。

"羽哥，你不是很擅长做这种事吗？"立儿笑着说道。

秦羽笑笑。

要让一个区域的神灵之气变得平稳，其实有一个简单的办法，那就是布置出一个属于自己的空间，在自己的空间之内，让狂暴的神灵之气变得平稳，这并不是难事。

只不过，要布置出一个属于自己的空间，最起码要有神王的实力。而且，神王要长期维持一个空间是非常耗费精力的。而秦羽不同，秦羽只需布置出阵法空间，阵法空间可以自动吸收外界狂暴的神灵之气，而阵法空间内的能量是很平稳的。

"羽哥，你找我来干什么呢？你根本不需要我帮忙，难道你是想让我来看看你的杰作？"立儿笑着说道。

秦羽指了指城门上方的位置，道："你说这座城池起什么名字好呢？"

"名字？"立儿思忖了片刻，而后缓缓地说道，"不如依旧用'紫玄'二字。紫玄城？嗯……这个用得太频繁了。要不，通俗一点。这座城池处于迷雾沼泽的中央，就叫迷雾城吧！怎么样？"

"迷雾城？"秦羽心中默念。

而后，他对立儿笑道："这个名字虽然很简单，但是含义清楚、明了，就选它了。"

秦羽一挥袖，城门之上顿时出现了三个大字——迷雾城。

"羽哥，你……"立儿撇撇嘴，无奈地道，"你也太急了吧！我只是提了个建议，你怎么就定了，你再多想想啊！"

"你的建议非常好，我不需要再多想了。"秦羽笑着说道，"走，我们去城中走走。"

秦羽说完，牵过立儿的手，直接进入了迷雾城。

迷雾城中，数座古朴的建筑屹立着。虽然迷雾城的范围达周围近万里，但是秦羽根本没想招收很多人，在秦羽看来，兵在精，不在多。

他早就想过了，他建立一方势力后，不会掺和神界大战，争夺城池，自然不需要很多天神。至于巩固地位，自己这方的神王已然足够了。

"羽哥，整个迷雾城的上空、地底，以及四周的城墙都被你用阵法给保护起来了，唯有城门可以进出，那迷雾城内部的人可以飞多高呢？"立儿好奇地问道。

迷雾城的上空也有阵法，城池内的人如果无法飞得高一些，这也太压抑了吧！

"这点你不用担心。从外面看，阵法空间的高度只有数十米，可是内部有万里之高，这就是我的阵法空间的奇特之处。"秦羽笑着说道，"立儿，现在我们就将澜叔他们给叫过来吧。"

话音刚落，迷雾城上空出现了一座巨大的府邸，正是紫玄府。

紫玄府中的不少秦家子弟发现突然来到了一个新环境，不由得惊呼起来。

姜澜、左秋琳、易风三人当即施展瞬移，到了秦羽和立儿的身边。

而秦德、黑羽等人朝秦羽和立儿飞了过来。

迷雾城处于神界的迷雾沼泽，然而迷雾城也在阵法空间之中，对身处其中的人并没有什么压迫力。

姜澜面露喜色。

他环顾四面八方，点了点头，对秦羽笑道："小羽，这座城池很不错啊！你竟然都是用青矾石建造的，简直是浑然一体啊！"

姜澜忍不住赞叹。

秦羽是凭着自己对新宇宙的掌控，直接用青矾石建造出这座城池的，它自然是浑然一体的。

易风也满意地看着这座城池。

"秦羽，传送阵布置了吗？"左秋琳那沙哑的声音响起。

传送阵？

秦羽这时才想起，自己忘了布置极为重要的传送阵了。神界的人并不是都能如神王一般施展瞬移的，传送阵对于一座城池是非常重要的，否则那座城池就是一座孤城。

　　"布置传送阵之事不用着急，反正布置传送阵简单得很。"易风笑着说道。

　　布置传送阵的原理很简单，其实就是对空间法则的一种运用。只要修为达到神王境界，便可以轻松地布置传送阵了。

　　秦羽眉头一皱。

　　"澜叔、易风叔、左秋琳前辈，布置传送阵确实很简单，可是传送的目的地该选哪里呢？最好是定为神界的其他重要传送点吧？"秦羽发现了一个难题。

　　易风眉头一皱，道："神界传送阵最密集的地方便是八大圣地的传送阵集中处，那里的传送阵十分密集。我们只需布置出八个传送阵，分别通往八大圣地，就不必再布置其他阵法了。只是如果这样的话，难免有风险，八大圣地的人肯定会发现多出来的传送阵的目的地，他们会有什么反应呢？"

　　他们或许不会在意，任凭秦羽这方的势力发展，他们也有可能直接破坏秦羽这方的传送阵，甚至直接将秦羽这一方还未崛起的势力铲除。

　　秦羽猜测，除了雷罚城和飘雪城，其他六大圣地势力估计都不会白费力气来攻击自己。可是如果八大圣地势力联手破坏了自己布下的传送阵，那可就麻烦了。

　　"东极炫金山和南极镜光城应该不会破坏我布置的传送阵。"秦羽心中暗道。

　　这两方势力的首领和自己的关系都不错。

　　"我先在八大神族的地盘布置传送阵，看看八大神族的人是否会破坏传送阵，由此检验一下各方势力对我迷雾城的态度。"

　　"雷罚城！"秦羽仰头看着上空雷电环绕的城池。

　　而他的脚下有一个刚刚建立的传送阵。

　　"第八个传送阵建立成功了。现在八个传送阵都建立成功了，就看各方势力的反应了。"

　　而后，秦羽直接施展瞬移，回到了迷雾城。

　　回到迷雾城之后，秦羽直接将新宇宙的空间之力覆盖住整个神界，时刻注意着八大神族的动静。

八大神族的一举一动皆在秦羽的探察之中。

八大圣地的传送阵人来人往，大部分人根本不会注意到多出来一个传送阵。即使注意到了，也不会多管闲事。

御方是西极火焰山专门负责巡视传送阵的天神。

巡视传送阵的任务是很简单的，正常情况下，传送阵是不会出什么差错的。亿年以来，也没有多出一个传送阵或者少一个传送阵，故而巡视传送阵堪称悠闲的差事。

按照规矩，负责的人每天要来传送阵巡视，然而大多数巡视传送阵的天神都是十天半月才会巡视一次。

御方缓缓地降落在密集的传送阵前，随意扫了一眼，忽然愣住了。

"咦！怎么，怎么多出来一个传送阵？"

这么多年来，御方对于传送阵的数目和位置早就烂熟于心了。

御方的表情顿时变得严肃，道："能够布置出传送阵的最起码是神王。"

此事牵涉神王，这可就麻烦了。

御方眉头微皱，随后便步入了多出来的传送阵之中。

他消耗了一些神灵石，直接朝目的地赶去。

半晌，御方出现在迷雾城外。

御方看着眼前这座巨大的城池，再看看四周无尽的迷雾，很是惊讶。

当他看到城池的名字，瞳孔一缩："迷雾城？！我怎么从来没听说过有这么一座城池？这迷雾城的周围有这么多迷雾，难道这里就是迷雾沼泽？"

在神界，周围弥漫着无尽迷雾的唯有迷雾沼泽。

可是，这是他第一次看到迷雾沼泽中竟然还有城池。

御方看着远处的迷雾城，脸色一变，迷雾城的上空竟然还悬浮着一座府邸。

迷雾城中的秦羽微笑地看着这一幕。

时间渐渐流逝。

秦羽对于神界的八大神族的反应都弄清楚了。

"火焰山保持沉默，并没有破坏传送阵。"

"镜光城同样没有破坏传送阵，端木玉果然聪明。当他知道迷雾沼泽上空有一座悬浮的巨大府邸，便猜到那是紫玄府了。"

七大圣地的圣皇都没有派人破坏传送阵，当他们知道迷雾沼泽上空悬浮着一座府邸后，几乎都猜到了迷雾沼泽中突然出现的城池是秦羽建造的。

八大圣地中，唯有雷罚城的人当天便破坏了附近多出的传送阵。

"这雷罚城的速度挺快啊！不知道他们下一步要干什么。"秦羽微微一笑，当即收起了空间之力，去陪立儿了。

无论雷罚城下一步要做什么，他都丝毫不担心。

# 悍然来袭

雷罚城西北圣皇殿后方的园子中。

周霍端坐在椅子上，脸色很是难看。

那些天神侍女看到周霍的脸色，当即就猜出周霍的心情很差，于是都退下了。

空间一阵轻微的波动，周通突然出现在周霍的面前。

周通的脸上满是怒火，他对周霍说道："大哥，那座悬浮的府邸肯定是秦羽建造的。整个神界，除了秦羽，没有人拥有那么大的府邸，那座迷雾城肯定也是秦羽的。既然如此，你为何只派人破坏了一个传送阵，难道你咽得下这口气？"

周霍沉默不语。

"大哥！"周通急得脸都红了，"秦羽和我们雷罚城是敌对关系，整个神界有谁不知道？如果任由秦羽这方新势力崛起，岂不是相当于狠狠打了我们雷罚城一巴掌？无论如何，我们都不能放任秦羽继续下去啊！他若是成功地在神界站稳了脚跟，我们有何颜面啊！"

"二弟，那你觉得要如何做？"周霍看向周通。

周通怒气冲冲地道："很简单！摧毁迷雾城，杀了秦羽！我们雷罚城的四大神王一同出手，即使杀不了秦羽，也要摧毁迷雾城。秦羽如果没死，我们便让父亲大人出手，一次性解决秦羽，不能再任由秦羽逍遥下去。"

周霍沉默了，眉头皱了起来。

片刻，周霍凝视着周通，道："二弟，你说得有道理，秦羽若是在神界站稳脚跟，我雷罚城还有何颜面？现在是时候彻底解决秦羽了。"

听到周霍说的话，周通眼睛一亮。

"不过，此事还要跟三弟、周然说一声，最后再向父亲大人禀报。"周霍说道。

"三弟，周然，速速到圣皇殿。"周霍直接神识传音。

当雷罚城四大神王齐聚圣皇殿商量对付秦羽的事时，端木玉出现在迷雾沼泽上空的紫玄府中。

走廊上，秦羽和端木玉并肩缓缓地走着。

端木玉笑道："秦羽兄，我来这里之前，还担心你是否有足够的实力在神界站稳脚跟。到了紫玄府后，我便一点都不担心了。"

来到紫玄府中，端木玉见到了易风和左秋琳两位神王。

这两位神王实力极强，再加上秦羽和姜立这两位神王的实力，秦羽足以在神界立足了。

"秦羽兄，有个问题不知道当问不当问？"端木玉说着，神情变得凝重。

秦羽心中一动，道："端木兄尽管问。"

端木玉道："我来到迷雾城后，在迷雾城中发现了不少修为没有达到神人境界的修炼者。这些人都是秦羽兄的亲人吗？难道秦羽兄是专程施展瞬移到下界，将他们带到神界的？"

"嗯！可以这么说。大部分人都是我秦家的子弟，有些是和我有渊源的。"秦羽笑着说道。

新宇宙的秘密秦羽是不会随便告诉别人的。端木玉的为人秦羽还是很清楚的，秦羽相信端木玉，但是镜光城其他神王的为人秦羽就不敢保证了。

端木玉眉头一皱，道："秦羽兄，恕我不能苟同你的做法。我知道，你可能是想让你下界的亲人感受一下神界的生活，可是他们毕竟是下界的人，修为没有达到神人境界。如今，他们只能在你的迷雾城中生活，根本无法在神界自由自在地生活，你还不如让他们自在地生活在下界。"

"端木……"秦羽刚要说话，忽然脸色一变。

"端木兄，有人来找麻烦了，我先出去一下。"秦羽尴尬地笑了笑，随即便消失了。

　　"砰！"一道沉重的撞击声在天地间回荡着。

　　雷罚城四大神王凌空站立着。

　　刚才出手的周通看到迷雾城受了他一击，城墙竟然没有倒塌，只是微微震动了一下，这令他不由得露出了惊讶之色。

　　"阵法空间？！"刹那间，周霍就看出来了。

　　周无恋淡淡地道："大哥，让开，让我来摧毁迷雾城。"

　　话落，周无恋的手中出现了一把青色短刀。

　　"呼！"

　　周无恋短刀一抖，数道刀影朝迷雾城飞去，每一道刀影都蕴含着惊人的攻击力。

　　"嗖！"一道身穿青袍的人影突然出现了。

　　那数道刀影接连砍在青袍人影身上，下一瞬，刀影消散，青袍人影却毫发无损。

　　与此同时，一道黑袍人影出现在旁边。

　　"想毁我迷雾城，做梦！"秦羽目光冷厉，冷冷地道，"不宣战就进攻，直接采取偷袭手段，不愧是雷罚城一贯的作风。"

　　雷罚城的四大神王闻言，脸色变得难看起来。

　　周然怒喝道："秦羽，不用逞口舌之快，你一而再再而三羞辱我雷罚城，今日便是我们一雪前耻的日子。"

　　"哦？那得看你们有没有那本事了。"秦羽嗤笑道。

　　周霍冷笑一声，道："秦羽，休再狂妄！本想留你多活一些日子的，没想到你自己找死，竟然在神界建造了迷雾城。"

　　"那又如何？你们有什么手段尽管使出来！"秦羽不屑地道。

　　他心中却警戒起来。

　　这周霍看起来信心满满，特别是知道自己有破解冻结空间的神通后还如此有信心，那只有一个解释——雷罚城背后的雷罚天尊可能要出手了。

秦羽从来没见过天尊出手，对于天尊的实力，秦羽也不清楚。

不过秦羽知道，连修罗神王此等人物在天尊面前也毫无还手之力。一旦天尊出手，自己很可能只能仓皇逃命。

"立儿，快让所有人回到紫玄府中！"秦羽直接神识传音给立儿。

立儿此时知道事情的严重性，并没有说什么，直接召集所有人，带着他们从迷雾城回到了紫玄府。

秦羽的空间之力当即散开，一旦所有人回到紫玄府，他便将紫玄府送回到新宇宙之中。他相信他们只要都回到新宇宙之中，便不会有什么危险。

到了那时，他才可以毫无顾忌地和雷罚城的人大战一场。

"羽哥，除了几位神王，其他人都回到了紫玄府。"立儿神识传音回道。

秦羽脸上不由得露出了一丝笑容，他心念一动，紫玄府便直接被送回了新宇宙之中。

秦羽看向眼前的四大神王，冷冷地道："原本我只是想对付周显一人，可是你们雷罚城的人咄咄逼人，那就不能怪我了。"

话音刚落，秦羽的手中便出现了残雪神枪。

当看到秦羽手中的残雪神枪后，四大神王脸色大变。

"秦羽已经召唤出了分身，并且拿出了残雪神枪，看来他是要和我们拼命了。"周霍四人心中警惕起来。

在周霍四人看来，秦羽今日必死无疑，他们自然不愿意和秦羽拼命。

"动手！"周霍神识传音喝道。

可是周通、周无恋、周然三大神王还没来得及出手，就被从天而降的竹林给困住了。

这是易风神王的一流鸿蒙灵宝——万里江山！

下一瞬，易风、左秋琳、立儿三人出现在了秦羽的身旁。

易风面带微笑，对秦羽说道："秦羽，他们四人被我困在一流鸿蒙灵宝中，没有半盏茶的工夫，他们是逃不出来的。"

"好，我这就进去对付他们。"秦羽一闪身，当即进入了悬浮在空中的竹林之中。

易风立即神识传音道："秦羽，我助你一臂之力。"

立儿和左秋琳则在一旁看着，这个时候根本不需要她们出手。

竹林之中。

雷罚城的四大神王有些慌了，虽然周霍拥有镇族灵宝，但是要破开万里江山，也是需要时间的。

而这一段时间正是他们身处险境的时候。

"大伯，我们接下来该怎么办？"周然神识传音道。

此刻，周然心里很着急。

万里江山是一流鸿蒙灵宝，周然根本没有实力破开万里江山。四人之中，唯有周霍和周无恋勉强可以破开，两人联手的话，可以在短时间内破开，但是会耗费不少功力。

"周然，别担心，如果发现有人攻击，你施展瞬移即可。"周霍神识传音道，"这万里江山只有困人的功效，没有攻击的功效。虽然要破开万里江山比较难，但是我们四人都知道彼此所在的位置，我们四人联手对敌，秦羽想杀我们是不可能的。"

# 冻结

就在周霍神识传音的时候，一道青色气流忽然出现在周霍面前。

那道青色气流猛然化为一人，那人倏地踹出一脚，竟然使得万里江山这件一流鸿蒙灵宝一阵颤抖。要知道，一流鸿蒙灵宝所化的华莲分身的攻击力可是极为恐怖的。

不过，周霍还是有实力能抵挡的，然而——

"呼！"

周霍竟然放弃抵挡，直接施展瞬移逃开了。

"可惜……"秦羽本尊瞬间出现了。

刚才只要周霍和自己的华莲分身斗上一会儿，他的残雪神枪便会趁机袭向周霍的脑袋。

秦羽就是担心周霍会逃跑，才用攻击力比残雪神枪弱的华莲分身攻击他。没想到，周霍竟然还是逃走了。

"呼！"一道人影突然出现在秦羽身后。

与此同时，一道青色的刀影直接朝秦羽袭来，速度之快，让秦羽来不及抵挡。

此人正是手持青色短刀的周无恋。

秦羽发现偷袭自己的人是周无恋，心中顿时警惕起来。

周无恋是雷罚城四大神王中最让秦羽忌讳的。虽然周霍拥有镇族灵宝，似乎威胁更大，但是秦羽如今对于本源之力的感悟加深了，甚至其灵魂吸收了宇宙本源之力，根本不惧周霍。

可周无恋就不同了，据秦羽所知，周无恋使用的武器只是二流鸿蒙灵宝，但是个人的实力极强。

他为何会如此厉害呢？秦羽并不知道理由。

未知的才是最可怕的！

"呼！"一道青色刀光疾速朝秦羽袭来。

秦羽能够分辨得出，青色刀光周围的时间流速时而快了百万倍，时而又只快了数十倍，然而青色刀光的移动轨迹却并没有发生变化。

万里江山内部的竹子竟然无法阻挡住刀光的袭击。

"砰！"

刀光逼近秦羽的时候，猛然一划，使得那一处空间出现了一道整齐的刀痕。

幸亏他处于空间类一流鸿蒙灵宝之内，空间稳定性极强，就连其他一流鸿蒙灵宝也无法轻易破开。

秦羽直接施展瞬移，躲避开了。

当秦羽再一次出现时，他已经到了周无恋身后。秦羽毫不犹豫地将手中的残雪神枪疾速刺出，残雪神枪的枪杆上隐约有玄黄之气流转着，残雪神枪如出水蛟龙，携着杀气刺向周无恋。

残雪神枪的速度极快！

瞬移，出枪，时间加速，一切配合得极其完美。

"周无恋如果不想死的话，只能施展瞬移逃掉。"秦羽看着残雪神枪携着一往无前的威势刺向周无恋。

对于残雪神枪的杀伤力，秦羽有着绝对的信心。

这个时候——

"砰！"

秦羽周围的竹子竟然断裂开来，而后化成齑粉。秦羽的攻击力实在是太强了，甚至让万里江山受到了巨大的冲击。

"哦？"

周无恋注意到了朝自己袭来的残雪神枪，他手中的青色短刀陡然调转方向，竟然在残雪神枪刺到自己的身体之前，抵挡住了残雪神枪。

"咦？"秦羽脸色一变。

只听得两声极其微弱的撞击声，周无恋的青色短刀在残雪神枪的枪头敲了两下，残雪神枪便失了准头。

秦羽第一次见到竟然有人靠着以柔克刚的方式抵挡住了残雪神枪的攻击。

要做到这一步，并不是那么容易的，因为残雪神枪极其坚硬，其攻击力是非常恐怖的，由此可知周无恋的实力有多强。

周无恋的双眸如深潭般幽深，此刻却不禁浮现出惊讶之色。

他看了看秦羽的残雪神枪，点点头，道："秦羽，你手中的长枪的威力真的很大，刚才我的青色短刀和长枪只轻微地碰撞，我就感觉到了残雪神枪带来的压迫感。不过，一个人真正的实力包括很多方面，武器只是其中一部分而已。"

秦羽闻言，竟然笑了。

"周无恋，你这是在拖延时间吗？"秦羽笑着说道。

秦羽猜出了周无恋的目的。此刻周霍正在专心致志地破解万里江山，想带着其他三位神王逃出去，而周无恋就是特意来牵制秦羽的。经过刚才短暂的交手，周无恋已经知道自己无法正面对战秦羽，所以想要多说话来拖延时间。

"不错！"周无恋点点头，淡淡地道，"秦羽，我能感觉到你的实力很强，你对时间法则的领悟较深，你能使得时间加速达到极高的程度，你的天赋很高，我钦佩不已。不过，时间加速并不是越快越好的，有时候快慢结合的效果更好，这是数年来我修炼时积累的经验。就拿我来说，我能使得时间加速的功力并不深。然而，放眼整个神界，除了修罗神王，八大圣皇任何一人出手都不可能击杀我，即便他们拥有空间冻结的神通，这就是我的经验产生的效用。秦羽，你好好领悟吧！"

秦羽心中不由得冷笑起来。

周无恋说得有道理，但是对如今的自己根本没什么用。

秦羽看着周无恋，笑道："经验对于同级别的高手是有用的，可是对于实力极强的高手是没用的。你的经验再丰富，你也不是修罗神王的对手。一旦修罗神王施展出时间静止，你便只能任由他宰割，而且……"秦羽举起残雪神枪，笑着说道，

"刚才你也只是见识了残雪神枪的部分神通。好了，估计周霍很快就要破开万里江山了，在此之前，我们好好进行最后一战吧！"

"最后一战？"周无恋眉头一皱。

秦羽也不细说，笑着说道："出手吧！"

随即残雪神枪一抖，枪头幻化出数道光芒，数道光芒如群蟒出洞一般，疾速朝周无恋袭去。

"你们再坚持一会儿，我马上就能够破开万里江山封锁的空间了。"

看着悬浮的翠绿色竹子，周霍不断地引动镇族灵宝雷源灵珠的威力。

只见那悬浮在周霍头顶的雷源灵珠的光芒间或收缩，随即覆盖住更广的区域。

周围的竹子不断地被粉碎。

周霍的策略很简单，让周无恋和周通先牵制住秦羽，待他破开了万里江山的禁锢，四人回到神界后，他们可一起联手对付秦羽。

一回到神界，他们可以先攻击秦羽的迷雾城，对付秦羽，如若敌不过秦羽，他们可以直接施展瞬移逃回雷罚城，让雷罚天尊出马。

当初飘羽天尊有令，天尊山降临至新天尊诞生期间，雷罚天尊只能出手一次，不过在天尊山降临之前，雷罚天尊还是能杀了秦羽的。

"秦羽的运气怎么这么好，自己的实力强就算了，竟然还能请来数位神王帮忙。"周霍尽力破解着万里江山，心中暗道。

秦羽本尊和周无恋激烈对战，而秦羽的分身和周通打得难解难分，表面上看，秦羽的分身被周通给牵制住了，实则……

"如果我想要去对付周霍，岂是周通可以阻拦住的？"青袍"秦羽"心中暗道。

青袍"秦羽"如无敌的战神一般，拳脚所过之处，空间不禁微微颤动。

它只是使出了简单的攻击，威力却可怕得很。

周通吃力地抵挡着青袍"秦羽"的攻击。周通可以使得时间流动加速，青袍"秦羽"同样可以。

此外，青袍"秦羽"还拥有新宇宙的空间之力。

"砰！"

青袍"秦羽"直接施展瞬移出现在周通的上方，而后，直接一拳朝下方的周通猛然击出。

那一拳携着无尽的威压，让下方的周通心中一凛。

"怎么办？"周通脸上露出一丝苦笑，只得施展瞬移躲避开来。

雷武神王周通以勇武出名，他最喜欢和对手硬碰硬。他的肉身的防御力极强，可是遇到本身是一流鸿蒙灵宝的青袍"秦羽"，他引以为豪的极强防御力根本不敌。

"周通，看来你没什么本事，只会逃。"青袍"秦羽"身影顿住，没有继续攻击。

周通当即停止逃跑。

看到青袍"秦羽""不再出手，他顿时长舒一口气。

听到青袍"秦羽"所说，周通冷哼一声，道："秦羽分身，我和你可不是在切磋功力，而是生死相搏。我承认，我的防御力远不及你，我可没有那么傻，任由你袭击我，我当然要逃走了。你杀不了我，那是你没本事，少在那里说风凉话。"

"哦？你还有理了！"青袍"秦羽"笑着说道。

周通心中恼怒，脸涨得通红。

在神界，神王想要杀神王是非常难的，因为神王都可以施展瞬移。除非圣皇对上神王，圣皇可以冻结空间，令神王无法施展瞬移。当然修罗神王是例外，他可以轻易地杀了其他神王。

一般情况下，一位神王对战另一位神王，实力弱的神王想要保住性命，只能不断地瞬移逃避，这确实算是一种要赖的行为。因为敌不过对手，就利用神通想要逃走，的确有些不要脸。

周通心里也很无奈啊！

其实他并不是贪生怕死之人，只不过他有任务在身，那就是缠住秦羽的分身，在敌不过秦羽分身的情况下，也要想办法不依不饶地缠着对方，给周霍争取破开万里江山的时间。

四位神王中，周无恋和他负责缠住秦羽本尊和秦羽分身，周霍则负责破解万里江山，至于周然，他对时间法则一窍不通，面对可以使出时间加速的秦羽分身，根本无法抵挡片刻，估计他还没反应过来，就会被秦羽分身一拳给打个半死了。

"嗯？周霍要破开了。"青袍"秦羽"低声说道。

秦羽本尊和分身实则是一体的，分身的灵魂是秦羽的部分灵识结合魂体而形成的，青袍"秦羽"也能够感应到新宇宙空间之力探察出的一切。

此刻，它清楚地感应到，万里江山正处于崩溃之中。

"嗡——"空间不断地震动。

一根根竹子不断地爆裂开来，而后化为齑粉。

周通看到这一幕，脸上不由得露出了喜色。

"周通，你们出去之前，我先送给你一个礼物。"青袍"秦羽"淡淡地说道。

"什么？"周通看着青袍"秦羽"，忽然脸色一变。

只见青袍"秦羽"陡然化成一道青色的气体，这道青色的气体弥漫开来，而后靠近周通，片刻后，部分青色气体瞬间化为一条腿，疾速踢出一脚。

周通施展瞬移闪避开来。

刹那间，那条腿化为了青色气体。

周通感觉到了，只需几息工夫，空间就会完全崩溃，这个时候他得全身心地提防着青色气体。

"轰！"又有部分靠近周通的青色气体化为一个拳头，一下子便砸了过来。

周通再次施展瞬移躲避开来。

"砰！"周通感觉身体一阵疼痛，"不好。"

他直接施展瞬移逃离开去。

与此同时，万里江山禁锢的空间完全崩溃，负责牵制秦羽本尊的周无恋也施展瞬移逃出来了。

迷雾城上方的空中，秦羽、立儿、易风、左秋琳四人凌空站立着，而周霍等四位神王站在对面，脸色很不好看。

"二弟，你怎么样了？"周霍看向旁边脸色苍白的周通，关心地问道。

周通看起来很虚弱，他轻声道："没什么，我只是一时没注意，被秦羽分身给击中了，受了伤。没想到，秦羽分身不仅可以化为气流，还可以化为其他武器。"

"大哥。"周无恋看了周霍一眼，轻轻摇了摇头。

周霍明白自己三弟的意思，显然秦羽等人的实力太强了，他们想要摧毁迷雾城恐怕是不可能的。

周霍看了秦羽等人一眼，当即神识传音让其他三位神王一起走，看来只得让雷罚天尊出手了。

"雷罚城的各位，今天你们欲毁我迷雾城，杀我迷雾城的人，我自当礼尚往来。"秦羽冷冷地说道。

周霍四人暗自冷笑。

他们都期待着，雷罚天尊来对付秦羽的那一刻。

然而，接下来秦羽的所作所为让他们震惊了。

秦羽单手一指，大喝一声："空间冻结！"

顿时以迷雾城为中心，周围万里范围皆被冻结了。

他们根本无法施展瞬移。

周霍等人脸上的表情一下子都僵住了。

秦羽心中当即作决定："是时候了结了。"

## 第589章
# 神王殒命

"这……这是……不可能……不可能……"周霍的脸色一下子变得惨白。

此刻，周围的空间已经被冻结了，没有丝毫波动，然而周霍仍无法接受。

就连周无恋如此冷静的人，他的眼中也有骇然之色。

"父亲，这，这是空间冻结？"周然站在周无恋的身旁，整个人都震惊了。

"秦羽……"左秋琳看向秦羽，一时间说不出话来了。

当秦羽施展出空间冻结这一招的时候，在场除了事先知道的立儿，其他人都被震惊了。

神王之中，只有八位圣皇能够施展出空间冻结。

圣皇之所以地位尊贵，是因为他们拥有空间冻结这项让其他神王害怕的神通。数年来，八大圣皇可以通过镇族灵宝间接冻结空间。正是因为这神通，他们才成了神王中的强者，就连修罗神王也无法施展出空间冻结的神通。

这么多年来，所有神王心中都认定了，只有八大圣皇才能施展出空间冻结。

可是此刻，秦羽竟然施展出了空间冻结。

"你们准备好了吗？"秦羽的脸上露出一丝冷酷的笑容。

他单手一伸，残雪神枪便出现在他的手中。

周霍的脸色阴沉，狠狠地盯着秦羽，冷冷地笑道："秦羽，我承认，你的实力确实很强。然而，即便你施展出了空间冻结，也只是让我们无法施展瞬移罢了，难道你以为你能杀了我们？"

即使不能施展瞬移，周霍等四位神王的速度和攻击力都是很强的。

秦羽要杀这四位神王也不是简单的事情。

"而且……"周霍的神识散开，不一会儿，便抵达了雷罚城。

周霍的神识直接进入了自己的父亲雷罚天尊的住处。

"有时候，结局是出乎意料的。"周霍说着，脸上浮现一抹淡笑。

周无恋、周然、周通三人因为秦羽施展出了空间冻结而震惊了。此刻，听到周霍的话，他们才回过神来。

他们背后还有雷罚天尊撑腰呢！

雷罚天尊一出手，即便是修罗神王也抵挡不住！

"真嚣张！秦羽，这个西北圣皇交给我来对付。"一道沙哑的声音响起。

与此同时，左秋琳疾速飞了过来。

秦羽伸手拦住左秋琳，笑道："左秋琳前辈，我一人足以对付他们四人！"

"狂妄！"周霍和周通几乎同时大喝道。

周然、周无恋不由得冷哼一声。

冻结空间只是让他们无法施展瞬移罢了，他们还是可以飞行的。

秦羽想要杀了他们四人，简直是做梦。


雷罚城。

幽静的院子中，身穿紫袍的银发老者沉着脸，负手而立，定定地看着东方。

"空间冻结？！秦羽果然很了不得啊！"雷罚天尊眉毛一挑，低声说道。

他眉心部位的红痣顿时一亮。

半晌——

雷罚天尊轻声说道："魇儿，你们四个速速离开空间冻结的区域，片刻后，那迷雾城周围的十万里区域将成为灰烬。"

雷罚天尊说话的声音在周霍四人的耳边响起。

"嗯？发生了什么？"秦羽莫名心头一紧。

他察觉出了不对劲，却一时间无法弄清楚。

此刻秦羽还不知道，雷罚天尊施展了空间法则和时间法则相结合的神通，将自己的声音传到了周霍四人的耳边。

"二弟、三弟、然儿，我们先离开吧！"周霍眼中浮现一抹喜色。

"哼！看秦羽还敢嚣张，他很快就要死了。"周通对秦羽很是怨恨。

刚才雷罚天尊的声音传到了他们的耳边。显然，雷罚天尊决定出手了，他要使得迷雾城周围十万里区域皆化为灰烬。

翻手间，便可使得天地崩塌，这便是天尊的实力。

神王面对天尊也是不堪一击的。

雷罚天尊既然决定出手，要将迷雾城周围十万里区域全部毁掉，那绝对不会食言。

"走！"

周霍、周无恋、周通、周然四人化为四道流光，直接朝西方飞去。

"秦羽，你想杀我们，做梦！"周通蕴含怒意的大笑声响彻天地。

随即——

"小羽，"姜澜从迷雾城中飞了出来，连忙说道，"快追！"

话音刚落，姜澜欲要追上去。

秦羽对姜澜微微一笑，道："澜叔，不要着急。"

"不急？难道你的飞行速度比他们快很多？区区万里区域，他们很快就能飞出去了。"姜澜急切地道。

秦羽看了看远处已经快要消失的四人的背影。

"定！"秦羽轻声说道。

只见周通、周然、周霍、周无恋四人竟然在半空中停住了，根本无法再移动一步。

看到这一幕，左秋琳、易风、姜澜都震惊了。

"时间静止？！"姜澜等人惊讶地看向秦羽。

这一幕和时间静止非常像，时间静止也是让所有人都无法移动。

"澜叔，你忘了，我施展空间冻结时冻结的不过是神界的空间之力罢了。"秦羽刚刚说完，便直接施展瞬移，而后消失了。

姜澜、左秋琳、易风沉默片刻，而后才反应过来。

秦羽说得没错，他运用空间之力来攻击，威力是非常大的。然而神王都会施展瞬移，用空间之力来攻击神王根本没什么用，而现在他施展出了空间冻结，神王们就没法施展瞬移了。

秦羽施展空间冻结时，冻结的是神界的空间之力，新宇宙的空间之力却不受任何影响，秦羽同样可以用新宇宙的空间之力压迫四位神王。这四位神王的实力虽然很强，但是他们无法施展瞬移，又面对新宇宙的空间之力的压迫，根本抵挡不住。

"不好！"雷罚天尊脸色一变。

他也没有弄明白，在那种情况下，秦羽为何还能施展瞬移，不过他知道如果他再不出手，他的孩子们就要丧命了。

"哼！管你是什么天才，去死吧！"雷罚天尊眉心的红痣越发耀眼。

他单手劈出一掌，轻声说道："一气八元！"

当初六大圣皇联手对付秦羽时，使出的最强攻击是一气六元。即使八大圣皇联手，使出的最强攻击也只是一气八元，而天尊一人却能够轻易地施展出一气八元。

当初，六大圣皇同时冻结了空间，在一气六元的攻击下，冻结的空间都震颤了。

按照雷罚天尊的想法，他使出一气八元，破开冻结的空间，杀了秦羽，是轻而易举的。

那边，秦羽施展瞬移出现在雷罚城四位神王的面前。

"你，你怎么还可以使用空间之力？！"周霍难以置信地道。

其他三位神王眼中满是震惊、愤怒、无奈。

这四人都被空间之力压迫住了，他们心里都很清楚，这不是时间静止，而是空间压迫。

可是，空间明明被冻结了，秦羽怎么能使出空间之力呢？

"别想了，你们想不通的。我这就送你们一程，从今天起，雷罚城再也没有神王了。"秦羽说着，手中的残雪神枪直接朝周通刺去。

看起来，他只是简单地刺出一枪，速度也不快。

如果是过去，周通有很多种可以躲避的方法，然而此刻周通被空间之力压迫住了，根本无法移动，只能眼睁睁地看着长枪刺向自己。

"砰！"一道巨大的轰鸣声响起。

那巨大的迷雾城竟然有着恐怖的能量波动，刹那间，整座迷雾城就化成了一片废墟。

秦羽的本源之力当即朝四周八方弥漫开来。

秦羽清楚地感觉到，就连冻结的空间都不禁震颤起来。

"嗯？"

秦羽手中的残雪长枪继续刺出，同时立即调动空间之力压迫过去。

"雷罚天尊的攻击威力好大啊，他应该是想要毁掉迷雾城，并且破坏我冻结的空间，可惜，他失算了。"

"哧——"

残雪神枪直接刺入了周通的胸膛，数道劲气直接从枪头迸发而出，而后冲入周通的脑海，将周通的灵魂元婴直接绞碎。

与此同时，周通的真灵也被绞碎了。

"二弟！"

"二哥！"

"二伯！"

周霍、周无恋、周然都惊叫起来。

"秦羽，我们雷罚城和你势不两立！"周霍愤怒地大喊道。

"哼！我们不是早就结下仇怨了吗？"秦羽笑着说道。

周霍眼中杀意更盛。

"父亲！"周霍心中呼唤着。

他不明白，他的父亲雷罚天尊为什么没有杀死秦羽，救他们呢？

秦羽手持残雪神枪，直接飞到了周无恋的旁边，笑着说道："你们是不是很疑惑，雷罚天尊为什么没有救你们？"

周无恋三人闻言，脸色一变。

"可惜，我不会告诉你们的。"

秦羽说完，再次刺出一枪。

"不可能，即使七位圣皇联手将空间冻结，也抵挡不住一气八元。唯有八位圣皇同时出手，并集结八大本源之力冻结空间，空间冻结的程度才能达到最大。秦羽难道可以控制八种本源之力？"雷罚天尊心中暗道。

　　他失算了。原本他以为施展出一气八元必胜无疑，然而并没有破掉秦羽的冻结空间。

　　"通儿，爹会为你报仇的。"雷罚天尊恨恨地说道。

　　他的一次失算，间接导致一个儿子丧了命，他恨自己，更恨秦羽。

　　想到这儿，雷罚天尊直接拿出了自己的最强武器——天尊灵宝原罪剑。

　　一把足有手掌宽的巨剑出现在雷罚天尊的手中。

　　雷罚天尊一挥巨剑，空间只是轻微地震动，随即没了动静。

　　面对朝自己刺来的长枪，周无恋的脸上竟然浮现了解脱的笑容："死就死吧，我不必再受罪了。只是，我永远都等不到蜡烛燃尽的那一天了……"

　　"砰！"忽然，周无恋的身体发出了一种恐怖的波动。

　　他竟然自爆了！

　　秦羽本身的防御力是远不及分身的，他可不敢承受神王自爆产生的攻击力。

　　他当即施展瞬移退了开来。

　　"不好！"秦羽脸色大变。

　　"哧——"

　　如同刀子割破纸张一般，一道剑气竟然疾速割开了冻结的空间，冻结的空间不断地崩溃着。

　　"好恐怖的攻击力！"秦羽心中很是震惊。

　　他的灵魂融合了八大本源之力，使得冻结空间的稳定性达到了极限。

　　然而，对方竟然轻易使得冻结空间崩溃了。

　　而且，那道剑气正朝秦羽袭击而来。剑气在切割着冻结空间的同时，不断地被削弱着。

　　"散！"

　　秦羽并没有退开，而是不断地鼓动新宇宙的空间之力去抵挡剑气。在此过程中，剑气在不断地削弱着。

这道剑气在切割了冻结的空间和消耗了秦羽大量的空间之力后，终于彻底崩溃了。

秦羽心中惊叹，那道剑气的攻击力竟然如此恐怖！

秦羽敢肯定，那道剑气的攻击力比自己的残雪神枪的攻击力还要强。他不明白的是，这是因为使用武器的人是天尊，还是因为对方使用的是天尊灵宝。

"父亲！"周然痛苦地大叫。

他的父亲周无恋刚刚自爆身亡了。

"快走！"周霍一把抓着周然，直接施展瞬移逃走了。

这个时候还不跑的话，他们必死无疑。

这一次，雷罚城有两位神王殒身了，这是雷罚城前所未有的损失。

秦羽成了雷罚城的人的梦魇。

"雷罚天尊？！"

秦羽心念一动，当即将立儿、姜澜、左秋琳、易风等人收进了新宇宙之中。

"看来，我得先感受一下雷罚天尊的实力，再作打算。"秦羽心中暗道。

他并不惧怕雷罚天尊，甚至对即将和雷罚天尊大战有些期待。


雷罚城。

"魔儿！"雷罚天尊悲痛万分。

他最喜欢的三儿子竟然死了！

"秦羽！"雷罚天尊恨恨地道。

同时，他手持原罪剑欲要出手。

这个时候——

"轰隆隆——"

天地震动，红云满天，金光照亮天地，一道惊天动地的轰鸣声响起。

这一刻，神界的人都抬头看天。

只见一座巨大的山峰从红云之上缓缓地降落下来。

"师弟，按照规则，天尊山降临到新天尊诞生的期间，你只有一次出手的机会。而你早已承诺将那次出手的机会给姜梵，如今天尊山已然降临，如若你现在出手对付秦羽，便是违反规则。如此一来，我只能代师尊执行天规，直接杀了你！"

一道人影出现在雷罚天尊的面前。

紧接着，人影渐渐变得清晰，正是秦羽在山海宫见过的那个银发年轻人。他的后脑勺长着三个黑色长角。

雷罚天尊见到来人，脸色大变，当即躬身行礼："大师兄！"

飘羽天尊扫了雷罚天尊一眼，冷冷地道："师弟，你知道的，每隔六千万亿年，天尊山降临一次，师尊一向很看重你，希望你不要让师尊不高兴。"

"是！多谢大师兄教诲，我明白。"雷罚天尊连忙说道。

旋即，飘羽天尊背对着雷罚天尊，淡淡地说道："你明白就好。当年师尊选择了你，你才有幸成了天尊，你应该有身为天尊的觉悟。"

"大师兄教训得是！"雷罚天尊连忙应道。

# 降临

平日里，三大天尊很少待在神界，大多数时候，他们隐藏身份，在下界的宇宙空间中过着平凡的生活，自然留下了不少后代。

"你好自为之吧！"飘羽天尊说完，便消失了。

待得飘羽天尊离开，雷罚天尊才直起腰来，低叹一口气，道："我最喜欢的魔儿啊！"

周通死的时候，雷罚天尊心中并没有这么悲痛，他只是觉得自己的威严受到了侵犯，心中很生气而已。

可是周无恋死的时候，他感觉心中缺了一块，整个人差点抓狂。

"我要报仇吗？"雷罚天尊眉头紧皱，眉心的红痣一阵震颤。

他真的非常想报仇，可是一想到刚才飘羽天尊说的话，便不由得打了个寒战，当即放弃了报仇的计划。

"在师尊眼中，我和三师弟不过是工具而已，唯有大师兄才是他真正的徒弟。"雷罚天尊一想到自己师尊的手段，心头便一阵发凉。

他的师尊实力极强，简直超乎他的想象。

他毫不怀疑，他师尊心念一动，就能要了他的性命，他和他的师尊的修为根本不是一个级别的。他之所以能成为天尊，不过是运气好罢了。他被师尊选中，并被传授了空间法则和时间法则，从而幸运地成了天尊。

他的师尊能够传授空间法则和时间法则给他，也能够瞬间剥夺。

雷罚天尊心里明白，他的师尊是无可匹敌的。

"师尊把所有事情都交给大师兄处理。这么多年来，师尊召见我和三师弟的次数屈指可数。"雷罚天尊想到这里，心中黯然。

飘羽天尊可以随时去见师尊，而他数亿年来才见过师尊几次，还是发生了重大事情的缘故。若无师尊的允许，他根本不知道去哪里见师尊，其地位一目了然。

此外，飘羽天尊拥有灭杀其他天尊的权力，整个宇宙的管理之责都在飘羽天尊的身上。当初，师尊宣布飘羽天尊拥有灭了其他天尊的权力，从那天起，雷罚天尊就不敢对飘羽天尊不敬。

"不过，魔儿的仇不能不报。如今我只能忍耐，等到新天尊诞生后，再伺机杀了秦羽。"

雷罚天尊心中当即做了决定。

金光普照，那令人震颤的声音在天地之间回荡着。

神界的人依旧抬头望着，那巨大的山峰以非常缓慢的速度降临着。

这座山峰的底座极宽，约莫能覆盖周围近百万里。如此巨大的山峰，神界的任何一个圣地都远远不及。

整个神界的天空都布满了红云，巨大的山峰原本在红云之上，此时依旧在缓缓地降落着。估计没有数日工夫，山峰是无法穿出红云范围的。

这一幕令人震惊！

东海广阔的海域之中，微微起伏的海面忽然出现了一条通道，海水自然分开来了，一道人影从中走了出来，这是一个有着赤红色长发的壮硕男子。

男子仰头看天，当即朗声大笑起来。

"天尊山？！哈哈！天尊山终于降临了！不过，和上次相比，这次的天尊山的颜色倒是变了。过去，天尊山通体呈蓝色，如今竟然变成了绿色，之前的蓝云也变成了红云。我倒是很喜欢红色，看来，我这次有望成为新天尊。"

六千万亿年前，他便隐世了。如今，天尊山再次降临，一心追求修炼终极之道的他再次出场了。

能够修炼到神王境界的人几乎都对修炼终极之道心怀期待。若是对终极之道没有渴望，他们是很难修炼到神王境界的。

上一次天尊山降临时，八大圣皇都没有得利，反而是毫不起眼的逍遥神王最后获得了胜利。逍遥神王算不得是厉害的神王，只是因为最后得了飘羽天尊的帮助，才一举成了天尊。

正是因为逍遥天尊的诞生，才使得更多实力较弱的神王有了期待。

"天尊山降临后，可不是谁的实力强，谁就能成为天尊，如果那样的话，还用争夺什么？逍遥神王能成为天尊，我说不定也能成为天尊。"

只见一道身影从神界的一座荒山中飞出，而后直接施展瞬移消失了。

所有神王几乎都动心了。

天尊山降临，大家都有机会能成为新天尊。实力固然重要，却不能代表一切。


修罗海的上空，四人凌空站立着，一人站在最前面，三人站在后面。

负手站在最前方的是一身白衣的修罗神王罗凡，罗凡的脸上有着一抹淡淡的笑容，而他的目光停留在天尊山。

罗凡身后的三人分别是银色长袍男子、灰衣男子，以及一个冷艳的美女，这三人正是修罗海的另外三位神王——安寻神王、孙炼神王、柳莲神王。

"小安、孙炼、小莲，虽然这一次的天尊之位我势在必得，但是其他神王也都有机会成为神王，你们要帮帮我。"罗凡淡淡地说道。

当天尊山降临时，所谓的盟友没有几个人是可信的，因为几乎所有神王都想当天尊。若是找盟友帮忙是要很慎重的，否则一不小心就可能被人给害了。

六千万亿年前，殒命的神王太多了。

"大哥，你放心。"安寻环顾四周，冷冷地道，"这次没有人可以阻拦你成为新天尊。"

"是的！大哥！"旁边的柳莲点点头。

孙炼也点点头。

罗凡眼睛一亮，点点头，道："好！感谢的话我就不说了。小安、孙炼、小莲，待到天尊山停止降落，我们便疾速赶过去。"

"是，大哥！"

安寻、孙炼、柳莲都点点头。


迷雾沼泽之中。

迷雾城被雷罚天尊给毁灭了，如今，一座和迷雾城几乎一模一样的城池出现了。

对于秦羽而言，建造一座城池是非常容易的事。

迷雾城城墙之上，秦羽和立儿手牵着手站立着，感受着微风的吹拂。

"秦羽，如今迷雾城的地位巩固了，天尊山也降临了，我要告辞了。天尊之位对于我的吸引力是很大的。"左秋琳沙哑的声音响起。

秦羽和立儿都朝左秋琳看去。

秦羽淡淡一笑，道："左秋琳前辈，你去吧！这一次天尊山降临，想要成为天尊的神王很多，你要小心啊！"

秦羽的新宇宙的空间之力时刻散开着，他对神界发生的事情还是很清楚的。

左秋琳心中顿时松了一口气。

虽然她不惧秦羽，但是她收了秦羽的一流鸿蒙灵宝，如果她没得到秦羽的同意就离开，她是很不好意思的。

"那告辞了！"左秋琳没有多说，直接施展瞬移，而后就消失了。

## 第591章
# 地位

"羽哥，你想要成为天尊吗？"立儿挺着肚子，仰头看着秦羽。

"那你想成为天尊吗？"秦羽看着立儿。

立儿思忖片刻，而后说道："说实话，我对成为天尊是有点期待的。毕竟天尊是神界至高无上的存在。"

"至高无上的存在？"秦羽有些不信。

神界这个宇宙早就完善了，在神界的人的眼中，天尊就是至高无上的存在。如果天尊真是至高无上的存在，那开创出神界这个宇宙的主人又是什么样的存在呢？

"羽哥，你还没说你想不想成为天尊呢？"立儿再次问道。

秦羽笑着说道："其实，我并没有太大的野心。我的实力足以保护我爱的人，那就足够了，如今我已经做到了。"

秦羽说着，脸上露出一丝幸福的笑容："如今，我们在神界立足了，没人敢招惹我们。我杀了雷罚城的两位神王，此事震慑了很多人，我想要的效果已经达到了……"

"我的亲人可以过自己想要的生活，我可以和你在一起，不被任何人打扰，在这里静静地等着我们的孩子出生，我已经很满足了。"秦羽缓缓地说道。

立儿听到这话，心里很是感动。

她不由得紧紧地依偎在秦羽怀中。

秦羽抚摸着立儿的秀发，脸上露出幸福的笑容。

此时，只有微风轻轻吹拂着。

这几天，整个神界都被金光照耀着。无论是白昼之光还是黑暗夜幕，在金光的照耀之下，都失去了应有的作用。

那悬浮的天尊山依旧缓慢地降落着。几天过去了，天尊山的山峰才刚刚离开云层。


紫玄府。

秦羽、黑羽、立儿、白灵四人正聚在一起喝茶、聊天。

"秦羽。"易风从旁边走了过来。

姜澜跟着易风走了过来。

"易风叔，澜叔。"秦羽连忙站起身来，立儿、黑羽、白灵也站起身来。

易风连连摆手，道："我来只是想和你说一声，我准备去天尊山看看，我的心中已经没有什么牵挂了，如今也只有天尊之位能够让我心动了。"

秦羽点点头。

他明白易风的心思。

"澜叔，你也要去天尊山吗？"秦羽看向澜叔。

姜澜点点头，笑道："小羽，如今你的实力很强，放眼整个神界，没有几人是你的对手了，我也就放心了。此次天尊山降临，我也想去看看，说不定能够遇到一些很久没见的老朋友呢！"

秦羽点点头。

"小羽，我知道你对天尊山可能并不感兴趣。不过，天尊山降临是难得一见的，我建议你也去看看，天尊山是非常奇特的。"姜澜临走之前，对秦羽说道。

秦羽不由得心中一动。

天尊山真的如此神奇？

天尊山降临，那是谁在背后操控呢？是天尊吗？

秦羽不太确定。毕竟天尊山降临代表着成为天尊的机遇，一般的天尊估计操控不了天尊山。

"难道是神界这个宇宙的主人？"秦羽眼睛一亮。

"小羽，我们就先出发了，你们好好保重。"

姜澜、易风对秦羽等人微微一笑，随即便离去了。

姜澜和易风离开后，秦羽依旧沉浸在自己的思绪之中。如果天尊山真的是神界这个宇宙的主人操控的，那去天尊山看一看确实很有必要。

"去天尊山看一看也不错。"秦羽心中当即下了决定。

"立儿，我们也去天尊山看看吧？"秦羽对立儿说道。

立儿一听，很是惊讶，问道："羽哥，你怎么改变主意了呢？"

"天尊山？！"旁边的黑羽、白灵闻言，眼睛一亮。

黑羽当即说道："大哥，天尊山到底有何神秘之处？我们能跟着去看看吗？"

秦羽摇摇头，道："小黑，天尊山到底有什么神奇之处，我也不清楚。对于天尊山，我知道得非常少。在此之前，我根本没打算去天尊山，所以也没有问澜叔他们有关天尊山的事。我只知道一点，只有神王可以进入天尊山，其他人是不可以进去的。还有，现在天尊山周围已经聚集了不少神王。小黑，你的实力虽然很强，但是要比那些神王弱一些，你若也去天尊山，那是很危险的，所以你还是不去为好。如果你真的想要见识见识天尊山，在远处看看就可以了，不要靠近天尊山。"秦羽叮嘱道。

黑羽点点头。

他已经领悟了时间加速法则，再加上秦羽为他炼制出的威力堪比八大圣皇镇族灵宝的流光长枪，他的攻击力比一般的神王都要强一些，但是他现在无法施展瞬移，面对实力较强的神王时，他会很吃亏的。

不过黑羽倒是不着急，他知道自己的修炼速度已经很快了。更何况，如今秦羽独自一人便可以震慑神界的各方势力。

如今，秦羽的实力和修罗神王不相上下。他将空间冻结和新宇宙的空间之力结合起来使用，威力绝对不小于修罗神王的时间静止。

过去修罗神王令八大圣皇忌惮不已，如今令八大圣皇忌惮的神王又多了一位，那就是秦羽。

秦羽和立儿在修罗海的上空飞行着。

天尊山的正下方正是修罗海，不过修罗海的范围要比天尊山大得多。天尊山如果降落到修罗海海面，大概会在修罗海海面的偏西位置。

此刻，天尊山距离修罗海海面约莫万米距离。

整座天尊山散发出刺眼的赤红色光芒，若仔细观察的话，会发现赤红色光芒的背后隐约有青色、绿色等其他颜色。

此刻，天尊山的周围聚集了四十多位神王。

这些神王有来自八大神族的，也有来自飞升者势力的，还有一些是隐世神王。这么多神王聚集于此，就是为了天尊山。

奇怪的是，这四十多位神王竟然都聚集在同一片区域当中。

"这里竟然有这么多隐世神王，他们隐藏得可真是够深的。隐世神王加上飞升者三大势力的神王，人数足以和我们八大神族的神王人数相比。"西极圣皇申屠阎低声说道。

站在他旁边的是南极圣皇端木云。

端木云点点头，道："飞升者的潜力实在是太大了，而且，飞升者的人口基数大，遍布各界。虽然天才出现的概率很小，但是人口基数大，还是会有天才人物出现的。时间越长，飞升者势力中的神王就越多。而我们八大神族血脉微弱，子弟的天赋不高。"

"说到天才，那秦羽堪称天才人物啊！"申屠阎不由得感叹道。

先前秦羽和雷罚城四位神王大战的动静实在是太大了。

绝大多数神王都靠着神识探察到了那一场战斗。

秦羽竟然可以施展出空间冻结，并能够轻易地让雷罚城的四位神王无法移动，最后还连杀两位神王。若不是一个超级高手暗地里出手，雷罚城的四位神王恐怕都丧命了。

秦羽的实力实在是太强了。

观战的神王都心惊胆战。

秦羽仅仅只是施展出空间冻结，就让他们心惊胆战了。实际上，秦羽是在施展空间冻结的基础上，还施展出了类似时间静止的神通，定住了雷罚城的四位神王。如此情况下，秦羽要杀雷罚城的四位神王简直是轻而易举。

观战的神王并不知道秦羽新宇宙的空间之力的存在，自然不知道秦羽其实施展了两种神通。

在他们看来，秦羽就如修罗神王一般，也是一个超越八大圣皇的存在。

"申屠兄，你看！"端木云看向东方，只见一对年轻男女朝这边飞来。

"秦羽，姜立。"申屠阁看到这一幕，心中一惊。

雷罚城的四位神王背后有雷罚天尊撑腰，秦羽却丝毫不惧，杀了其中两位神王，那秦羽有谁不敢杀？

"我儿子跟我说过，秦羽为人和善，不是冷酷、暴虐之人。他和我们没有仇怨，应该对我们敌意不大，我们过去打个招呼。"申屠阁对端木云说道。

端木云点点头。

秦羽牵着立儿的手慢慢地朝天尊山靠近，越是靠近天尊山，秦羽越清楚地感觉到天尊山散发出来的压迫气息。

当秦羽看到天尊山表面有赤红色光芒在闪烁时，不由得脸色一变："好恐怖的气息。"

秦羽当即分辨出，离天尊山山体表面大概数十米的位置笼罩着一层赤红色的隔断，这层赤红色的隔断将整座天尊山完全包裹住了。

乍一看，他们还以为天尊山本身就是赤红色的呢！

"在下东海珐蓝，见过秦羽神王、姜立神王。"一个蓝发中年人恭敬地道。

"在下西海麻阗。在西海的时候，多次听说秦羽神王夫妇的大名，如今得见，荣幸之至！"一个笑容可掬的老头也恭敬地行礼。

"不知秦羽神王可还记得我？"一道清脆的声音响起。

只见百花神王皇甫留香飞了过来。

一位又一位神王都飞了过来，朝秦羽夫妇热情地打招呼。无论是八大神族的神王，抑或是隐世的神王，都对秦羽夫妇很是热情。

大部分神王的态度都很谦恭。就连西极圣皇、西南圣皇等人也是如此，他们说话之前都要再三斟酌，唯恐说错话，破坏彼此的关系。

如此待遇，就连八大圣皇也没享受过。在此之前，只有修罗神王受到了几乎所有神王的热烈欢迎。

当神王们打完招呼离开，立儿对秦羽说道："羽哥，他们好像有些怕你呢！"

"嗯！他们不只怕我，怕是对修罗神王也是如此。这些神王之所以来这里，就是为了争夺成为天尊的机遇，他们怕得罪我后，我会对他们下毒手。"秦羽猜出了那些人的心思。

平日里，隐世神王不把任何人放在眼里。如今，他们来了修罗海，自然要和修罗神王、秦羽这两个超级高手拉好关系。

"秦羽。"一道熟悉的声音响起。

秦羽转头看去，只见修罗神王带着修罗海的三位神王飞了过来。

"原本，我还想出手助你一臂之力。现在看来，你的实力和我不相上下，根本不需要我帮忙。秦羽，你藏得可够深的。"修罗神王笑着说道。

这时，左秋琳、姜澜、易风三人从远处飞了过来。

"修罗神王！"三人对修罗神王点点头，算是打了招呼。

而后，他们都笑着看向秦羽和立儿。秦羽和立儿也来了，这让他们很开心。

"澜叔，天尊山表面的红色隔断是什么？我感觉到，那红色隔断的气息非常恐怖。整座天尊山都被红色隔断覆盖住了，我们该怎么进去呢？"一番寒暄后，秦羽直接问道。

"还是我来说吧！"修罗神王笑着说道，"这一次的天尊山的构造和上一次的天尊山的构造很相似，这红色隔断应该就是神王囚笼。"

"神王囚笼？！"秦羽心中一凛。

"神王囚笼的特性我待会儿再告诉你。至于如何进入天尊山，你根本不需要担心。虽然现在天尊山被神王囚笼包裹着，但是待天尊山停止降落时，便会出现一条非常特殊的通道——浮雕通道。"修罗神王侃侃而谈。

浮雕通道？！

秦羽的新宇宙的空间之力一下子便覆盖住了整座天尊山，天尊山的山体表面数十米的位置都被红色隔断覆盖了，浮雕通道在何处呢？

## 第 592 章

# 浮雕通道

"修罗神王,浮雕通道又是什么?"秦羽问道。

修罗神王看向一旁的姜澜,道:"姜澜,你给秦羽详细地解释解释吧!"

姜澜点点头,对秦羽说道:"小羽,上一次天尊山降临后,我们进入天尊山的通道便是浮雕通道,这次是否会出现浮雕通道还不确定。我就把上一次天尊山降临时出现的浮雕通道大致和你说说。"

"浮雕通道出现在天尊山山脚,神王们一旦步入浮雕通道,便无法腾空飞行,更别提施展瞬移了。在浮雕通道之中,只能靠双腿行走。待出了浮雕通道,进入天尊山之中,才可以飞行或者瞬移。"姜澜简略地说了一下。

浮雕通道到底是什么,秦羽不必知道,他只需知道进入浮雕通道后无法飞行和瞬移便足够了。

"哦?"秦羽心中一惊。

让神王无法施展瞬移,只要冻结空间就可以,可是要做到让神王无法飞行,他也不知道该如何做。

浮雕通道竟然能够让神王只能正常行走,却无法飞行,这使出的到底是什么神通?

"秦羽,我先去和一个老友打招呼,失陪一下。"修罗神王笑着说道。

秦羽当即停止了思索。

他点点头，笑着说道："修罗神王，你有事就先忙吧，不必在意我。"

随即，秦羽和立儿、姜澜、左秋琳、易风四人聚在一起。

此刻，通体赤红的天尊山依旧以缓慢的速度降落着。

"羽哥，依你看，神界有多少神王没有来这里？"立儿笑着问道。

这里的神王足足有四十四位，在立儿看来，神界的神王差不多都到齐了。

秦羽目光一扫四周。

"没来的神王有三位，包括西海血海的那位隐世神王。"秦羽笑着说道，"当然，如果有神王能够躲过我的空间之力的探察，那就不止三位。若真是这样的话，那人的实力应该和血海的神王差不多。"

秦羽和立儿闲聊时，天尊山终于降落到了修罗海的海面，天尊山的底部和修罗海海面一触碰，天尊山便停止降落了。

"哐！"一道钢铁撞击的声音从天尊山底部传出，朝四面八方传播开去。

眨眼的工夫，这道声音便响彻整个神界。

天尊山周围的神王听到这道声音，心中一凛。

而后，所有人不约而同循声飞去。

"这是什么声音？"秦羽有些疑惑。

旁边的立儿也很不解。

"浮雕通道开启了。"姜澜笑着说道，"小羽，不要担心，现在没有什么危险，我们进去就是。即使有危险，也没几人能伤得了我们。"

随即，姜澜、左秋琳、易风三人朝天尊山山脚飞去。

秦羽的新宇宙的空间之力覆盖了整座天尊山，他发现了天尊山的变化。

天尊山下方的修罗海海面很是平静，没有丝毫起伏。

天尊山山脚处有一条通道，通道的入口发着光。这突然出现的通道应该就是姜澜所说的浮雕通道。

"好强的气息。"

秦羽的新宇宙的空间之力触及通道的入口时，他感觉到通道给自己造成了压迫感，甚至还对新宇宙的空间之力产生了压制。

"立儿，我们去看看吧！"秦羽看向立儿。

立儿笑着点点头。

两人当即飘然飞去。

天尊山山脚处的通道距离修罗海海面只有一尺距离。

此刻，那些神王依次步入浮雕通道之中。

不少神王表情淡然，目光中却暗藏谨慎。

当看到秦羽夫妇飞来时，准备进入浮雕通道的神王立即退到一边。

"秦羽神王、姜立神王，你们先请。"南极镜光城的端木鎏笑着说道。

秦羽也不客气，他对那些神王微微一笑，便牵着立儿的手进入了通道之中。

踏入通道后，秦羽的心就完全静了下来。

"原来，这就是浮雕通道。"秦羽的脸上有一抹淡淡的笑容。

立儿拉着秦羽的手，两人边缓慢前行，边仔细地观察着浮雕通道。

这是一条笔直的通道，通道不宽，只能容纳两三人并肩而行。通道是由一种黑色的矿石构成，通道两边的墙壁上有一幅幅浮雕。

"这雕刻的技艺真是拙劣。"秦羽看了许久，而后不由得感叹道。

炼器的第一关是炼制器坯，而想炼制出器坯，便要有绘画、雕刻的技能等等，秦羽对此自然有发言权。

"我觉得还可以。"立儿笑道，"这些浮雕一幅比一幅好，显然雕刻者的技艺在不断地进步。依我看，当走到通道尽头时，通道两边墙壁上的浮雕应该会让我们惊喜的。"

秦羽笑了。

到底是谁雕刻出这些浮雕的？这些浮雕连自然之道都没完全融合，如此拙劣的作品，这不是丢人现眼吗！

"据修罗神王和澜叔所说，这浮雕通道在上一次天尊山降临时就出现过。难道神界这个宇宙的主人是故意将这些浮雕展示给神王看的？"

秦羽心中很是好奇。

这些浮雕的寓意到底是什么呢？

越往前行，秦羽就越惊讶，因为通道深处的墙壁上的浮雕技艺越加高超。当走到浮雕通道的尽头，看到最后一幅浮雕，秦羽震惊了。

那是一把剑！

剑气纵横，无坚不摧！

"好强的剑气！"看着最后一幅浮雕，秦羽心中竟然产生了共鸣。

他心里有种非常奇妙的感觉，仿佛当初乾坤世界破裂、新宇宙初成的感觉。

秦羽不由得停住了步伐，他的目光停留在最后一幅浮雕上。

后面的神王相继走过他的身边，而他依旧站在原地。

一旁的立儿很是疑惑。她不明白秦羽为何突然在意起最后一幅浮雕。

"羽哥，我们已经走到浮雕通道的尽头了，我们出去吧。"过了好一会儿，立儿终于出声了。

"哦！"秦羽顿时惊醒过来，对立儿道，"好，我们出去。"

秦羽拉着立儿的手，迈出了浮雕通道。

一出浮雕通道，眼前的场景顿时变了。进入浮雕通道之前，他们看到，整座天尊山被赤红色的隔断覆盖着，通体呈赤红色。

此刻，他们看到的天尊山主要是由青石、黄石构成的。在这里，怪石嶙峋，时而有泉水滴落，还有一些厚厚的绿苔，这说明天尊山的历史很悠久了。

"呼——"一道道人影接连腾空而起。

大部分神王都腾空飞了起来，然而无论他们如何飞行，也无法穿过红色隔断，也就是神王囚笼。

"小羽。"姜澜飞了过来。

"澜叔。"秦羽和立儿当即迎了上去。

姜澜笑着说道："怎么样？你们感觉这天尊山如何？"

"还好，那条浮雕通道给我的感觉是最深刻的。"秦羽说着，不由得想起了通道两边墙壁上的一幅幅浮雕。

秦羽心中暗自猜测："那些浮雕应该是一个高手在成长过程中慢慢雕刻出来的，最后一幅浮雕便是其大成的作品。"

"深刻？"姜澜有些惊讶。

"澜叔，难道你不觉得最后一幅浮雕很特别吗？"秦羽笑着说道。

姜澜问道："最后一幅浮雕也只是将剑道的剑意蕴含其中，有什么不同的？"

"不，不一样。"秦羽摇摇头，"我能够感觉到，最后一幅浮雕蕴含了一种非常特殊的'道'。只是，我的修炼之道和它是不同的，我无法完全感受出那种道。然而，我的心灵和那种道特别契合，这已经让我很震撼了。"

　　"果真如此？"姜澜十分惊讶。

　　这么久以来，他可是从来没有发现浮雕通道墙壁上的浮雕有什么特殊之处。

　　这个时候，天尊山的山峰突然射下一道迷蒙的青光，青光一下子就将整座天尊山笼罩住了。

　　"出现了？竟然这么快！"姜澜眼中浮现出一丝喜色。

（本册完）

《星辰变 典藏版》第15册2019年12月上市！敬请期待！